BUFFON
MORCEAUX CHOISIS

RECUEIL DE CE QUE CE GRAND ÉCRIVAIN OFFRE

DE PLUS REMARQUABLE SOUS LE RAPPORT

DE LA PENSÉE ET DU STYLE

Par A. ROLLAND

SEIZIÈME ÉDITION

SUIVIE DU DISCOURS SUR LE STYLE

PARIS

IMPRIMERIE ET LIBRAIRIE CLASSIQUES

MAISON JULES DELALAIN ET FILS

DELALAIN FRÈRES, Successeurs

56, RUE DES ÉCOLES.

BUFFON

MORCEAUX CHOISIS

BUFFON
MORCEAUX CHOISIS

RECUEIL DE CE QUE CE GRAND ÉCRIVAIN OFFRE
DE PLUS REMARQUABLE SOUS LE RAPPORT
DE LA PENSÉE ET DU STYLE

Par A. ROLLAND

SEIZIÈME ÉDITION

SUIVIE DU DISCOURS SUR LE STYLE

PARIS

IMPRIMERIE ET LIBRAIRIE CLASSIQUES

Maison Jules DELALAIN et Fils

DELALAIN FRÈRES, Successeurs

56, RUE DES ÉCOLES.

Par décision de M. le Ministre de l'instruction publique, en date du 23 mars 1849, cet ouvrage a été approuvé pour les écoles publiques.

BUFFON.

MORCEAUX CHOISIS.

ANALYSE.

Les *Morceaux choisis* de Buffon sont tirés de ses divers ouvrages : l'*Histoire naturelle*, où son pinceau a retracé avec magie le caractère et la physionomie des contrées, le caractère et les habitudes des animaux; la *Théorie de la terre*, qui fait suite à l'*Histoire naturelle*, et qui, malgré ses erreurs, n'est pas indigne de cet ouvrage; les *Époques de la nature*, qui sont admirables d'exposition, de verve et de grandeur tout ensemble, et où la langue française ne s'est montrée nulle part avec plus de pompe, d'éclat et de hardiesse; le *Discours sur le style*, prononcé le jour de sa réception à l'Académie française, et qui est un morceau de critique singulièrement remarquable, etc.

Buffon est, à juste titre, regardé comme un de nos premiers écrivains; car, indépendamment de son mérite de naturaliste, dont nous n'avons pas à nous occuper ici, il a su, dans un ouvrage scientifique, donner à son langage les qualités qui ont fait de son livre un livre classique.

En effet, le style de Buffon se distingue au premier coup d'œil par l'élévation soutenue du ton qu'il emploie et du point de vue où il se place, par la marche forte et savante de ses pensées, par la pompe et la majesté de ses images, par la noble gravité des expressions, par ce nombre et cette harmonie qui ajoutent aux beautés du langage, et qui, en vertu d'une heureuse analogie entre les sons et les idées, font que la phrase est douce et sonore, majestueuse ou légère, suivant les objets qu'elle doit peindre et les sentiments qu'elle doit réveiller.

Buffon est poëte dans ses descriptions; mais, comme les grands poëtes, il sait rendre intéressante la peinture des objets physiques, en y mêlant de courtes réflexions morales qui attachent l'âme en même temps que l'imagination est amusée ou étonnée. Du reste, l'abondance poétique de Buffon est plutôt dans les choses que dans les mots : il ne s'arrête point à une idée simple ; il en multiplie les nuances, et chaque nuance est toujours présentée avec une merveilleuse précision de coloris.

Le ton de Buffon est aussi varié que les objets de ses peintures. En décrivant la nature sublime ou terrible, douce ou riante ; la majesté du lion ou du cheval, la fureur du tigre ou du loup, la fierté et la rapidité de l'aigle, les couleurs brillantes du colibri, la légèreté de l'oiseau-mouche, son style prend le caractère particulier des objets qu'il peint, et l'on ne saurait assez admirer l'intarissable fécondité qu'il a déployée pour attacher le lecteur en variant à l'infini la forme nécessairement monotone de la description.

Si le style de Buffon n'est pas toujours irréprochable, si l'on y trouve parfois des incorrections, des négligences, des fautes contre le goût, on peut dire qu'en général il est soigné, pur et châtié. C'est par un long travail qu'il est parvenu à lui donner ce haut degré de perfection, ne cessant de le corriger jusqu'à ce qu'il eût effacé toutes les traces du travail, et qu'à force de peine il lui eût donné de la facilité, comme Boileau disait de Racine, qu'il lui avait appris à faire difficilement des vers faciles.

En résumé, le style de Buffon, à la fois exact et précis, symétrique et varié, juste et savant, énergique et coloré, original sans être spontané, offre le rare assemblage de la raison unie à l'imagination, de la logique la plus sévère jointe à la plus brillante poésie. Jusque dans les figures les plus hardies, on aperçoit le calcul et la mesure qui les règle sur l'effet à produire. Les antithèses, les métaphores, toutes les façons figurées du langage y abondent ; mais elles sont presque toujours soumises à un goût soutenu, parce qu'il est maître de lui-même, et à un art sévère qui n'est pas moins scrupuleux sur le choix des pensées que sur celui des expressions et des images.

Parmi les morceaux les plus importants ou les plus remarquables, nous citerons l'*invocation à Dieu*, la *nature et Dieu*, la *fécondité de la terre*, les *déserts*, les *savanes*, l'*homme*, le *récit que fait le premier homme de ses premières impressions*, la *mort*, la description du *cheval*, de l'*âne*, du *lion*, du *tigre*, du *loup*, de l'*aigle*, du *colibri*, de l'*oiseau-mouche*, etc. Il faut encore citer le *discours de réception à l'Académie française*, le morceau peut-être le plus parfait qui soit sorti de la plume de Buffon, et qui forme, pour ainsi dire, un traité substantiel de style.

Nous croyons utile de donner ici quelques détails biographiques sur Buffon.

Georges-Louis Le Clerc, si connu sous le nom de comte de Buffon, l'un des plus célèbres naturalistes et des plus grands écrivains du dix-huitième siècle, naquit à Montbard en Bourgogne, le 7 septembre 1707. Son père, Benjamin Le Clerc, conseiller au parlement de sa province, jouissait d'une fortune qui lui permit, après avoir donné à ses enfants une première éducation très-soignée, de leur laisser une liberté entière pour le choix des occupations de leur vie. Buffon, dans ses premiers travaux, parut pendant quelque temps disposé à cultiver à la fois et presque également la géométrie, la physique et l'économie rurale; et il fit sur ces divers sujets des recherches qu'il présenta successivement à l'Académie des sciences, dont il avait été nommé membre dès 1733. Sa nomination à la place d'intendant du *Jardin du roi* donna une direction fixe à ses idées, et lui ouvrit la carrière où il s'est immortalisé. Jusqu'à lui l'histoire de la nature n'avait été écrite avec étendue que par des compilateurs sans talent; les autres ouvrages généraux n'offraient que de sèches nomenclatures. Il existait des observations excellentes, et en grand nombre, mais toutes sur des sujets particuliers. Buffon conçut le projet de réunir au plan vaste et à l'éloquence de Pline, aux vues profondes d'Aristote, l'exactitude et le détail des observations des modernes. Il se sentait la force de tête propre à embrasser ce vaste ensemble, et l'imagination nécessaire pour le peindre. Il publia ainsi, depuis 1749 jusqu'en 1767, les quinze premiers volumes de l'*Histoire naturelle*. Les neuf volumes suivants, qui parurent depuis 1770 jusqu'à 1783, contiennent l'histoire des oiseaux, dont une partie fut rédigée en entier par deux amis de Buffon [1], d'abord par Gueneau de Montbeillard, qui parvint en quelques endroits à imiter son style, bien qu'il tombe de temps en temps dans l'affectation, et en dernier lieu par l'abbé Bexon, quand Gueneau, ennuyé des oiseaux, s'occupa des insectes. Des sept volumes de supplément, dont le dernier n'a paru qu'après sa mort, en 1789, le cinquième est un ouvrage à part, le plus célèbre de tous ceux de Buffon : ses *Époques de la nature*, où il présente, dans un style vraiment sublime et avec une force de talent faite pour subjuguer, une deuxième rédaction de sa théorie de la terre. La réputation de son livre fut prompte et générale; les savants de

---

1. Buffon, malade, se fit aider, pour l'*Histoire des oiseaux*, par Gueneau de Montbeillard; mais celui-ci ne travailla que sur les matériaux préparés par Buffon; en sorte que nous avons dû désigner par *B. G.,* initiales du nom des deux auteurs, les morceaux qui, sans être écrits de la main de Buffon lui-même, lui appartiennent cependant par le fond des choses.

tous les pays rendirent à l'auteur des hommages unanimes ; plusieurs souverains étrangers lui donnèrent des témoignages de leur considération. Il jouit de la plus grande faveur près du gouvernement français. Louis XV érigea sa terre de Buffon en comté. M. d'Angivilliers, surintendant des bâtiments, lui fit élever, sous Louis XVI, de son vivant, une statue à l'entrée du Cabinet du roi, avec cette inscription : *Majestati naturæ par ingenium;* et si l'on excepte quelques critiques obscurs, aucune voix ne troubla ce concert de louanges. Le goût général pour l'histoire naturelle, que son ouvrage fit naître, la protection qui en résulta pour la science de la part des souverains et des grands, sont aussi des services dont le souvenir s'attachera toujours à son nom. Partagé entre le jardin du roi et sa campagne de Montbard, toujours livré au travail, ne s'en délassant que par des plaisirs faciles à se procurer, il mena une vie tranquille et à peu près sans incidents. De longues souffrances causées par la pierre troublèrent ses derniers jours, mais sans l'arrêter dans la poursuite de son grand plan. Il mourut à Paris, le 16 avril 1788, âgé de quatre-vingt-un ans

APPRÉCIATION LITTÉRAIRE.

Le mérite littéraire de Buffon et les qualités particulières de ses divers ouvrages ont été appréciés avec autant de justesse que de goût par nos meilleurs critiques, et notamment par La Harpe, Maury, Cuvier, MM. de Barante et Villemain. Nous en donnons ici quelques extraits pour l'utilité des élèves.

I.

Je laisse aux savants à examiner ce que Buffon a été dans la science; mais on convient qu'il en a embelli la langue; et ses hypothèses, qui depuis longtemps ne séduisent plus personne, n'ôtent rien au mérite de son style, qui, dans la partie descriptive et historique de ses ouvrages, a toujours charmé ses lecteurs, dont la plupart ne peuvent guère savoir, ou même s'embarrassent peu s'il les a trompés. Il est du petit nombre des écrivains originaux qui ont donné à l'idiome qu'ils maniaient le caractère de leur génie, en même temps qu'ils l'appropriaient à des sujets nouveaux. Beaucoup d'auteurs avaient écrit sur la physique; mais Buffon fut le premier qui, des immenses richesses de cette science, ait fait celles de la langue française, sans corrompre ou dénaturer ni l'une ni l'autre. Son livre est, en ce genre, un trésor de beautés inconnues avant lui. Il y règne un ton d'élévation soutenue. Sa phrase a du nombre, et son expression a de la force. Ce sont là les qualités de son talent, auquel il n'a manqué, ce me semble, qu'un peu plus de souplesse et de flexibilité. L'historien de la nature est noble, fécond, majestueux comme elle, mais pas toujours aussi varié. Comme elle, il s'élève sans effort et sans secousse : il sait ensuite descendre aux petits détails sans y paraître étranger; mais il nous attacherait encore davantage si le travail, qui soigne toujours sa composition, ne lui ôtait pas la grâce de la simplicité. Ce n'est pas qu'il soit jamais ni roide comme Thomas, ni apprêté comme Fontenelle; mais la noblesse de sa diction, toujours travaillée, ne lui permet guère le gracieux que les lecteurs délicats peuvent désirer parce que le sujet le comportait. D'ailleurs sublime quand il déploie à nos yeux l'immensité des êtres, quand il peint les bienfaits ou les rigueurs de la nature, les productions de la terre et les influences des climats, il est peut-être moins intéressant lorsqu'il nous raconte les mœurs de ces animaux devenus nos amis et nos bienfaiteurs, qu'il n'est énergique et terrible quand il décrit ceux que leur férocité sauvage a mis contre nous en état de guerre. Juste envers les anciens qui l'ont précédé dans le même genre, il loue de bonne foi Pline et Aristote; et, dans l'opinion générale, il est plus grand écrivain que tous les deux.

La Harpe.

II.

Les délices d'une composition où le talent et le goût se prêtent un mutuel éclat, ont été profondément senties et pompeusement exaltées par l'un de nos plus illustres contemporains. Buffon, ce peintre sublime, qui s'est montré, je ne dirai pas un orateur du premier rang, mais le pompeux historien et quelquefois le poëte enchanteur de la nature, prononça un discours très-brillant sur le style le jour de sa réception à l'Académie française. Il appartenait sans doute à un si grand écrivain de parler de son plus beau titre de gloire devant l'élite de notre littérature. Son ouvrage est resté, et il a même fait époque dans ce genre de harangues, qui n'avait guère fourni avant lui que des remerciments ou des compliments de circonstance, trop souvent sans intérêt pour le lecteur. L'imagination de Buffon, beaucoup plus favorable à son pinceau qu'à ses systèmes, brilla de tout son éclat dans une occasion si solennelle. Ce grand maître présente des idées neuves indiquées d'une manière vaste et lumineuse sur la composition, sur la nécessité de posséder pleinement son sujet, sur les premiers aperçus, sur les principales conceptions, sur les linéaments préparatoires du plan d'un ouvrage, dont l'esprit doit s'occuper avant de rechercher les beautés accessoires qui rempliront plus ou moins heureusement le canevas, selon qu'elles seront plus ou moins fécondes.

Maury.

III.

Il n'y a qu'une opinion sur Buffon considéré comme écrivain: pour l'élévation du point de vue où il se place, pour la marche forte et savante de ses idées, pour la pompe et la majesté de ses images, pour la noble gravité de ses expressions, pour l'harmonie soutenue de son style dans les grands sujets, il n'a peut-être été égalé par personne. On lui reproche un certain défaut de flexibilité, et cependant il a souvent réussi à rendre les détails avec une grâce enchanteresse; les réflexions morales par lesquelles il cherche à varier la monotonie d'un sujet quelquefois aride, montre presque partout une sensibilité profonde; enfin, ses tableaux des grandes scènes de la nature sont d'une vérité parfaite, et empreints chacun d'un caractère propre et ineffaçable.

CUVIER.

IV.

Le génie de Buffon avait plus de rapport avec celui qui animait ces philosophes de la Grèce, dont l'imagination était si vive et si hardie. Il s'indigna contre ceux qui voulaient faire de l'histoire de la nature une simple nomenclature, un recueil de faits unis entre eux par des liens artificiels. La chaleur de son esprit s'appliqua à pénétrer tout d'un coup dans les principes de la nature, pour révéler son secret, et aussi à la présenter sous ses rapports pittoresques. Tel est le double emploi que Buffon a fait de son éloquence.

Le caractère et les habitudes des animaux, l'aspect et la physionomie des contrées, furent retracés par son pinceau avec une inconcevable magie. L'impression, souvent vague, que nous recevons de la première vue des objets, est par lui reproduite avec une précision et une simplicité qui étonnent à chaque instant. En lisant Buffon, on sent de nouveau ce qu'on avait éprouvé sans bien le définir; on retrouve le sentiment qu'avait fait naître en nous l'aspect du cheval parcourant fièrement la prairie, ou de l'âne portant son fardeau avec patience. La peinture des frimas éternels revient glacer tous nos sens; et quand il nous représente les marais fangeux de l'Amérique méridionale, une impression profonde de dégoût et d'horreur nous saisit entièrement. Jamais peintre ne montra plus d'imagination que Buffon. Son langage, où quelques personnes ne veulent voir que les traces de la patience et de l'art, est en même temps la représentation fidèle des sensations les plus vives. Souvent il a une telle vérité, que le lecteur se sent ému jusqu'au fond du cœur, comme si l'auteur avait voulu peindre les effets des passions. On agit sur l'âme dès qu'on parvient à représenter avec justesse et profondeur le moindre de ses mouvements.

M. DE BARANTE.

V.

Le mérite de ses vies des animaux, c'est l'ensemble, c'est la manière dont la tradition, l'observation, le récit, la critique, sont réunis et mêlés. A l'élégance trop pompeuse de quelques débuts, vient se joindre la précision des détails et la simple netteté du récit; et c'est là surtout qu'il est excellent écrivain.

La peinture vraie ou conjecturale des mœurs des animaux, la description des lieux qu'ils habitent, et ce contraste, ce mélange de la nature vivante et de la nature inanimée, offraient de vives couleurs. Pline les a quelquefois saisies dans leurs plus grandes diversités. Qu'il décrive le lion ou le rossignol, il est tour à tour énergique et brillant. Avec le même éclat, Buffon est plus égal, plus élevé, plus pur. Pline appartenait à cette école d'imagination plutôt que de goût qui produisit dans Tacite un peintre incomparable, mais qui partout ailleurs est empreinte de déclamation et de subtilité. Homme de lettres bien plus que de sciences, Pline jette souvent sur des fables ou des idées fausses un style recherché. Buffon, éclairé des lumières de la science moderne, est sévère et précis dans ses descriptions même les plus ornées. Sa diction, plus irréprochable que celle de Rousseau, n'a pas les affectations qui se mêlent parfois au style si français de Montesquieu. Par un autre privilége bien rare, pendant quarante années on n'aperçoit pas de déclin ni de fatigue dans son talent; et si l'on excepte quelques circonlocutions inutiles, quelques phrases pompeuses, tout dans ses écrits semble également jeune et mûr, vigoureux et poli. Souvent avec une préoccupation savante, qui n'est pas moins expressive que la naïveté du fabuliste, il transporte à la peinture morale des animaux plus d'un trait emprunté à la nôtre, et il décrit leurs forêts et leurs déserts par la force de l'imagination, comme s'il les avait parcourus. Quoi qu'en ait dit un illustre écrivain [1], la bonté du cœur n'est pas étrangère à ses écrits. S'il a oublié le chien de l'aveugle, et avec lui l'image chrétienne du malheur et de la charité, il n'est aucun bon sentiment qu'il ne cultive et ne rappelle, l'amour de la paix, du travail, de la vertu, de la gloire.

VILLEMAIN.

D'après ces appréciations, on voit que jamais peintre ne montra plus d'imagination que Buffon, que son langage, œuvre de patience et d'art, est en même temps la représentation fidèle des sensations les plus vives, et que son style, tour à tour pompeux, éclatant et hardi, riche, ingénieux et pur, nous présente l'un des plus beaux modèles de la langue française.

1. Châteaubriand a dit : « Lisez l'admirable article du chien : tous les chiens y sont : le chien chasseur, le chien berger, le chien sauvage, le chien grand seigneur, le chien petit-maître ! Qu'y manque-t-il enfin ? le chien de l'aveugle. C'est le seul dont se fût souvenu un chrétien. »

BUFFON.

MORCEAUX CHOISIS.

1. *Invocation à Dieu.*

Grand Dieu dont la seule présence soutient la nature ét maintient l'harmonie des lois de l'univers; vous qui, du trône immobile de l'empyrée, voyez rouler sous vos pieds toutes les sphères célestes sans choc et sans confusion; qui, du sein du repos, reproduisez à chaque instant leurs mouvements immenses, et seul régissez dans une paix profonde ce nombre infini de cieux et de mondes; rendez, rendez[1] enfin le calme à la terre agitée. Qu'elle soit dans le silence; qu'à votre voix, la discorde et la guerre cessent de faire retentir leurs clameurs orgueilleuses[2].

Dieu de bonté, auteur de tous les êtres, vos regards paternels embrassent tous les objets de la création; mais l'homme est votre être de choix; vous avez éclairé son âme d'un rayon de votre lumière immortelle : comblez vos bienfaits en pénétrant son cœur d'un trait[3] de votre amour. Ce sentiment divin, se répandant partout, réunira les nations ennemies; l'homme ne craindra plus l'aspect de l'homme; le fer homicide n'armera plus sa main; le feu dévorant de la guerre ne fera plus tarir la source des générations; l'espèce humaine, maintenant affaiblie, mutilée, moissonnée dans sa fleur, germera de nouveau, et se multipliera sans nombre; la nature, accablée sous le poids des fléaux, stérile, abandonnée, reprendra bientôt avec une nouvelle vie son ancienne fécondité[4] : et nous, Dieu bienfaiteur, nous la seconderons, nous la cultiverons, nous l'observerons sans cesse, pour vous offrir à chaque instant un nouveau tribut de reconnaissance et d'admiration.

1. *Rendez, rendez enfin*, belle répétition.
2. Personnification de la guerre et de la discorde, ou prosopopée.
3. Métaphore.
4. *Ce sentiment..... son ancienne fécondité*, belle gradation.

2. *L'histoire politique et l'histoire naturelle comparées.*

Comme, dans l'histoire civile[1], on consulte les titres, on recherche les médailles, on déchiffre les inscriptions antiques, pour déterminer les époques des révolutions humaines et constater les dates des événements moraux[2]; de même, dans l'histoire naturelle, il faut fouiller les archives du monde, tirer des entrailles de la terre les vieux monuments, recueillir leurs débris, et rassembler en un corps de preuves tous les indices des changements physiques qui peuvent nous faire remonter aux différents âges de la nature. C'est le seul moyen de fixer quelques points dans l'immensité de l'espace, et de placer un certain nombre de pierres numéraires[3] sur la route éternelle[4] du temps. Le passé est comme la distance; notre vue y décroît, et s'y perdrait de même, si l'histoire et la chronologie n'eussent placé des fanaux, des flambeaux[5], aux points les plus obscurs. Mais malgré ces lumières de la tradition écrite, si l'on remonte à quelques siècles, que d'incertitudes dans les faits, que d'erreurs sur les causes des événements, et quelle obscurité profonde n'environne pas les temps antérieurs à cette tradition! D'ailleurs elle ne nous a transmis que les gestes[6] de quelques nations, c'est-à-dire les actes d'une très-petite partie du genre humain; tout le reste des hommes est demeuré nul pour nous, nul pour la postérité; ils ne sont sortis de leur néant que pour passer comme des ombres qui ne laissent point de traces; et plût au ciel que le nom de tous ces prétendus héros dont on a célébré les crimes ou la gloire sanguinaire fût également enseveli dans la nuit de l'oubli!

Ainsi l'histoire civile, bornée d'un côté par les ténèbres d'un temps assez voisin du nôtre, ne s'étend de l'autre qu'aux petites portions de terre qu'ont occupées successive-

1. C'est-à-dire politique (*civitas*, πόλις, État).
2. C'est-à-dire qui ont lieu dans l'ordre moral, hardiesse de mot.
3. Plus noble que *numérotées*.
4. Belle métaphore.
5. Expressions métaphoriques.
6. *Res gestæ*, actions.

ment les peuples soigneux de leur mémoire : au lieu que l'histoire naturelle embrasse également tous les espaces, tous les temps, et n'a d'autres limites que celles de l'univers.

3. *La nature.*

La nature est le système des lois établies par le Créateur pour l'existence des choses et pour la succession des êtres. La nature n'est point une chose, car cette chose serait tout ; la nature n'est point un être, car cet être serait Dieu ; mais on peut la considérer comme une puissance vive, immense, qui embrasse tout, qui anime tout, et qui, subordonnée à celle du premier Être, n'a commencé d'agir que par son ordre, et n'agit encore que par son concours ou son consentement. Cette puissance est de la puissance divine la partie qui se manifeste ; c'est en même temps la cause et l'effet, le mode et la substance[1], le dessein et l'ouvrage. Bien différente de l'art humain, dont les productions ne sont que des ouvrages morts, la nature est elle-même un ouvrage perpétuellement vivant, un ouvrier sans cesse actif qui sait tout employer, qui, travaillant d'après soi-même toujours sur le même fonds, bien loin de l'épuiser, le rend inépuisable[2] ; le temps, l'espace et la matière sont ses moyens, l'univers son objet, le mouvement et la vie son but.

Les effets de cette puissance sont les phénomènes[3] du monde ; les ressorts qu'elle emploie sont des forces vives que l'espace et le temps ne peuvent que mesurer et limiter sans jamais les détruire ; des forces qui se balancent, qui se confondent, qui s'opposent sans pouvoir s'anéantir. Les unes pénètrent et transportent les corps, les autres les échauffent et les animent. L'attraction et l'impulsion sont les deux principaux instruments de l'action de cette puissance sur les corps bruts ; la chaleur et les molécules organiques vivantes sont les principes actifs qu'elle met en œuvre pour la formation et le développement des êtres organisés.

---

1. Le *mode*, c'est la manière d'être, et la *substance*, le fond même d'un objet.
2. Suite de belles antithèses.
3. De φαίνω, paraître.

Avec de tels moyens, que ne peut la nature? Elle pourrait tout, si elle pouvait anéantir et créer; mais Dieu s'est réservé ces deux extrêmes de pouvoir : anéantir et créer sont les attributs de la toute-puissance; altérer[1], changer, détruire, développer, renouveler, produire, sont les seuls droits qu'il a voulu céder. Ministre de ses ordres irrévocables, dépositaire de ses immuables décrets, la nature ne s'écarte jamais des lois qui lui ont été prescrites; elle n'altère rien aux plans qui lui ont été tracés, et dans tous ses ouvrages elle présente le sceau de l'Éternel[2] : cette empreinte divine, prototype[3] inaltérable des existences, est le modèle sur lequel elle opère; modèle dont tous les traits sont exprimés en caractères ineffaçables, et prononcés[4] pour jamais; modèle toujours neuf, que le nombre des moules ou des copies, quelque infini qu'il soit, ne fait que renouveler.

Aussi avec quelle magnificence la nature ne brille-t-elle pas sur la terre! Une lumière pure, s'étendant de l'orient au couchant, dore successivement les hémisphères de ce globe; un élément transparent et léger[5] l'environne; une chaleur douce et féconde anime, fait éclore tous les germes de vie; des eaux vives et salutaires servent à leur entretien, à leur accroissement; des éminences distribuées dans le milieu des terres arrêtent les vapeurs de l'air, rendent ces sources intarissables et toujours nouvelles. Des cavités immenses faites pour les recevoir partagent les continents : l'étendue de la mer est aussi grande que celle de la terre; ce n'est point un élément froid et stérile, c'est un nouvel empire aussi riche, aussi peuplé que le premier. Le doigt de Dieu a marqué leurs confins : si la mer anticipe sur les plages de l'occident, elle laisse à découvert celles de l'orient. Cette masse immense d'eau, inactive par elle-même, suit les impressions des mouvements célestes, elle balance par des oscillations régulières de flux et de reflux : elle s'élève et s'abaisse avec l'astre de la nuit[6]; elle s'élève encore plus lors-

1. *Altérer....*, *développer*, double gradation ascendante, qui résume avec bonheur les idées précédentes.
2. Belle métaphore.
3. C'est-à-dire premier type.
4. C'est-à-dire déterminés.
5. Périphrase pour exprimer l'*air*.
6. Périphrase poétique, pour la *lune*.

qu'il concourt avec l'astre du jour, et que tous deux, réunissant leurs forces dans le temps des équinoxes, causent les grandes marées. Notre correspondance avec le ciel n'est nulle part mieux marquée.

---

4. *Aspect du globe terrestre.*

Commençons par nous représenter ce que l'expérience de tous les temps et ce que nos propres observations nous apprennent au sujet de la terre.

Ce globe immense nous offre, à la surface, des hauteurs, des profondeurs, des plaines, des mers, des marais, des fleuves, des cavernes, des gouffres, des volcans; et à la première inspection nous ne découvrons en tout cela aucune régularité, aucun ordre. Si nous pénétrons dans son intérieur, nous y trouvons des métaux, des minéraux, des pierres, des bitumes, des sables, des terres, des eaux, et des matières de toute espèce placées comme au hasard et sans aucune règle apparente. En examinant avec plus d'attention, nous voyons des montagnes affaissées, des rochers fendus et brisés, des contrées englouties, des îles nouvelles, des terrains submergés, des cavernes comblées; nous trouvons des matières pesantes souvent posées sur des matières légères; des corps durs environnés de substances molles; des choses sèches, humides, chaudes, froides, solides, friables, toutes mêlées, et dans une espèce de confusion qui ne présente d'autre image que celle d'un amas de débris et d'un monde en ruine.

Cependant nous habitons ces ruines avec une entière sécurité; les générations d'hommes, d'animaux, de plantes, se succèdent sans interruption; la terre fournit abondamment à leur subsistance; la mer a des limites et des lois, ses mouvements y sont assujettis[1]; l'air a ses courants réglés, les saisons ont leurs retours périodiques et certains, la verdure n'a jamais manqué de succéder aux frimas : tout nous paraît dans l'ordre; la terre, qui tout à l'heure n'était qu'un

1. Phrase peu correcte : *ses* ne peut s'employer rigoureusement qu'avec un nom de chose animé; cependant on trouve dans les bons auteurs de nombreux exemples qui démentent cette règle.

chaos, est un séjour délicieux où règnent le calme et l'harmonie, où tout est animé et conduit avec une puissance et une intelligence qui nous remplissent d'admiration et nous élèvent jusqu'au Créateur.

5. La mer.

Il faut donc nous borner à examiner et à décrire la surface de la terre, et la petite épaisseur intérieure dans laquelle nous avons pénétré.

La première chose qui se présente, c'est l'immense quantité d'eau qui couvre la plus grande partie du globe. Ces eaux occupent toujours les parties les plus basses; elles sont aussi toujours de niveau, et elles tendent perpétuellement à l'équilibre et au repos : cependant nous les voyons agitées par une forte puissance qui, s'opposant à la tranquillité de cet élément, lui imprime un mouvement périodique et réglé, soulève et abaisse alternativement les flots, et fait un balancement de la masse totale des mers, en les remuant jusqu'à la plus grande profondeur[1]. Nous savons que ce mouvement est de tous les temps, et qu'il durera autant que la lune et le soleil, qui en sont les causes.

Considérant ensuite le fond de la mer, nous y remarquons autant d'inégalités que sur la surface de la terre. Nous y trouvons des hauteurs, des vallons, des plaines, des profondeurs, des rochers, des terrains de toute espèce. Nous voyons que toutes les îles ne sont que les sommets de vastes montagnes dont le pied et les racines sont couverts de l'élément liquide[2]; nous y trouvons d'autres sommets de montagnes qui sont presque à fleur d'eau. Nous y remarquons des courants rapides qui semblent se soustraire au mouvement général : on les voit se porter quelquefois constamment dans la même direction, quelquefois rétrograder, et ne jamais excéder leurs limites, qui paraissent aussi invariables que celles qui bornent les efforts des fleuves[3] de la terre. Là sont ces

1. Cette assertion est reconnue maintenant inexacte. Les marées, de même que les tempêtes les plus violentes, ne se font plus sentir à une certaine profondeur.
2. Expression poétique.
3. Expression recherchée et même impropre, car les fleuves ne

contrées orageuses où les vents en fureur précipitent la tempête[1], où la mer et le ciel également agités se choquent et se confondent; ici sont des mouvements intestins, des bouillonnements, des trombes, et des agitations extraordinaires causées par des volcans dont la bouche submergée vomit[2] le feu du sein des ondes, et pousse jusqu'aux nues une épaisse vapeur mêlée d'eau, de soufre et de bitume. Plus loin je vois ces gouffres[3] dont on n'ose approcher, qui semblent attirer les vaisseaux pour les engloutir; au delà j'aperçois ces vastes plaines, toujours calmes et tranquilles[4], mais tout aussi dangereuses, où les vents n'ont jamais exercé leur empire[5], où l'art du nautonier devient inutile, où il faut rester et périr: enfin, portant les yeux jusqu'aux extrémités du globe, je vois ces glaces énormes qui se détachent des continents des pôles, et viennent, comme des montagnes flottantes, voyager et se fondre jusque dans les régions tempérées.

Voilà les principaux objets que nous offre le vaste empire de la mer. Des milliers d'habitants de différentes espèces en peuplent toute l'étendue : les uns, couverts d'écailles légères, en traversent avec rapidité les différents pays; d'autres, chargés d'une épaisse coquille, se traînent pesamment et marquent avec lenteur leur route sur le sable; d'autres, à qui la nature a donné des nageoires en forme d'ailes, s'en servent pour s'élever et se soutenir dans les airs; d'autres enfin, à qui tout mouvement a été refusé, croissent et vivent attachés aux rochers[6] : tous trouvent dans cet élément leur pâture. Le fond de la mer produit abondamment des plantes, des mousses, et des végétations encore plus singulières; le terrain de la mer est de sable, de gravier, souvent de vase, quelquefois de terre ferme, de coquillages, de rochers, et partout il ressemble à la terre que nous habitons.

font point d'*efforts;* ils ne font que suivre naturellement leur pente.

1. Belle expression empruntée au latin.
2. *Vomit.....*, *du sein*, métaphores usuelles.
3. Le Malestroom (Malstroem), dans la mer de Norwége. (*Buffon*).
4. Les calmes et les tornados de la mer Éthiopique. (*Buffon*).
5. Métaphore aujourd'hui commune.
6. Comme les polypes, les huîtres, etc.

6. *L'air.*

L'air, encore plus léger, plus fluide que l'eau, obéit aussi à un plus grand nombre de puissances : l'action éloignée du soleil et de la lune, l'action immédiate de la mer, celle de la chaleur qui le raréfie, celle du froid qui le condense, y causent des agitations continuelles. Les vents sont ses courants[1]. Ils poussent, ils assemblent les nuages, ils produisent les météores, et transportent au-dessus de la surface aride des continents terrestres les vapeurs humides des plages maritimes; ils déterminent les orages, répandent et distribuent les pluies fécondes et les rosées bienfaisantes; ils troublent même les mouvements de la mer, ils agitent la surface mobile des eaux, arrêtent ou précipitent les courants, les font rebrousser, soulèvent les flots, excitent les tempêtes : la mer irritée[2] s'élève vers le ciel, et vient en mugissant se briser contre des digues inébranlables qu'avec tous ses efforts elle ne peut ni détruire ni surmonter.

7. *La terre.*

La terre, élevée au-dessus du niveau de la mer, est à l'abri de ses irruptions; sa surface émaillée de fleurs, parée d'une verdure toujours renouvelée, peuplée de mille et mille espèces d'animaux différents, est un lieu de repos, un séjour de délices, où l'homme, placé pour seconder la nature, préside à tous les êtres : seul entre tous, capable de connaître et digne d'admirer, Dieu l'a fait spectateur de l'univers et témoin de ses merveilles; l'étincelle divine dont il est animé le rend participant[3] aux mystères divins; c'est par cette lumière qu'il pense et réfléchit, c'est par elle qu'il voit et lit dans le livre du monde[4], comme dans un exemplaire de la Divinité[5].

1. Heureuse comparaison de l'air avec la mer.
2. *Irritée....., mugissant,* prosopopée de mots.
3. Latinisme peu élégant.
4. Métaphore devenue usuelle.
5. Métaphore hardie.

8. *Comparaison des trois règnes de la nature.*

Dans la foule d'objets que nous présente ce vaste globe, dans le nombre infini des différentes productions dont sa[1] surface est couverte et peuplée, les animaux tiennent le premier rang, tant par la conformité qu'ils ont avec nous, que par la supériorité que nous leur connaissons sur les êtres végétants ou inanimés. Les animaux ont par leurs sens, par leur forme, par leur mouvement, beaucoup plus de rapports avec les choses qui les environnent que n'en ont les végétaux ; ceux-ci, par leur développement, par leur figure, par leur accroissement et par leurs différentes parties, ont aussi un plus grand nombre de rapports avec les objets extérieurs que n'en ont les minéraux ou les pierres, qui n'ont aucune sorte de vie ou de mouvement : et c'est par ce plus grand nombre de rapports que l'animal est réellement au-dessus du végétal, et le végétal au-dessus du minéral. Nous-mêmes, à ne considérer que la partie matérielle de notre être, nous ne sommes au-dessus des animaux que par quelques rapports de plus, tels que ceux que nous donnent la langue et la main ; et, quoique les ouvrages du Créateur soient en eux-mêmes tous également parfaits, l'animal est, selon notre façon d'apercevoir, l'ouvrage le plus complet de la nature, et l'homme en est le chef-d'œuvre.

En effet, que[2] de ressorts, que de forces, que de machines et de mouvements sont renfermés dans cette petite partie de matière qui compose le corps d'un animal ! que de rapports, que d'harmonie, que de correspondance entre les parties ! combien de combinaisons, d'arrangements, de causes, d'effets, de principes, qui tous concourent au même but, et que nous ne connaissons que par des résultats si difficiles à comprendre, qu'ils n'ont cessé d'être des merveilles que par l'habitude que nous avons prise de n'y point réfléchir !

L'animal n'a de commun avec le minéral que les qualités de la matière prise généralement ; sa substance a les mêmes propriétés virtuelles[3] ; elle est étendue, pesante, impéné-

1. Voy. note 1, page 5.
2. Suite d'exclamations vives et heureuses.
3. C'est-à-dire essentielles.

trable, comme tout le reste de la matière ; mais son écono-mie[1] est toute différente. Le minéral n'est qu'une matière brute, inactive, insensible, n'agissant que par la contrainte des lois de la mécanique, n'obéissant qu'à la force générale-ment répandue dans l'univers, sans organisation, sans puis-sance, dénuée de toutes facultés, même de celle de se re-produire : substance informe, faite pour être foulée aux pieds par les hommes et les animaux, laquelle[2], malgré le nom de métal précieux, n'en est pas moins méprisée[3] par le sage, et ne peut avoir qu'une valeur arbitraire, toujours subordonnée à la volonté et dépendante de la convention des hommes. L'animal réunit toutes les puissances de la nature ; les forces qui l'animent lui sont propres et particulières ; il veut, il agit, il se détermine, il opère, il communique par ses sens avec les objets les plus éloignés ; son individu est un centre où tout se rapporte, un point où l'univers entier se réfléchit[4], un monde en raccourci[5] : voilà les rapports qui lui sont propres ; ceux qui lui sont communs avec les végétaux sont les facultés de croître, de se développer, de se repro-duire et de se multiplier.

---

9. *Fécondité de la terre.*

La surface de la terre, parée de sa verdure, est le fonds inépuisable et commun duquel l'homme et les animaux tirent leur subsistance. Tout ce qui a vie dans la nature vit sur ce qui végète, et les végétaux vivent à leur tour des dé-bris de tout ce qui a vécu et végété. Pour vivre, il faut détruire[6] ; et ce n'est en effet qu'en détruisant des êtres que les animaux peuvent se nourrir et se multiplier. Dieu, en créant les premiers individus de chaque espèce d'animal et de végétal, a non-seulement donné la forme à la poussière[7]

1. C'est-à-dire la manière dont elle est arrangée.
2. *Laquelle*, moins élégant que *et qui*.
3. Un peu déclamatoire, comme *foulée aux pieds*.
4. Comparaison tirée de la physique.
5. Belle image.
6. Belle et énergique opposition.
7. C'est l'expression des livres saints : *Memento homo, quia pulvis es.*

de la terre, mais il l'a rendue vivante et animée, en renfermant dans chaque individu une quantité plus ou moins grande de principes actifs, de molécules organiques vivantes, indestructibles, et communes à tous les êtres organisés : ces molécules passent de corps à corps, et servent également à la vie actuelle et à la continuation de la vie, à la nutrition, à l'accroissement de chaque individu ; et après la dissolution du corps, après sa destruction, sa réduction en cendres, ces molécules organiques, sur lesquelles la mort ne peut rien, survivent, circulent dans l'univers, passent dans d'autres êtres, et y portent la nourriture et la vie. Toute production, tout renouvellement, tout accroissement par la génération, par la nutrition, par le développement, suppose donc une destruction précédente, une conversion de substance, un transport de ces molécules organiques qui ne se multiplient pas, mais qui, subsistant toujours en nombre égal, rendent la nature toujours également vivante, la terre également peuplée, et toujours également resplendissante de la première gloire[1] de celui qui l'a créée.

A prendre les êtres en général, le total de la quantité de vie est donc toujours le même, et la mort, qui semble tout détruire, ne détruit rien de cette vie primitive et commune à toutes les espèces d'êtres organisés. Comme toutes les autres puissances subordonnées et subalternes, la mort n'attaque que les individus, ne frappe que la surface, ne détruit que la forme, ne peut rien sur la matière, et ne fait aucun tort à la nature, qui n'en brille que davantage, qui ne lui permet pas d'anéantir les espèces, mais la laisse moissonner[2] les individus et les détruire avec le temps, pour se montrer elle-même indépendante de la mort et du temps, pour exercer à chaque instant sa puissance toujours active, manifester sa plénitude par sa fécondité, et faire de l'univers, en reproduisant, en renouvelant les êtres, un théâtre toujours rempli, un spectacle[3] toujours nouveau.

Pour que les êtres se succèdent, il est donc nécessaire qu'ils se détruisent entre eux ; pour que les animaux se nourrissent et subsistent, il faut qu'ils détruisent des végétaux ou d'autres animaux ; et, comme avant et après la destruc-

1. Image métaphorique.
2. Métaphore devenue usuelle.
3. *Théâtre..., spectacle*, métaphore continuée ou allégorie.

tion la quantité de vie reste toujours la même, il semble qu'il devrait être indifférent à la nature que telle ou telle espèce détruisît plus ou moins. Cependant, comme une mère économe[1] au sein même de l'abondance, elle a fixé des bornes à la dépense et prévenu le dégât apparent, en ne donnant qu'à peu d'espèces d'animaux l'instinct de se nourrir de chair; elle a même réduit à un assez petit nombre d'individus ces espèces voraces et carnassières, tandis qu'elle a multiplié bien plus abondamment et les espèces et les individus de ceux qui se nourrissent de plantes, et que, dans les végétaux, elle semble avoir prodigué les espèces, et répandu dans chacune avec profusion le nombre et la fécondité.

10. *Les volcans.*

Les montagnes ardentes, qu'on appelle volcans, renferment dans leur sein le soufre, le bitume et les matières qui servent d'aliment à un feu souterrain, dont l'effet, plus violent que celui de la poudre et du tonnerre, a de tout temps étonné, effrayé les hommes, et désolé la terre. Un volcan est un canon[2] d'un volume immense, dont l'ouverture a souvent plus d'une demi-lieue : cette large bouche à feu vomit[3] des torrents de fumée et des flammes, des fleuves de bitume, de soufre et de métal fondu, des nuées de cendres et de pierres ; et quelquefois elle lance à plusieurs lieues de distance des masses de rochers énormes, et que toutes les forces humaines réunies ne pourraient pas mettre en mouvement; l'embrasement est si terrible, et la quantité des matières ardentes, fondues, calcinées, vitrifiées, que la montagne rejette, est si abondante, qu'elles enterrent les villes[4], les forêts, couvrent les campagnes de cent et de deux cents pieds d'épaisseur, et forment quelquefois des collines et des montagnes qui ne sont que des monceaux de ces matières entas-

1. *Mère économe..., dépense..., dégât,* autre métaphore continuée, aussi juste que simple.
2. Métaphore hardie et neuve, amenée par les mots qui précèdent et développée par ceux qui suivent.
3. Métaphore usuelle et amenée par le mot *bouche.*
4. Comme Pompéies, Herculanum, Stabies, etc., près du Vésuve.

sées. L'action de ce feu est si grande, la force de l'explosion est si violente, qu'elle produit par sa réaction[1] des secousses assez fortes pour ébranler et faire trembler la terre, agiter la mer, renverser les montagnes, détruire les villes et les édifices les plus solides, à des distances même très-considérables.

---

11. *Les déserts de l'Arabie Pétrée.*

Qu'on se figure un pays sans verdure et sans eau, un soleil brûlant, un ciel toujours sec, des plaines sablonneuses, des montagnes encore plus arides, sur lesquelles l'œil s'étend et le regard se perd[2] sans pouvoir s'arrêter sur aucun objet vivant; une terre morte[3] et pour ainsi dire écorchée[4] par les vents, laquelle ne présente que des ossements, des cailloux jonchés, des rochers debout ou renversés, un désert entièrement découvert où le voyageur n'a jamais respiré sous l'ombrage, où rien ne l'accompagne; rien ne lui rappelle la nature vivante : solitude absolue, mille fois plus affreuse que celle des forêts; car les arbres sont encore des êtres pour l'homme qui se voit seul : plus isolé, plus dénué, plus perdu[5] dans ces lieux vides et sans bornes, il voit partout l'espace comme son tombeau[6] : la lumière du jour, plus triste que l'ombre de la nuit, ne renaît que pour éclairer sa nudité, son impuissance, et pour lui présenter l'horreur de sa situation, en reculant à ses yeux les barrières du vide, en étendant autour de lui l'abîme de l'immensité qui le sépare de la terre habitée : immensité qu'il tenterait en vain de parcourir; car la faim, la soif et la chaleur brûlante pressent[7] tous les instants qui lui restent entre le désespoir et la mort.

1. C'est-à-dire contre-coup.
2. L'*œil* s'*étend*..., le *regard se perd*, belles et vives images.
3. Métaphore hardie et nouvelle.
4. Belle expression métaphorique.
5. Belle gradation qui amène l'emploi, fort rare, du comparatif *plus perdu.*
6. Belle image.
7. Expression pleine d'énergie.

12. *Les savanes de l'Amérique méridionale.*

Opposons ce tableau d'une sécheresse absolue, dans une terre trop ancienne, à celui des vastes plaines de fange, des savanes noyées du nouveau continent; nous y verrons par excès ce que l'autre n'offrait que par défaut[1]. Des fleuves d'une largeur immense, tels que l'Amazone, la Plata, l'Orénoque, roulant à grands flots leurs vagues écumantes, et se débordant en toute liberté, semblent menacer la terre d'un envahissement, et faire effort[2] pour l'occuper tout entière. Des eaux stagnantes, et répandues près et loin de leur cours, couvrent le limon vaseux qu'elles ont déposé; et ces vastes marécages, exhalant leurs vapeurs en brouillards fétides, communiqueraient à l'air l'infection de la terre, si bientôt elles ne retombaient en pluies précipitées par les orages ou dispersées par les vents; et ces plages, alternativement sèches et noyées, où la terre et l'eau semblent se disputer[3] des possessions illimitées, et ces broussailles de mangles, jetées sur les confins indécis de ces deux éléments, ne sont peuplées que d'animaux immondes qui pullulent dans ces repaires, cloaques[4] de la nature, où tout retrace l'image des déjections monstrueuses de l'antique limon[5].

Les énormes serpents tracent de larges sillons sur cette terre bourbeuse; les crocodiles, les crapauds, les lézards, et mille autres reptiles à larges pattes, en pétrissent la fange; des millions d'insectes enflés par la chaleur humide en soulèvent la vase, et tout ce peuple impur, rampant sur le limon, ou bourdonnant dans l'air qu'il obscurcit encore, toute cette vermine[6] dont fourmille la terre attire de nombreuses cohortes d'oiseaux ravisseurs dont les cris confondus, multipliés, et mêlés aux coassements des reptiles, en troublant le silence de ces affreux déserts, semblent ajouter la

1. Antithèse de mots.
2. *Menacer..., faire effort*, prosopopée de mots.
3. Expression énergique qui rappelle la lutte des éléments dans le chaos.
4. Belle catachrèse.
5. Tableau fidèle et énergique.
6. Mot trivial amené par ce qui précède.

crainte à l'horreur pour en écarter l'homme et en interdire
l'entrée aux autres êtres sensibles[1] : terres d'ailleurs impraticables, encore informes, et qui ne serviraient qu'à lui rappeler l'idée de ces temps, voisins du premier chaos, où les
éléments n'étaient pas séparés, où la terre et l'eau ne faisaient qu'une masse commune[2], et où les espèces vivantes
n'avaient pas encore trouvé leur place dans les différents
districts[3] de la nature.

---

13. *La nature et l'homme.*

La nature est le trône extérieur[4] de la magnificence divine:
l'homme qui la contemple, qui l'étudie, s'élève par degrés
au trône intérieur de la toute-puissance. Fait pour adorer le
Créateur, il commande à toutes les créatures; vassal[5] du ciel,
roi de la terre, il l'ennoblit, la peuple et l'enrichit; il établit entre les êtres vivants l'ordre, la subordination, l'harmonie; il embellit la nature même, il la cultive, l'étend et
la polit[6], en élague le chardon et la ronce, y multiplie le
raisin et la rose. Voyez[7] ces plages désertes, ces tristes contrées où l'homme n'a jamais résidé, couvertes ou plutôt
hérissées de bois épais et noirs dans toutes les parties élevées : des arbres sans écorce et sans cime, courbés, rom-
pus, tombant de vétusté, d'autres en plus grand nombre,
gisant au pied des premiers pour pourrir[8] sur des monceaux
déjà pourris, étouffent, ensevelissent les germes prêts à
éclore. La nature, qui partout ailleurs brille par sa jeunesse[9],
paraît ici dans la décrépitude. La terre, surchargée par le
poids, surmontée par les débris de ses productions, n'offre,

1. Mot pris dans son acception philosophique et non morale.
2. C'est la *rudis indigestaque moles* d'Ovide (*Métam.*, l. 1).
3. Catachrèse.
4. *Trône extérieur, trône intérieur,* métaphores obscures et
antithèses recherchées.
5. *Vassal..., roi,* catachrèse et antithèse.
6. *Étendre et polir la nature,* expressions métaphoriques
neuves et hardies.
7. Beau mouvement.
8. Expression familière et énergique.
9. *Jeunesse..., décrépitude,* métaphores.

au lieu d'une verdure florissante, qu'un espace encombré, traversé de vieux arbres chargés de plantes parasites, de lichens, d'agarics, fruits impurs[1] de la corruption. Dans toutes les parties basses, des eaux mortes[2] et croupissantes faute d'être conduites et dirigées ; des terrains fangeux qui, n'étant ni solides ni liquides, sont inabordables, et demeurent également inutiles aux habitants de la terre et des eaux ; des marécages qui, couverts de plantes aquatiques et fétides, ne nourrissent que des insectes vénéneux et servent de repaire aux animaux immondes. Entre ces marais infects qui occupent les lieux bas, et les forêts décrépites qui couvrent les terres élevées, s'étendent des espèces de landes, des savanes qui n'ont rien de commun avec nos prairies : les mauvaises herbes y surmontent, y étouffent les bonnes ; ce n'est point ce gazon fin qui semble faire le duvet[3] de la terre, ce n'est point cette pelouse émaillée qui annonce sa brillante fécondité ; ce sont des végétaux agrestes, des herbes dures, épineuses, entrelacées les unes dans les autres, qui semblent moins tenir à la terre qu'elles ne tiennent entre elles, et qui, se desséchant et repoussant successivement les unes sur les autres, forment une bourre[4] grossière, épaisse de plusieurs pieds. Nulle route, nulle communication, nul vestige d'intelligence dans ces lieux sauvages : l'homme, obligé de suivre les sentiers de la bête farouche, s'il veut les[5] parcourir ; contraint de veiller sans cesse pour éviter d'en devenir la proie ; effrayé de leurs rugissements, saisi du silence[6] même de ces profondes solitudes, rebrousse chemin et dit : «La nature brute est hideuse et mourante ; c'est moi, moi seul qui peux la rendre agréable et vivante : desséchons ces marais, animons[7] ces eaux mortes en les faisant couler ; formons-en des ruisseaux, des canaux ; employons cet élément actif et dévorant qu'on nous avait caché et que nous ne devons qu'à nous-mêmes ; mettons le feu à cette bourre

1. Belle opposition.
2. Expression qui ne s'applique ordinairement qu'à la *mer Morte*
3. Expression hardie, mais tempérée par le mot *semble*.
4. Expression familière, relevée par l'épithète *grossière*.
5. Amphibologie : *les* se rapporte logiquement à *lieux* et grammaticalement à *sentiers*.
6. Image éloquente.
7. Belle métaphore.

superflue, à ces vieilles forêts déjà à demi consommées[1] ;
achevons de détruire avec le fer ce que le feu n'aura pu consumer : bientôt, au lieu du jonc, du nénuphar dont le cra-
paud composait son venin, nous verrons paraître la renon-
cule, le trèfle, les herbes douces et salutaires ; des troupeaux
d'animaux bondissants fouleront cette terre jadis imprati-
cable ; ils y trouveront une subsistance abondante, une pâture toujours renaissante ; ils se multiplieront pour se multiplier encore. Servons-nous de ces nouveaux aides pour
achever notre ouvrage ; que le bœuf, soumis au joug,
emploie ses forces et le poids de sa masse à sillonner la terre ;
qu'elle rajeunisse par la culture : une nature nouvelle va
sortir de nos mains[2]. »

Qu'elle est belle[3], cette nature cultivée ! que par les soins
de l'homme elle est brillante et pompeusement parée ! Il en
fait lui-même le principal ornement, il en est la production
la plus noble ; en se multipliant, il en multiplie le germe le
plus précieux ; elle-même aussi semble se multiplier avec lui ;
il met au jour[4] par son art tout ce qu'elle recélait dans son
sein ! Que de trésors ignorés, que de richesses nouvelles ! les
fleurs[5], les fruits, les grains, perfectionnés, multipliés à
l'infini ; les espèces utiles d'animaux transportées, propa-
gées, augmentées sans nombre ; les espèces nuisibles réduites, confinées, reléguées ; l'or, et le fer plus nécessaire
que l'or, tirés des entrailles de la terre ; les torrents con-
tenus, les fleuves dirigés, resserrés ; la mer même soumise,
reconnue, traversée d'un hémisphère à l'autre ; la terre
accessible partout, partout rendue aussi vivante que féconde ;
dans les vallées de riantes prairies, dans les plaines de riches
pâturages ou des moissons encore plus riches ; les collines
chargées de vignes et de fruits, leurs sommets couronnés
d'arbres utiles et de jeunes forêts ; les déserts devenus des
cités habitées par un peuple immense qui, circulant sans
cesse, se répand de ses centres jusqu'aux extrémités ; des

1. Par le temps et par l'usage ; on dirait *consumées* par le feu.
2. Tout ce morceau (la nature brute.... sortir de nos mains),
sous forme dramatique, est plein de vie et d'expression, d'images
et de figures.
3. Belle exclamation.
4. Pour *produire au jour ;* mais *mettre au jour* est plus neuf ;
il signifie *enfanter.*
5. *Les fleurs.* début d'une longue et belle énumération.

routes ouvertes et fréquentées, des communications établies partout comme autant de témoins de la force et de l'union de la société; mille autres monuments de puissance et de gloire, démontrent assez que l'homme, maître du domaine de la terre, en a changé, renouvelé la surface entière, et que de tout temps il partage l'empire avec la nature.

Cependant il ne règne que par droit de conquête; il jouit plutôt qu'il ne possède; il ne conserve que par des soins toujours renouvelés; s'ils cessent, tout languit, tout s'altère, tout change, tout rentre sous la main de la nature[1] : elle reprend ses droits, efface[2] les ouvrages de l'homme, couvre de poussière et de mousse ses plus fastueux monuments, les détruit avec le temps, et ne lui laisse que le regret d'avoir perdu par sa faute ce que ses ancêtres avaient conquis par leurs travaux. Ces temps où l'homme perd son domaine, ces siècles de barbarie pendant lesquels tout périt, sont toujours préparés par la guerre, et arrivent avec la disette et la dépopulation. L'homme, qui ne peut que par le nombre, qui n'est fort que par sa réunion, qui n'est heureux que par la paix, a la fureur de s'armer pour son malheur et de combattre pour sa ruine : excité par l'insatiable avidité, aveuglé[3] par l'ambition encore plus insatiable, il renonce aux sentiments d'humanité, tourne toutes ses forces contre lui-même, cherche à s'entre-détruire, se détruit en effet; et, après ces jours de sang et de carnage, lorsque la fumée[4] de la gloire s'est dissipée, il voit d'un œil triste la terre dévastée, les arts ensevelis[5], les nations dispersées, les peuples affaiblis, son propre bonheur ruiné, et sa puissance réelle anéantie.

14. *Comparaison des œuvres de la nature avec les ouvrages des hommes.*

Comparons les œuvres de la nature aux ouvrages de l'homme; cherchons comment tous deux opèrent, et voyons si l'esprit, quelque actif, quelque étendu qu'il soit, peut

1. La nature est personnifiée.
2. Expression pleine de vivacité et de justesse.
3. Expression métaphorique.
4. Métaphore devenue usuelle.
5. Belle métaphore.

aller de pair et suivre la même marche, sans se perdre lui-même, ou dans l'immensité de l'espace, ou dans les ténèbres du temps, ou dans le nombre infini de la combinaison des êtres. Que l'homme dirige la marche[1] de son esprit sur un objet quelconque; s'il voit juste, il prend la ligne droite, parcourt le moins d'espace et emploie le moins de temps possible pour atteindre à son but. Combien ne lui faut-il pas déjà de réflexions et de combinaisons pour ne pas entrer dans les lignes obliques, pour éviter les fausses routes, les culs-de-sac, les chemins creux, qui tous se présentent les premiers, et en si grand nombre que le choix du vrai sentier suppose la plus grande justesse de discernement! Cela cependant est possible, c'est-à-dire n'est pas au-dessus des forces d'un bon esprit; il peut marcher droit sur sa ligne et sans s'écarter; voilà sa manière d'aller la plus sûre et la plus ferme : mais il va sur une ligne pour arriver à un point; et s'il veut saisir un autre point, il ne peut l'atteindre que par une autre ligne : la trame[2] de ses idées est un fil délié qui s'étend en longueur sans autres dimensions. La nature, au contraire, ne fait pas un seul pas qui ne soit en tous sens : en marchant en avant, elle s'étend à côté et s'élève au-dessus; elle parcourt et remplit à la fois les trois dimensions; et tandis que l'homme n'atteint qu'un point, elle arrive au solide[3], en embrasse le volume et pénètre la masse dans toutes leurs parties. Que font nos Phidias[4] lorsqu'ils donnent une forme à la matière brute? A force d'art et de temps, ils parviennent à faire une surface qui représente exactement les dehors de l'objet qu'ils se sont proposé : chaque point de cette surface qu'ils ont créée leur a coûté mille combinaisons; leur génie a marché droit sur autant de lignes qu'il y a de traits dans leur figure; le moindre écart l'aurait déformée : ce marbre, si parfait qu'il semble respirer, n'est donc qu'une multitude de points aux-

1. *Suivre la même marche..., diriger la marche*, négligence.
2. Expression métaphorique.
3. Expression prise dans le sens géométrique; *solide*, corps qui a les trois dimensions de longueur, largeur, hauteur ou profondeur. Le contour des molécules dont il est composé, c'est le *volume*; l'ensemble des molécules est la *masse*.
4. Antonomase, pour dire *nos sculpteurs les plus célèbres*. Phidias, contemporain de Périclès, fut le plus grand statuaire de l'antiquité.

quels l'artiste n'est arrivé qu'avec peine et successivement ; parce que l'esprit humain ne saisissant à la fois qu'une seule dimension, et nos sens ne s'appliquant qu'aux surfaces, nous ne pouvons pénétrer la matière et ne savons que l'effleurer. La nature, au contraire, sait la brasser[1] et la remuer à fond ; elle produit ses formes par des actes presque instantanés : elle les développe en les étendant à la fois dans les trois dimensions : en même temps que son mouvement atteint à la surface, les forces pénétrantes dont elle est animée opèrent à l'intérieur ; chaque molécule est pénétrée ; le plus petit atome, dès qu'elle veut l'employer, est forcé d'obéir : elle agit donc en tous sens, elle travaille en avant, en bas, en haut, à droite, à gauche, de tous côtés à la fois, et par conséquent elle embrasse non-seulement la surface, mais le volume, la masse et le solide entier dans toutes ses parties.

---

15. *L'homme.*

Tout marque dans l'homme, même à l'extérieur, sa supériorité sur tous les êtres vivants. Il se soutient droit et élevé[2], son attitude est celle du commandement ; sa tête regarde le ciel et présente une face auguste sur laquelle est imprimé[3] le caractère de sa dignité ; l'image de l'âme[4] y est peinte par la physionomie ; l'excellence de sa nature perce à travers les organes matériels, et anime d'un feu divin[5] les traits de son visage ; son port majestueux, sa démarche ferme et hardie, annoncent sa noblesse et son rang : il ne touche à la terre que par ses extrémités les plus éloignées, il ne la voit que de loin, et semble la dédaigner : les bras ne lui sont pas donnés pour servir de piliers d'appui à la masse de son corps ; sa main ne doit pas fouler la terre, et perdre par des frottements réitérés la finesse du toucher dont elle est le principal organe : le bras et la main sont faits pour servir à

1. Expression prise dans le sens étymologique.
2.   Os homini sublime dedit, cœlumque tueri
     Jussit, et erectos ad sidera tollere vultus. (Ovide.)
3. Expression métaphorique.
4. Catachrèse.
5. Métaphore.
6. Métaphore.

des usages plus nobles, pour exécuter les ordres de la volonté, pour saisir les choses éloignées, pour écarter les obstacles, pour prévenir les rencontres et le choc de ce qui pourrait nuire, pour embrasser et retenir ce qui peut plaire, pour le mettre à portée des autres sens.

Lorsque l'âme est tranquille, toutes les parties du visage sont dans un état de repos ; leur proportion, leur union, leur ensemble, marquent encore assez la douce harmonie des pensées et répondent au calme de l'intérieur. Mais lorsque l'âme est agitée, la face humaine devient un tableau vivant[1] où les passions sont rendues avec autant de délicatesse que d'énergie, où chaque mouvement de l'âme est exprimé par un trait, chaque action par un caractère dont l'impression vive et prompte devance la volonté, nous décèle, et rend au dehors par des signes pathétiques les images de nos secrètes agitations.

C'est surtout dans les yeux qu'elles se peignent et qu'on peut les reconnaître. L'œil appartient à l'âme[2] plus qu'aucun autre organe ; il semble y toucher, et participer à tous ses mouvements : il en exprime les passions les plus vives et les émotions les plus tumultueuses, comme les mouvements les plus doux et les sentiments les plus délicats ; il les rend dans toute leur force, dans toute leur pureté, tels qu'ils viennent de naître ; il les transmet par des traits rapides[3] qui portent dans une autre âme le feu, l'action, l'image de celle dont ils partent ; l'œil reçoit et réfléchit en même temps la lumière de la pensée et la chaleur du sentiment[4] ; c'est le sens de l'esprit, et la langue de l'intelligence[5].

16. *Les sens.*

L'excellence des sens vient de la nature ; mais l'art et l'habitude peuvent leur donner aussi un plus grand degré de

1. Belle expression suivie d'un développement en métaphores.
2. Expression neuve et hardie.
3. Expression métaphorique.
4. *Lumière* de la pensée, *chaleur* du sentiment, métaphores heureuses.
5. *Sens* de l'esprit, *langue* de l'intelligence, catachrèses neuves et hardies.

perfection : il ne faut pour cela que les exercer souvent et longtemps sur les mêmes objets. Un peintre, accoutumé à considérer attentivement les formes, verra du premier coup d'œil une infinité de nuances et de différences qu'un autre homme ne pourra saisir qu'avec beaucoup de temps, et que même il ne pourra peut-être saisir. Un musicien, dont l'oreille est continuellement exercée à l'harmonie, sera vivement choqué d'une dissonance; une voix fausse, un son aigre l'offensera, le blessera[1]. Son oreille est un instrument[2] qu'un son discordant démonte et désaccorde; l'œil du peintre est un tableau où les nuances les plus légères sont senties, où les traits les plus délicats sont tracés. On perfectionne aussi les sens et même l'appétit des animaux; on apprend aux oiseaux à répéter des paroles et des chants; on augmente l'ardeur d'un chien pour la chasse en lui faisant curée[3].

Mais cette excellence des sens et la perfection même qu'on peut leur donner n'ont des effets bien sensibles que dans l'animal; il nous paraîtra d'autant plus actif et plus intelligent, que ses sens seront meilleurs ou plus perfectionnés. L'homme au contraire n'en est pas plus raisonnable, pas plus spirituel, pour avoir beaucoup exercé son oreille et ses yeux. On ne voit pas que les personnes qui ont les sens obtus, la vue courte, l'oreille dure[4], l'odorat détruit ou insensible, aient moins d'esprit que les autres; preuve évidente qu'il y a dans l'homme quelque chose de plus qu'un sens intérieur animal : celui-ci n'est qu'un organe matériel, semblable à l'organe des sens extérieurs, et qui n'en diffère que parce qu'il a la propriété de conserver les ébranlements qu'il a reçus; l'âme de l'homme au contraire est un sens supérieur, une substance spirituelle, entièrement différente, par son essence et par son action, de la nature des sens extérieurs.

1. Gradation ascendante.
2. *Instrument...*, *tableau*, comparaisons métaphoriques.
3. Distribution de viandes.
4. Expression métaphorique.

17. *Le toucher.*

Les sens sont des espèces d'instruments dont il faut apprendre à se servir. Celui de la vue, qui paraît être le plus noble et le plus admirable, est en même temps le moins sûr et le plus illusoire; ses sensations ne produiraient que des jugements faux s'ils n'étaient à tout instant rectifiés par le témoignage du toucher. Celui-ci est le sens solide, c'est la pierre de touche et la mesure de tous les autres sens; c'est le seul qui soit absolument essentiel à l'animal, c'est celui qui est universel, et qui est répandu dans toutes les parties de son corps. Mais il s'exerce différemment dans chacune d'elles. Celles qui[1], comme la main, sont divisées en plusieurs petites parties flexibles et mobiles, et qui peuvent, par conséquent, s'appliquer en même temps sur les différents plans de la superficie des corps, sont celles qui nous donnent le mieux les idées de leur forme et de leur grandeur.

Le toucher n'est qu'un contact de superficie. Qu'on suppute la superficie de la main et des cinq doigts, on la trouvera plus grande à proportion que celle de toute autre partie du corps, parce qu'il n'y en a aucune qui soit autant divisée : ainsi elle a d'abord l'avantage de pouvoir présenter aux corps étrangers plus de superficie. Ensuite les doigts peuvent s'étendre, se raccourcir, se plier, se séparer, se joindre, et s'ajuster à toutes sortes de surfaces : autre avantage qui suffirait pour rendre cette partie l'organe de ce sentiment exact et précis qui est nécessaire pour nous donner l'idée de la forme des corps. Si la main avait encore un plus grand nombre de parties, qu'elle fût, par exemple, divisée en vingt doigts, que ces doigts eussent un plus grand nombre d'articulations et de mouvements, il n'est pas douteux que le sentiment du toucher ne fût infiniment plus parfait dans cette conformation qu'il ne l'est. Si, au contraire, la main était sans doigts, elle ne pourrait nous donner que des notions très-imparfaites de la forme des choses les plus pal-

---

1. *Celles qui..., sont celles qui*, phrase vicieuse; car *celles* ne peut représenter qu'un nom, et le second *celles* représente le premier.

pables, et nous n'aurions qu'une connaissance très-confuse
des objets qui nous environnent, ou du moins il nous faudrait beaucoup plus d'expériences et de temps pour les acquérir.

Les animaux qui ont des mains paraissent être les plus
spirituels[1]. Un homme n'a peut-être beaucoup plus d'esprit
qu'un autre que pour avoir fait, dans sa première enfance,
un plus prompt usage de cet organe.

18. *La vue.*

Si l'on examine les yeux d'un enfant quelques heures ou
quelques jours après sa naissance, on reconnaît aisément
qu'il n'en fait encore aucun usage. Cet organe n'ayant pas encore assez de consistance, les rayons de la lumière ne peuvent
arriver que confusément sur la rétine : ce n'est qu'au bout
d'un mois ou environ qu'il paraît que l'œil a pris de la solidité
et le degré de tension nécessaire pour transmettre ces rayons
dans l'ordre que suppose la vision. Cependant alors même, c'est-
à-dire au bout d'un mois, les yeux des enfants ne s'arrêtent
encore sur rien; ils les remuent et les tournent indifféremment, sans qu'on puisse remarquer si quelques objets les
affectent réellement. Mais bientôt, c'est-à-dire à six ou sept semaines, ils commencent à arrêter leurs regards sur les choses
plus brillantes, à tourner souvent les yeux et à les fixer du
côté du jour, des lumières ou des fenêtres. Cependant l'exercice qu'ils donnent à cet organe ne fait que le fortifier, sans
leur donner encore aucune notion exacte des différents
objets.

Par exemple, nous ne pouvons avoir par le sens de la vue
aucune idée des distances : sans le toucher, tous les objets
nous paraîtraient être dans nos yeux, parce que les images
de ces objets y sont en effet; et un enfant qui n'a encore rien
touché doit être affecté comme si tous ces objets étaient en
lui-même; il les voit seulement plus gros ou plus petits,
selon qu'ils s'approchent ou qu'ils s'éloignent de ses yeux.
Une mouche qui s'approche de son œil doit lui paraître un

1. Mot pris, comme *esprit* qui suit, dans le sens d'*intelligence.*

animal d'une grandeur énorme; un cheval ou un bœuf qui en est éloigné lui paraît plus petit que la mouche. Ainsi il ne peut avoir par ce sens aucune connaissance de la grandeur relative des objets, parce qu'il n'a aucune idée de la distance à laquelle il les voit. Ce n'est qu'après avoir mesuré la distance en étendant la main ou en transportant son corps d'un lieu à un autre, qu'il peut acquérir cette idée de la distance et de la grandeur des objets; auparavant, il ne connaît point du tout cette distance, et il ne peut juger de la grandeur d'un objet que par celle de l'image qu'il[1] forme dans son œil.

Voilà deux principaux défauts du sens de la vue, et quelques-unes des erreurs que ces défauts produisent; examinons à présent la nature et l'étendue de cet organe admirable, par lequel nous communiquons avec les objets les plus éloignés. La vue n'est qu'une espèce de toucher, mais bien différente du toucher ordinaire. Pour toucher quelque chose avec le corps ou avec la main, il faut ou que nous nous approchions de cette chose ou qu'elle s'approche de nous, afin d'être à portée de pouvoir la palper; mais nous la pouvons toucher des yeux[2] à quelque distance qu'elle soit, pourvu qu'elle puisse renvoyer une assez grande quantité de lumière pour faire impression sur cet organe.

De plus, l'œil est de tous les sens celui dont les ébranlements ont le plus de durée, et qui doit, par conséquent, former les impressions les plus fortes, quoique en apparence elles soient les plus légères.

Enfin l'œil rend au dehors les impressions intérieures; il exprime le désir que l'objet agréable qui vient de le frapper a fait naître: c'est un sens actif. Tous les autres sens, au contraire, sont presque purement passifs; ce sont de simples organes faits pour recevoir les impressions extérieures, mais incapables de les conserver, et plus encore de les réfléchir au dehors. L'œil les réfléchit, parce qu'il les conserve; et il les conserve, parce que les ébranlements dont il est affecté

---

1. *Il* ne peut juger..., l'image qu'*il* forme. — De ces deux *il*, l'un se rapporte à *enfant* et l'autre à *objet*. Cela est fautif.

2. Belle alliance de mots créée par Buffon, comme il est dit du *chien*, par une autre figure aussi neuve et aussi hardie, *voir de l'odorat*.

3. C'est-à-dire *renvoyer*.

Buffon.   **2**

sont durables, au lieu que ceux des autres sens naissent et finissent presque dans le même instant.

---

19. *L'ouïe.*

Le son a, comme la lumière, non-seulement la propriété de se propager au loin, mais encore celle de se réfléchir; et la cavité intérieure de l'oreille paraît être un écho où le son se réfléchit avec la plus grande précision. Cette cavité est creusée dans la partie pierreuse[1] de l'os temporal[2], comme une concavité dans un rocher; le son se répète et s'articule[3] dans cette cavité.

Comme le sens de l'ouïe a de commun avec celui de la vue de nous donner la sensation des choses éloignées, il est sujet à des erreurs semblables, et il doit nous tromper toutes les fois que nous ne pouvons pas rectifier par le toucher les idées qu'il produit. De la même façon que le sens de la vue ne nous donne aucune idée de la distance des objets, le sens de l'ouïe ne nous donne aucune idée de la distance des corps qui produisent le son : un grand bruit fort éloigné et un petit bruit fort voisin produisent la même sensation; et, à moins qu'on n'ait déterminé la distance par les autres sens, on ne sait point si ce qu'on a entendu est en effet un grand ou un petit bruit.

L'ouïe est bien plus nécessaire à l'homme qu'aux animaux : ce sens n'est dans ceux-ci qu'une propriété passive, capable seulement de leur transmettre les impressions étrangères; dans l'homme, c'est non-seulement une propriété passive, mais une faculté qui devient active par l'organe de la parole. C'est en effet par ce sens que nous vivons en société, que nous recevons la pensée des autres, et que nous pouvons leur communiquer la nôtre; les organes de la voix seraient des instruments inutiles s'ils n'étaient mis en mouvement par ce sens.

---

1. C'est-à-dire la plus dure.
2. C'est-à-dire l'os des tempes.
3. C'est-à-dire se sépare en parties distinctes comme les articulations des doigts, par exemple.

20. *L'enfance.*

L'enfant ouvre les yeux aussitôt qu'il est né, mais ils sont fixes et ternes; on n'y voit pas ce brillant qu'ils auront dans la suite, ni le mouvement qui accompagne la vision. La lumière qui les frappe semble faire impression, mais ce sentiment est fort obtus. Le nouveau-né ne distingue rien; car ses yeux, même en prenant du mouvement, ne s'arrêtent sur aucun objet. L'organe est encore imparfait.

Bien différent des animaux, l'homme n'existe presque pas encore lorsqu'il vient de naître; il est nu, faible, incapable d'aucun mouvement, privé de toute action, réduit à tout souffrir; sa vie dépend des secours qu'on lui donne.

Si quelque chose est capable de nous donner une idée de notre faiblesse, c'est l'état où nous nous trouvons immédiatement après la naissance. Incapable de faire encore aucun usage de ses organes et de se servir de ses sens, l'enfant qui naît a besoin de secours de toute espèce : c'est une image de misère et de douleur; il est, dans ces premiers temps, plus faible qu'aucun des animaux; sa vie, incertaine et chancelante[1], paraît devoir finir à chaque instant; il ne peut se soutenir ni se mouvoir; à peine a-t-il la force nécessaire pour exister et pour annoncer par des gémissements les souffrances qu'il éprouve, comme si la nature voulait l'avertir qu'il est né pour souffrir, et qu'il ne vient prendre place dans l'espèce humaine que pour en partager les infirmités et les peines.

21. *La vieillesse.*

Tout change dans la nature, tout s'altère, tout périt; le corps de l'homme n'est pas plus tôt arrivé à son point de perfection, qu'il commence à déchoir : le dépérissement est d'abord insensible; il se passe même plusieurs années

---

1. Expression métaphorique, appliquée de la marche à la vie elle-même.

avant que nous nous apercevions d'un changement considérable : cependant nous devrions sentir le poids de nos années[1]
mieux que les autres ne peuvent en compter le nombre; et
comme ils ne se trompent pas sur notre âge en le jugeant
par les changements extérieurs, nous devrions nous tromper
encore moins sur l'effet intérieur qui les produit, si nous
nous observions mieux, si nous nous flattions moins, et si
dans tout, les autres ne nous jugeaient pas toujours beaucoup mieux que nous ne nous jugeons nous-mêmes.

Lorsque le corps a acquis toute son étendue en hauteur
et en largeur par le développement entier de toutes ses parties, il augmente en épaisseur; le commencement de cette
augmentation est le premier point de son dépérissement, car
cette extension n'est pas une continuation de développement
ou d'accroissement intérieur de chaque partie par lesquels
le corps continuerait de prendre plus d'étendue dans toutes
ses parties organiques, et par conséquent plus de force et
d'activité, mais c'est une simple addition de matière sura-
bondante qui enfle le volume du corps et le charge d'un
poids inutile. Cette matière est la graisse qui survient ordinairement à trente-cinq ou quarante ans, et à mesure qu'elle
augmente, le corps a moins de légèreté et de liberté dans
ses mouvements, ses membres s'appesantissent, il n'acquiert
de l'étendue qu'en perdant de la force et de l'activité.

D'ailleurs les os et les autres parties solides du corps,
ayant pris toute leur extension en longueur et en grosseur,
continuent d'augmenter en solidité; les sucs nourriciers qui
y arrivent, et qui étaient auparavant employés à en augmenter le volume par le développement, ne servent plus
qu'à l'augmentation de la masse, en se fixant dans l'intérieur de ces parties; les membranes deviennent cartilagineuses[2], les cartilages deviennent osseux, les os deviennent
plus solides, toutes les fibres plus dures, la peau se des-
sèche, les rides se forment peu à peu, les cheveux blan-
chissent, les dents tombent, le visage se déforme, le corps
se courbe, etc. Les premières nuances de cet état se font
apercevoir avant quarante ans, elles augmentent par degrés

1. *Le poids de nos années*, métaphore devenue usuelle, mais
qui ressort ici du fond même de la pensée.
2. *Cartilagineuses, les cartilages..., osseux, les os*, espèce
de répétition empruntée du latin et remplie d'élégance.

assez lents jusqu'à soixante, par degrés plus rapides jusqu'à soixante et dix ; la caducité commence à cet âge de soixante et dix ans, elle va toujours en augmentant ; la décrépitude suit, et la mort termine ordinairement avant l'âge de quatre-vingt-dix ou cent ans la vieillesse et la vie.

---

22. *La mort*

Pourquoi[1] donc craindre la mort, si l'on a assez bien vécu pour n'en pas craindre les suites ? pourquoi redouter cet instant, puisqu'il est préparé par une infinité d'autres instants du même ordre, puisque la mort est aussi naturelle que la vie, et que l'une et l'autre nous arrivent de la même façon, sans que nous le sentions, sans que nous puissions nous en apercevoir ? Qu'on interroge les médecins et les ministres de l'Église, accoutumés à observer les actions des mourants et à recueillir leurs derniers sentiments ; ils conviendront qu'à l'exception d'un très-petit nombre de maladies aiguës, où l'agitation causée par des mouvements convulsifs semble indiquer les souffrances du malade, dans toutes les autres on meurt tranquillement, doucement et sans douleur. Et même ces terribles agonies effrayent plus les spectateurs qu'elles ne tourmentent le malade ; car combien n'en a-t-on pas vus qui, après avoir été à cette dernière extrémité, n'avaient aucun souvenir de ce qui s'était passé, non plus que de ce qu'ils avaient senti !

La plupart des hommes meurent donc sans le savoir ; et, dans le petit nombre de ceux qui conservent de la connaissance jusqu'au dernier soupir, il ne s'en trouve peut-être pas un qui ne conserve en même temps de l'espérance et qui ne se flatte d'un retour vers la vie : la nature a, pour le bonheur de l'homme, rendu ce sentiment plus fort que la raison. Un malade dont le mal est incurable, qui peut juger son état par des exemples fréquents et familiers, qui en est averti par les mouvements inquiets de sa famille, par les larmes de ses amis, par la contenance ou l'abandon des

1. *Pourquoi...*, *pourquoi ?* interrogations naturelles et heureuses.

médecins, n'en est pas plus convaincu qu'il touche à sa dernière heure. L'intérêt est si grand, qu'on ne s'en rapporte
qu'à soi ; on n'en croit pas les jugements des autres, on les
regarde comme des alarmes peu fondées : tant qu'on se
sent et qu'on pense, on ne réfléchit, on ne raisonne que
pour soi, et tout est mort que l'espérance vit encore[1].

Jetez les yeux sur un malade qui vous aura dit cent fois
qu'il se sent attaqué à mort, qu'il voit bien qu'il ne peut pas
en revenir, qu'il est prêt à expirer ; examinez ce qui se passe
sur son visage lorsque, par zèle ou par indiscrétion, quelqu'un vient à lui annoncer que sa fin est prochaine en effet :
vous le[2] verrez changer comme celui d'un homme auquel on
annonce une nouvelle imprévue. Ce malade ne croit donc
pas ce qu'il dit lui-même, tant il est vrai qu'il n'est nullement convaincu qu'il doit mourir : il a seulement quelque
doute, quelque inquiétude sur son état, mais il craint toujours beaucoup moins qu'il n'espère ; et, si l'on ne réveillait
pas ses frayeurs par ces tristes soins et cet appareil lugubre
qui devancent la mort, il ne la verrait point arriver.

La mort n'est donc pas une chose aussi terrible que nous
nous l'imaginons. Nous la jugeons mal de loin ; c'est un
spectre[3] qui nous épouvante à une certaine distance, et qui
disparaît lorsqu'on vient à en approcher de près.

23. *La conscience de l'existence.*

La conscience de son existence, ce sentiment intérieur qui
constitue le *moi*, est composé chez nous de la sensation de
notre existence actuelle et du souvenir de notre existence
passée. Ce souvenir est une sensation tout aussi présente
que la première ; elle nous occupe même quelquefois
plus fortement et nous affecte plus puissamment que
les sensations actuelles ; et comme ces deux espèces de
sensations sont différentes, et que notre âme a la faculté de

1. Belle antithèse de pensée et de mot.
2. *Le* est amphibologique : il se rapporte à *visage*, et *lui*, qui
précède, à *malade*.
3. Heureuse et frappante comparaison.

les comparer et d'en former des idées[1], notre conscience
d'existence est d'autant plus certaine et d'autant plus étendue, que nous nous représentons plus souvent et en plus
grand nombre les choses passées, et que, par nos réflexions,
nous les comparons et les combinons davantage entre elles
et avec les choses présentes. Chacun conserve de soi-même
un certain nombre de sensations relatives aux différentes
existences[2], c'est-à-dire aux différents états où l'on s'est
trouvé; ce nombre de sensations est devenu une succession
et a formé une suite d'idées par la comparaison que notre
âme a faite de ces sensations entre elles. C'est dans cette
comparaison de sensations que consiste l'idée du temps; et
même toutes les autres idées[3] ne sont, comme nous l'avons
déjà dit, que des sensations comparées[4]. Mais cette suite de
nos idées, cette chaîne[5] de nos existences, se présente à nous
souvent dans un ordre fort différent de celui dans lequel nos
sensations nous sont arrivées. C'est l'ordre de nos idées,
c'est-à-dire des comparaisons que notre âme a faites de nos
sensations, que nous voyons, et point du tout l'ordre de ces
sensations; et c'est en cela principalement que consiste la
différence des caractères et des esprits : car, de deux hommes
que nous supposerons semblablement organisés, et qui auront été élevés ensemble et de la même façon, l'un pourra
penser bien différemment de l'autre, quoique tous les deux
aient reçu leurs sensations dans le même ordre; mais comme
la trempe[6] de leurs âmes est différente, et que chacune de
ces âmes a comparé et combiné ces sensations semblables
d'une manière qui lui est propre et particulière, le résultat
général de ces comparaisons, c'est-à-dire les idées, l'esprit
et le caractère acquis, seront aussi différents.

Il y a quelques hommes dont l'activité de l'âme est telle,
qu'ils ne reçoivent jamais deux sensations sans les comparer
et sans en former par conséquent une idée; ceux-ci sont les

---

1. C'est-à-dire des connaissances.
2. Pluriel rare, mais élégant.
3. Cela sent un peu la psychologie matérialiste du xviii° siècle.
On sait qu'il y a des idées qui viennent non des sens, mais de la
raison.
4. Condillac dit : *des sensations transformées.*
5. Expression métaphorique.
6. Catachrèse.

plus spirituels, et peuvent, suivant les circonstances, devenir les premiers des hommes en tout genre. Il y en a
d'autres, en assez grand nombre, dont l'âme moins active
laisse échapper toutes les sensations qui n'ont pas un certain degré de force, et ne compare que celles qui l'ébranlent[1];
ceux-ci ont moins d'esprit que les premiers, et d'autant
moins que leur âme se porte moins fréquemment à comparer leurs sensations et à en former les idées. D'autres enfin,
et c'est la multitude, ont si peu de vie dans l'âme, et une si
grande indolence, qu'ils ne comparent et ne combinent
rien, rien au moins du premier coup d'œil; il leur faut des
sensations fortes, et répétées mille et mille fois, pour que
leur âme vienne enfin à en comparer quelqu'une et à former
une idée. Ces hommes sont plus ou moins stupides, et semblent ne différer des animaux que par ce petit nombre d'i-
dées que leur âme a tant de peine à produire.

La conscience de notre existence étant donc composée
non-seulement de nos sensations actuelles, mais même de la
suite d'idées qui a fait naître la comparaison de nos sensations et de nos existences passées, il est évident que, plus
on a d'idées, plus on est sûr de son existence; que, plus
on a d'esprit, plus on existe[2]; qu'enfin c'est par la puissance de réfléchir qu'a notre âme, et par cette seule puissance, que nous sommes certains de nos existences passées
et que nous voyons nos existences futures; l'idée de l'avenir
n'étant que la comparaison inverse du présent au passé,
puisque, dans cette vue[3] de l'esprit, le présent est passé et
l'avenir est présent.

---

24. *La connaissance de soi-même.*

Quelque intérêt que nous ayons à nous connaître nous-
mêmes, je ne sais si nous ne connaissons pas mieux tout
ce qui n'est pas nous. Pourvus par la nature d'organes uniquement destinés à notre conservation, nous ne les employons

---

1. Expression métaphorique.
2. Si, par exister, on entend, comme de raison, vivre de la vie
de l'esprit.
3. Expression métaphorique.

qu'à recevoir les impressions étrangères, nous ne cherchons qu'à nous répandre[1] au dehors, et à exister hors de nous[2]; trop occupés à multiplier les fonctions de nos sens et à augmenter l'étendue extérieure de notre être, rarement faisons-nous usage de ce sens intérieur[3] qui nous réduit à nos vraies dimensions et qui sépare de nous tout ce qui n'en est pas : c'est cependant de ce sens dont il faut nous servir, si nous voulons nous connaître, c'est le seul par lequel nous puissions nous juger ; mais comment donner à ce sens son activité et toute son étendue? comment dégager notre âme, dans laquelle il réside, de toutes les illusions de notre esprit[4]? Nous avons perdu l'habitude de l'employer[5]: elle est demeurée sans exercice au milieu du tumulte[6] de nos sensations corporelles, elle s'est desséchée par le feu[7] de nos passions ; le cœur, l'esprit, les sens, tout a travaillé contre elle.

Cependant inaltérable dans sa substance, impassible par son essence, elle est toujours la même ; sa lumière[8] offusquée a perdu son éclat sans rien perdre de sa force, elle nous éclaire moins, mais elle nous guide aussi sûrement : recueillons pour nous conduire ces rayons qui parviennent encore jusqu'à nous ; l'obscurité qui nous environne diminuera, et si la route n'est pas également éclairée d'un bout à l'autre, au moins aurons-nous un flambeau avec lequel nous marcherons sans nous égarer.

---

25. *Le premier homme raconte ses premières impressions.*

« Je me souviens de cet instant plein de joie et de trouble où je sentis pour la première fois ma singulière existence. Je

1. Métaphore.
2. Idée ingénieuse autant que vraie.
3. La conscience.
4. *Esprit* est employé ici dans le sens d'*imagination.*
5. Le pronom *l'* se rapporte à *âme.* Il y a ici amphibologie.
6. Métaphore.
7. *Desséchée..., feu*, expressions métaphoriques.
8. *Lumière..., éclat..., éclaire..., rayons, flambleau*, métaphore continuée, qui a peut-être un peu de longueur.

ne savais ce que j'étais, où j'étais, d'où je venais. J'ouvris les yeux : quel surcroît de sensation ! la lumière, la voûte céleste, la verdure de la terre, le cristal[1] des eaux, tout m'occupait, m'animait, et me donnait un sentiment inexprimable de plaisir.

« Je crus d'abord que tous ces objets étaient en moi et faisaient partie de moi-même[2].

« Je m'affermissais dans cette pensée naissante[3], lorsque je tournai les yeux vers l'astre de la lumière[4] : son éclat me blessa ; je fermai involontairement la paupière, et je sentis une légère douleur. Dans ce moment d'obscurité, je crus avoir perdu presque tout mon être.

« Affligé, saisi d'étonnement, je pensais à ce grand changement, quand tout à coup j'entends des sons ; le chant des oiseaux, le murmure des airs, formaient un concert dont la douce impression me remuait jusqu'au fond de l'âme. J'écoutai longtemps, et je me suis persuadé bientôt que cette harmonie était moi.

« Attentif, occupé tout entier de ce nouveau genre d'existence, j'oubliais déjà la lumière, cette autre partie de mon être que j'avais connue la première, lorsque je rouvris les yeux. Quelle joie de me retrouver en possession de tant d'objets brillants ! Mon plaisir surpassa tout ce que j'avais senti la première fois, et suspendit pour un temps le charmant effet des sons.

« Je fixai mes regards sur mille objets divers : je m'aperçus bientôt que je pouvais perdre et retrouver ces objets, et que j'avais la puissance de détruire et de reproduire[5] à mon gré cette belle partie de moi-même ; et quoiqu'elle me parût immense en grandeur par la quantité des accidents de lumière et par la variété des couleurs, je crus reconnaître que tout était contenu dans une portion de mon être.

« Je commençais à voir sans émotion et entendre sans trouble, lorsqu'un air léger dont je sentis la fraîcheur m'ap-

---

1. Expression métaphorique.
2. Plus loin il dit : *cette harmonie était moi.* Toute cette philosophie est un peu imaginaire.
3. Expression métaphorique.
4. Périphrase pour dire le *soleil.*
5. Idées et expressions ingénieuses.

porta des parfums qui me causèrent un épanouissement[1] intime et me donnèrent un sentiment d'amour pour moi-même.

« Agité par toutes ces sensations, pressé par les plaisirs d'une si belle et si grande existence, je me levai tout d'un coup, et je me sentis transporté par une force inconnue.

« Je ne fis qu'un pas : la nouveauté de ma situation me rendit immobile[2] ; ma surprise fut extrême, je crus que mon existence fuyait[3] ; le mouvement que j'avais fait avait confondu les objets ; je m'imaginais que tout était en désordre.

« Je portai la main sur ma tête, je touchai mon front et mes yeux, je parcourus mon corps ; ma main me parut alors le principal organe de mon existence. Ce que je sentais dans cette partie était si distinct et si complet, la jouissance m'en paraissait si parfaite en comparaison du plaisir que m'avaient causé la lumière et les sons, que je m'attachai tout entier à cette partie solide de mon être, et je sentis que mes idées prenaient de la profondeur[4] et de la réalité.

« Tout ce que je touchais sur moi semblait rendre à ma main sentiment pour sentiment, et chaque attouchement produisait dans mon âme une double idée.

« Je ne fus pas longtemps sans m'apercevoir que cette faculté de sentir était répandue dans toutes les parties de mon être ; je reconnus bientôt les limites de mon existence, qui m'avait d'abord paru immense en étendue.

« J'avais jeté les yeux sur mon corps ; je le jugeais d'un volume énorme, et si grand que tous les objets qui avaient frappé mes yeux ne me paraissaient être en comparaison que des points lumineux.

« Je m'examinai longtemps ; je me regardais avec plaisir ; je suivais ma main de l'œil, et j'observais ses mouvements. J'eus sur tout cela les idées les plus étranges ; je croyais que le mouvement de ma main n'était qu'une espèce d'existence fugitive, une succession de choses semblables. Je l'approchai de mes yeux : elle me parut alors plus grande que tout

---

1. Expression métaphorique parfaitement appropriée à la sensation des odeurs.
2. Tableau vrai et plein de poésie.
3. Belle expression.
4. Expression métaphorique.

mon corps, et elle fit disparaître à ma vue un nombre infini
d'objets.

« Je commençai à soupçonner qu'il y avait de l'illusion
dans cette sensation qui me venait par les yeux; j'avais vu
distinctement que ma main n'était qu'une petite partie de
mon corps, et je ne pouvais comprendre qu'elle fût augmentée au point de me paraître d'une grandeur démesurée :
je résolus donc de ne me fier qu'au toucher, qui ne m'avait
pas encore trompé, et d'être en garde sur toutes les autres
façons de sentir et d'être.

« Cette précaution me fut utile. Je m'étais remis en mouvement, et je marchais la tête haute et levée vers le ciel;
je me heurtai légèrement contre un palmier; saisi d'effroi,
je portai ma main sur ce corps étranger; je le jugeai tel,
parce qu'il ne me rendit pas sentiment pour sentiment : je
me détournai avec une espèce d'horreur, et je connus pour
la première fois qu'il y avait quelque chose hors de moi.

« Plus agité par cette nouvelle découverte que je ne l'avais
été par toutes les autres, j'eus peine à me rassurer; et, après
avoir médité sur cet événement, je conclus que je devais
juger des objets extérieurs comme j'avais jugé des parties
de mon corps, et qu'il n'y avait que le toucher qui pût
m'assurer de leur existence[1].

« Je cherchai donc à toucher tout ce que je voyais; je
voulais toucher le soleil, j'étendais mes bras pour embrasser
l'horizon, et je ne trouvais que le vide des airs.

« A chaque expérience que je tentais, je tombais de surprise en surprise : car tous les objets me paraissaient être
également près de moi, et ce ne fut qu'après une infinité
d'épreuves que j'appris à me servir de mes yeux pour guider
ma main; et comme elle me donnait des idées toutes différentes des impressions que je recevais par le sens de la vue,
mes sensations n'étant pas d'accord entre elles, mes jugements n'en étaient que plus imparfaits, et le total de mon
être n'était encore pour moi qu'une existence en confusion.

« Profondément occupé de moi, de ce que j'étais, de ce
que je pouvais être, les contrariétés que je venais d'éprouver
m'humilièrent; plus je réfléchissais, plus il se présentait de

1. Plus exactement, de leur forme; car le toucher ne donne
que cette connaissance.

doutes : lassé de tant d'incertitudes, fatigué des mouvements[1] de mon âme, mes genoux fléchirent, et je me trouvai dans une situation de repos. Cet état de tranquillité donna de nouvelles forces à mes sens. J'étais assis à l'ombre d'un bel arbre; des fruits d'une couleur vermeille descendaient en forme de grappe à la portée de la main; je les touchai légèrement; aussitôt ils se séparèrent de la branche, comme la figue[2] s'en sépare dans le temps de sa maturité.

« J'avais saisi un de ces fruits; je m'imaginais avoir fait une conquête, et je me glorifiais de la faculté que je sentais de pouvoir contenir dans ma main un autre être tout entier; sa pesanteur, quoique peu sensible, me parut une résistance animée que je me faisais un plaisir de vaincre.

« J'avais approché ce fruit de mes yeux; j'en considérais la forme et les couleurs. Une odeur délicieuse me le fit approcher davantage; il se trouva près de mes lèvres; je tirais à longues aspirations[3] le parfum, et goûtais à longs traits[4] les plaisirs de l'odorat. J'étais intérieurement rempli de cet air embaumé; ma bouche s'ouvrit pour l'exhaler, elle se rouvrit pour en reprendre : je sentis que je possédais un odorat intérieur plus fin, plus délicat encore que le premier; enfin je goûtai.

« Quelle saveur! quelle nouveauté de sensation! Jusque-là je n'avais eu que des plaisirs; le goût me donna le sentiment de la volupté. L'intimité de la jouissance fit naître l'idée de la possession; je crus que la substance de ce fruit était devenue la mienne, et que j'étais le maître de transformer les êtres.

« Flatté de cette idée de puissance, incité par le plaisir que j'avais senti, je cueillis un second et un troisième fruit, et je ne me lassais pas d'exercer ma main pour satisfaire mon goût. Mais une langueur agréable, s'emparant peu à peu de tous mes sens, appesantit mes membres et suspendit l'activité de mon âme; je jugeai de son inaction par la mollesse de mes pensées; mes sensations émoussées arrondissaient tous les objets, et ne me présentaient que des

1. Expression métaphorique.
2. Le premier homme connaissait donc déjà la figue, et cependant il parle pour la première fois de fruits.
3. Belle et neuve expression.
4. Expression métaphorique.

images faibles et mal terminées : dans cet instant mes yeux devenus inutiles se fermèrent, et ma tête, n'étant plus soutenue par la force des muscles, pencha pour trouver un appui sur le gazon.

« Tout fut effacé, tout disparut ; la trace[1] de mes pensées fut interrompue, je perdis le sentiment de mon existence Ce sommeil fut profond ; mais je ne sais s'il fut de longue durée, n'ayant point encore l'idée du temps et ne pouvant le mesurer ; mon réveil ne fut qu'une seconde naissance, et je sentis seulement que j'avais cessé d'être.

« Cet anéantissement que je venais d'éprouver me donna quelque crainte, et me fit sentir que je ne devais pas exister toujours.

« J'eus une autre inquiétude ; je ne savais si je n'avais pas laissé dans le sommeil quelque partie de mon être : j'essayai mes sens, je cherchai à me reconnaître.

« Dans cet instant, l'astre du jour[2] sur la fin de sa course éteignit son flambeau ; je m'aperçus à peine que je perdais le sens de la vue, j'existais trop pour craindre de cesser d'être, et ce fut vainement que l'obscurité où je me trouvai me rappela l'idée de mon premier sommeil[3]. »

---

26. *Des peines et des plaisirs.*

Dans l'homme, le plaisir et la douleur physiques ne font que la moindre partie de ses peines et de ses plaisirs : son imagination, qui travaille continuellement, fait tout, ou plutôt ne fait rien que pour son malheur[4] ; car elle ne présente à l'âme que des fantômes vains ou des images exagé-rées, et la force à s'en occuper. Plus agitée par ces illusions qu'elle ne le peut être par les objets réels, l'âme perd sa faculté de juger, et même son empire ; elle ne compare que

1. Expression métaphorique.
2. Périphrase, comme l'*astre de la lumière*, note 4, page 34.
3. Tout ce morceau est rempli d'une analyse fine, délicate, ingé-nieuse ; mais rien de plus. On n'y voit aucune des vérités que Dieu a mises dans l'âme humaine en la créant.
4. Cela n'est vrai que d'une imagination mal réglée.

des chimères ; elle ne veut plus qu'en second[1], et souvent elle veut l'impossible. Sa volonté, qu'elle ne détermine plus, lui devient donc à charge ; ses désirs outrés sont des peines ; et ses vaines espérances sont tout au plus de faux plaisirs, qui disparaissent et s'évanouissent dès que le calme succède, et que l'âme[2], reprenant sa place, vient à les juger.

Nous nous préparons donc des peines toutes les fois que nous cherchons des plaisirs ; nous sommes malheureux dès que nous désirons d'être plus heureux[3]. Le bonheur est au dedans de nous-mêmes, il nous a été donné ; le malheur est au dehors, et nous l'allons chercher[4]. Pourquoi ne sommes-nous pas convaincus que la jouissance paisible de notre âme est notre seul et vrai bien ; que nous ne pouvons l'augmenter sans risquer de le perdre ; que moins nous désirons, et[5] plus nous possédons ; qu'enfin tout ce que nous voulons au delà de ce que la nature peut nous donner est peine, et que rien n'est plaisir que ce qu'elle nous offre ?

Or, la nature nous a donné et nous offre encore à tout instant des plaisirs sans nombre ; elle a pourvu à nos besoins, elle nous a munis[6] contre la douleur. Il y a dans le physique infiniment plus de bien que de mal : ce n'est donc pas la réalité, c'est la chimère qu'il faut craindre ; ce n'est ni la douleur du corps, ni les maladies, ni la mort, mais l'agitation de l'âme, les passions et l'ennui qui sont à redouter.

Les animaux n'ont qu'un moyen d'avoir du plaisir : c'est d'exercer leur sentiment pour satisfaire leur appétit. Nous avons cette même faculté, et nous avons de plus un autre moyen de plaisir : c'est d'exercer notre esprit, dont l'appétit[7] est de savoir.

Cette source[8] de plaisir serait la plus abondante et la plus pure, si nos passions, en s'opposant à son cours, ne venaient à la troubler. Elles détournent l'âme de toute contemplation :

1. Après la passion.
2. C'est-à-dire l'intelligence, la raison.
3. Antithèses de pensée et de mot.
4. Autre antithèse vive et frappante.
5. *Moins...*, *plus*, ainsi que *plus...*, *moins*, *plus...*, *plus* et *moins...*, *moins*, doivent se construire sans la conjonction *et*.
6. Expression métaphorique.
7. Heureuse métaphore.
8 *Source... abondante... pure, cours... troubler*, métaphore continuée ou allégorie.

dès qu'elles ont pris le dessus, la raison est dans le silence[1], ou du moins elle n'élève plus qu'une voix faible et souvent importune; le dégoût de la vérité suit; le charme de l'illusion augmente; l'erreur se fortifie, nous entraîne et nous conduit au malheur : car quel malheur plus grand que de ne plus rien voir tel qu'il est, de ne plus rien juger que relativement à sa passion, de n'agir que par son ordre, de paraître, en conséquence, injuste ou ridicule aux autres, et d'être forcé de se mépriser soi-même lorsqu'on vient à s'examiner!

Dans cet état d'illusion et de ténèbres, nous voudrions changer la nature même de notre âme. Elle ne nous a été donnée que pour connaître : nous ne voudrions l'employer qu'à sentir; si nous pouvions étouffer[2] en entier sa lumière, nous n'en regretterions pas la perte, nous envierions volontiers le sort des insensés. Comme ce n'est que par intervalles que nous sommes raisonnables, et que ces intervalles de raison nous sont à charge et se passent en reproches secrets, nous voudrions les supprimer. Ainsi, marchant toujours d'illusions en illusions, nous cherchons volontairement à nous perdre de vue[3], pour arriver bientôt à ne nous plus connaître, et finir par nous oublier.

Mais considérons l'homme sage, le seul qui soit digne d'être considéré. Maître de lui-même, il l'est des événements; content de son état, il ne veut être que comme il a toujours été, ne vivre que comme il a toujours vécu; se suffisant à lui-même, il n'a qu'un faible besoin des autres, il ne peut leur être à charge; occupé continuellement à exercer les facultés de son âme, il perfectionne son entendement, il cultive[4] son esprit, il acquiert de nouvelles connaissances, et se satisfait à tout instant sans remords, sans dégoût : il jouit de tout l'univers en jouissant de lui-même[5].

Un tel homme est sans doute l'être le plus heureux de la nature; il joint aux plaisirs du corps, qui lui sont communs

1. Belle expression dans sa simplicité, et métaphorique comme celles qui suivent.

2. *Étouffer une lumière*, métaphore hardie.

3. *Marchant d'illusion...*, *nous perdre de vue*, métaphore continuée.

4. Métaphore usuelle.

5. Belle antithèse.

avec les animaux, les joies de l'esprit, qui n'appartiennent qu'à lui. Il a deux moyens d'être heureux qui s'aident et se fortifient mutuellement; et si, par un dérangement de santé ou par quelque autre accident, il vient à ressentir de la douleur, il souffre moins qu'un autre : la force de son âme le soutient, la raison le console; il a même de la satisfaction en souffrant, c'est de se sentir assez fort pour souffrir.

27. De la mémoire.

Chez nous, la mémoire émane de la puissance de réfléchir; car le souvenir que nous avons des choses passées suppose non-seulement la durée des ébranlements de notre sens intérieur matériel, c'est-à-dire le renouvellement de nos sensations antérieures, mais encore les comparaisons que notre âme a faites de ces sensations, c'est-à-dire les idées qu'elle en a formées. Si la mémoire ne consistait que dans le renouvellement des sensations passées, ces sensations se représenteraient à notre sens intérieur sans y laisser une impression déterminée; elles se présenteraient sans aucun ordre, sans liaison entre elles, à peu près comme elles se présentent dans l'ivresse ou dans certains rêves, où tout est si décousu[1], si peu suivi, si peu ordonné, que nous ne pouvons en conserver le souvenir. Car nous ne nous souvenons que des choses qui ont des rapports avec celles qui les ont précédées ou suivies; et toute sensation isolée qui n'aurait aucune liaison avec les autres sensations, quelque forte qu'elle pût être, ne laisserait aucune trace[2] dans notre esprit. Or, c'est notre âme qui établit ces rapports entre les choses, par la comparaison qu'elle fait des unes avec les autres; c'est elle qui forme la liaison de nos sensations et qui ourdit la trame[3] de nos existences[4] par un fil continu d'idées. La mémoire consiste donc dans une succession d'idées, et suppose nécessairement la puissance qui les produit.

1. Expression métaphorique.
2. Métaphore.
3. *Ourdir la trame... par un fil*, métaphore ancienne, mais rajeunie.
4. Voyez note 2 de la page 31.

Mais pour ne laisser, s'il est possible, aucun doute sur ce point important, voyons quelle est l'espèce de souvenir que nous laissent nos sensations lorsqu'elles n'ont point été accompagnées d'idées. La douleur et le plaisir sont de pures sensations, et les plus fortes de toutes; cependant, lorsque nous voulons nous rappeler ce que nous avons senti dans les instants les plus vifs de plaisir ou de douleur, nous ne pouvons le faire que faiblement, confusément : nous nous souvenons seulement que nous avons été flattés ou blessés; mais notre souvenir n'est pas distinct : nous ne pouvons nous représenter ni l'espèce, ni le degré, ni la durée de ces sensations, qui nous ont cependant si fortement ébranlés, et nous sommes d'autant moins capables de nous les représenter, qu'elles ont été moins répétées et plus rares. Une douleur, par exemple, que nous n'aurons éprouvée qu'une fois, qui n'aura duré que quelques instants, et qui sera différente des douleurs que nous éprouvons habituellement, sera nécessairement bientôt oubliée, quelque vive qu'elle ait été; et, quoique nous nous souvenions que dans cette circonstance nous avons ressenti une grande douleur, nous n'avons qu'une faible réminiscence de la sensation même, tandis que nous avons une mémoire nette des circonstances qui l'accompagnaient et du temps où elle nous est arrivée.

Pourquoi tout ce qui s'est passé dans notre enfance est-il presque entièrement oublié? et pourquoi les vieillards ont-ils un souvenir plus présent de ce qui leur est arrivé dans le moyen âge[1] que de ce qui leur arrive dans leur vieillesse? Y a-t-il une meilleure preuve que les sensations toutes seules ne suffisent pas pour produire la mémoire, et qu'elle n'existe en effet que dans la suite des idées que notre âme peut tirer de ses sensations? Car dans l'enfance les sensations sont aussi et peut-être plus vives et plus rapides que dans le moyen âge, et cependant elles ne laissent que peu ou point de traces, parce qu'à cet âge la puissance de réfléchir, qui seule peut former des idées, est dans une inaction presque totale, et que, dans les moments où elle agit, elle ne compare que des superficies[2], elle ne combine que de petites choses pendant un petit temps, elle ne met rien en ordre,

1. C'est-à-dire dans l'âge moyen de leur vie.
2. Expression métaphorique.

elle ne réduit rien en suite. Dans l'âge mûr, où la raison est
entièrement développée, parce que la puissance de réfléchir
est en entier exercice, nous tirons de nos sensations tout le
fruit[1] qu'elles peuvent produire, et nous nous formons plusieurs ordres d'idées et plusieurs chaînes[2] de pensées dont
chacune fait une trace durable, sur laquelle nous repassons[3]
si souvent qu'elle devient profonde, ineffaçable, et que,
plusieurs années après, dans le temps de notre vieillesse, ces
mêmes idées se présentent avec plus de force que celles que
nous pouvons tirer immédiatement des sensations actuelles,
parce qu'alors ces sensations sont faibles, lentes, émoussées,
et qu'à cet âge l'âme même participe à la langueur du corps.
Dans l'enfance, le temps présent est tout; dans l'âge mûr,
on jouit également du passé, du présent et de l'avenir; et
dans la vieillesse on sent peu le présent, on détourne les
yeux de l'avenir, et on ne vit que dans le passé. Ces différences ne dépendent-elles pas entièrement de l'ordonnance
que notre âme a faite de nos sensations, et ne sont-elles pas
relatives au plus ou moins de facilité que nous avons dans
ces différents âges à former, à acquérir et à conserver des
idées? L'enfant qui jase et le vieillard qui radote n'ont ni
l'un ni l'autre le ton de la raison, parce qu'ils manquent
également d'idées : le premier ne peut encore en former, et
le second n'en forme plus.

Un imbécile dont les sens et les organes corporels nous
paraissent sains et bien disposés a, comme nous, des sensations de toute espèce; il les aura aussi dans le même ordre,
s'il vit en société et qu'on l'oblige à faire ce que font les
autres hommes : cependant, comme ces sensations ne lui
font point naître d'idées, qu'il n'y a point de correspondance
entre son âme et son corps, et qu'il ne peut réfléchir sur
rien, il est en conséquence privé de la mémoire, et de la
connaissance de soi-même. Cet homme ne diffère en rien de
l'animal, quant aux facultés extérieures; car, quoiqu'il ait
une âme, et que par conséquent il possède en lui le principe
de la raison, comme ce principe demeure dans l'inaction,
et qu'il ne reçoit rien des organes corporels, avec lesquels il

1. Métaphore usuelle.
2. Métaphore.
3. Métaphore heureusement continuée.

n'a aucune correspondance, il ne peut influer sur les actions de cet homme, qui dès lors ne peut agir que comme un animal uniquement déterminé par ses sensations et par le sentiment de son existence actuelle et de ses besoins présents. Ainsi, l'homme imbécile et l'animal sont des êtres dont les résultats et les opérations sont les mêmes à tous égards, parce que l'un n'a point d'âme [1], et que l'autre ne s'en sert point; tous deux manquent de la puissance de réfléchir, et n'ont par conséquent ni entendement, ni esprit, ni mémoire; mais tous deux ont des sensations, du sentiment et du mouvement.

28. *De l'instinct de l'imitation.*

Les singes sont tout au plus des gens à talent que nous prenons pour des gens d'esprit : les hommes n'ont jamais plus admiré les singes que quand ils les ont vus imiter les actions humaines. Cependant, quoiqu'ils aient l'art de nous imiter, ils n'en sont pas moins de la nature des bêtes, qui toutes ont plus ou moins le talent de l'imitation.

C'est par la même raison que l'éducation des animaux quoique fort courte, est toujours heureuse. Ils apprennent en très-peu de temps presque tout ce que savent leurs [2] père et mère, et c'est par l'imitation qu'ils l'apprennent; ils ont donc non-seulement l'expérience qu'ils peuvent acquérir par le sentiment, mais ils profitent encore, par le moyen de l'imitation, de l'expérience que les autres ont acquise. Les jeunes animaux se modèlent sur les vieux : ils voient ceux-ci s'approcher ou fuir lorsqu'ils entendent certains bruits, lorsqu'ils aperçoivent certains objets, lorsqu'ils sentent certaines odeurs : ils s'approchent aussi ou fuient d'abord avec eux sans autre cause déterminante que l'imitation, et ensuite ils s'approchent ou fuient d'eux-mêmes et tout seuls, parce qu'ils ont pris l'habitude de s'approcher ou de fuir toutes les fois qu'ils ont éprouvé les mêmes sensations.

1. Il ne faut pas prendre ceci à la lettre; car on ne peut regarder les animaux comme de simples machines. Il veut dire *âme raisonnable.*

2. Il faudrait régulièrement *leur père et leur mère.*

Les gens qui ont les sens exquis, délicats, faciles à ébranler, et les membres obéissants, agiles et flexibles, sont, toutes choses égales d'ailleurs, les meilleurs acteurs, les meilleurs pantomimes, les meilleurs singes. Les enfants, sans y songer, prennent les habitudes du corps, empruntent[1] les gestes, imitent les manières de ceux avec qui ils vivent; ils sont aussi très-portés à répéter et a contrefaire. La plupart des jeunes gens les plus vifs et les moins pensants, qui ne voient que par les yeux du corps, saisissent cependant merveilleusement le ridicule des figures; toute forme bizarre les affecte, toute représentation les frappe, toute nouveauté les émeut; l'impression en est si forte qu'ils représentent eux-mêmes, ils racontent avec enthousiasme, ils copient facilement et avec grâce : ils ont donc supérieurement le talent de l'imitation, qui suppose l'organisation la plus parfaite, les dispositions du corps les plus heureuses, et auquel rien n'est plus opposé qu'une forte dose de bon sens.

Ainsi, parmi les hommes, ce sont ordinairement ceux qui réfléchissent le moins qui ont le plus le talent de l'imitation. Il n'est donc pas surprenant qu'on le trouve dans les animaux, qui ne réfléchissent point du tout : ils doivent même l'avoir à un plus haut degré de perfection, parce qu'ils n'ont rien qui s'y oppose, parce qu'ils n'ont aucun principe par lequel ils puissent avoir la volonté d'être différents les uns des autres.

---

29. *L'homme comparé aux animaux sous le rapport des sens.*

Les animaux ont les sens excellents; cependant ils ne les ont pas généralement tous aussi bons que l'homme, et il faut observer que les degrés d'excellence des sens suivent dans l'animal un autre ordre que dans l'homme. Le sens le plus relatif à la pensée et à la connaissance est le toucher : l'homme, comme nous l'avons prouvé, a ce sens plus parfait que les animaux. L'odorat est le sens le plus relatif à l'instinct, à l'appétit : l'animal a ce sens infiniment meilleur

1. Catachrèse.

que l'homme; aussi l'homme doit plus connaître qu'appéter[1]. et l'animal doit plus appéter que connaître. Dans l'homme, le premier des sens par excellence est le toucher, et l'odorat est le dernier; dans l'animal, l'odorat est le premier des sens, et le toucher est le dernier : cette différence est relative à la nature de l'un et de l'autre. Le sens de la vue ne peut avoir de sûreté et ne peut servir à la connaissance que par le se-cours du sens du toucher : aussi le sens de la vue est-il plus imparfait, ou plutôt acquiert moins de perfection dans l'ani-mal que dans l'homme. L'oreille, quoique peut-être aussi bien conformée dans l'animal que dans l'homme, lui est cependant beaucoup moins utile, par le défaut de la parole, qui dans l'homme est une dépendance du sens de l'ouïe, un organe de communication, organe qui rend ce sens actif, au lieu que dans l'animal l'ouïe est un sens presque entière-ment passif. L'homme a donc le toucher, l'œil et l'oreille plus parfaits, et l'odorat plus imparfait que l'animal; et comme le goût est un odorat intérieur, et qu'il est encore plus relatif à l'appétit qu'aucun des autres sens, on peut croire que l'animal a aussi ce sens plus sûr et peut-être plus exquis que l'homme. On pourrait le prouver par la répu-gnance invincible que les animaux ont pour certains ali-ments, et par l'appétit naturel qui les porte à choisir, sans se tromper, ceux qui leur conviennent; au lieu que l'homme, s'il n'était averti, mangerait le fruit du mancenillier[2] comme la pomme et la ciguë comme le persil.

30. *L'homme comparé aux animaux sous le rapport moral.*

Comme l'homme n'est pas un simple animal, comme sa nature est supérieure à celle des animaux, nous devons nous attacher à démontrer la cause de cette supériorité, et éta-blir par des preuves claires et solides le degré précis de cette infériorité de la nature des animaux, afin de distinguer ce

1. Mot employé dans le sens étymologique *appetere*, d'où *ap-pétit, appétence.*
2. Arbre vénéneux.

qui n'appartient qu'à l'homme de ce qui lui appartient en commun avec l'animal.

En comparant l'homme avec l'animal, on trouvera dans l'un et dans l'autre un corps, une matière organisée, des sens, de la chair et du sang, du mouvement, et une infinité de choses semblables; mais toutes ces ressemblances sont extérieures, et ne suffisent pas pour nous faire prononcer que la nature de l'homme est semblable à celle de l'animal. Pour juger de la nature de l'un et de l'autre, il faudrait connaître les qualités intérieures de l'animal aussi bien que nous connaissons les nôtres ; et comme il n'est pas possible que nous ayons jamais connaissance de ce qui se passe à l'intérieur de l'animal, comme nous ne saurons jamais de quel ordre, de quelle espèce peuvent être ses sensations relativement à celles de l'homme, nous ne pouvons juger que par les effets, nous ne pouvons que comparer les résultats des opérations naturelles de l'un et de l'autre.

Voyons donc ces résultats, en commençant par avouer toutes les ressemblances particulières, et en n'examinant que les différences, même les plus générales. On conviendra que le plus stupide des hommes suffit pour conduire le plus spirituel[1] des animaux. Il le commande et le fait servir à ses usages; et c'est moins par force et par adresse que par supériorité de nature, et parce qu'il a un projet raisonné, un ordre d'actions et une suite de moyens par lesquels il contraint l'animal à lui obéir. Car nous ne voyons pas que les animaux qui sont plus forts et plus adroits commandent[2] aux autres et les fassent servir à leur usage. Les plus forts mangent les plus faibles; mais cette action ne suppose qu'un besoin, un appétit, qualités fort différentes de celle qui peut produire une suite d'actions dirigées vers le même but. Si les animaux étaient doués de cette faculté, n'en verrions-nous pas quelques-uns prendre l'empire sur les autres, et les obliger à leur chercher la nourriture, à les veiller, à les garder, à les soulager lorsqu'ils sont malades ou blessés? Or il n'y a parmi tous les animaux aucune marque de cette subordination, aucune apparence que quelqu'un d'entre eux connaisse ou sente la supériorité de sa nature sur celle des

---

1. C'est-à-dire le plus intelligent.
2. *Il le commande…, commandent*, négligence.

autres. Par conséquent on doit penser qu'ils sont en effet tous de même nature ; et en même temps on doit conclure que celle de l'homme est non-seulement fort au-dessus de celle de l'animal, mais qu'elle est aussi tout à fait différente.

L'homme rend par un signe extérieur ce qui se passe au dedans de lui ; il communique sa pensée par la parole. Ce signe est commun à toute l'espèce humaine : l'homme sauvage parle comme l'homme policé, et tous deux parlent naturellement, et parlent pour se faire entendre. Aucun des animaux n'a ce signe de la pensée. Ce n'est pas, comme on le croit communément, faute d'organes. La langue du singe a paru aux anatomistes aussi parfaite que celle de l'homme. Le singe parlerait donc, s'il pensait : si l'ordre de ses pensées avait quelque chose de commun avec les nôtres, il parlerait notre langue ; et en supposant qu'il n'eût que des pensées de singe, il parlerait aux autres singes ; mais on ne les a jamais vus s'entretenir ou discourir ensemble[1]. Ils n'ont donc pas même un ordre, une suite de pensées à leur façon, bien loin d'en avoir de semblables aux nôtres ; il ne se passe à leur intérieur rien de suivi, rien d'ordonné[2], puisqu'ils n'expriment rien par des signes combinés et arrangés : ils n'ont donc pas la pensée, même au plus petit degré.

Il est si vrai que ce n'est pas faute d'organes que les animaux ne parlent pas, qu'on en connaît de plusieurs espèces auxquels on apprend à prononcer des mots, et même à répéter des phrases assez longues ; et peut-être y en aurait-il un grand nombre d'autres auxquels on pourrait, si l'on voulait s'en donner la peine, faire articuler quelques sons[3] : mais jamais on n'est parvenu à leur faire naître l'idée que ces mots expriment ; ils semblent ne les répéter et même ne les articuler que comme un écho ou une machine artificielle les répéterait ou les articulerait. Ce ne sont pas les puissances mécaniques ou les organes matériels, mais c'est la puissance intellectuelle, c'est la pensée qui leur manque.

C'est donc parce qu'une langue suppose une suite de pen-

1. Mais nous ne savons pas s'ils ne comprennent pas entre eux les différents cris par lesquels ils expriment leurs sensations.

2. C'est fort exagéré.

3. « M. Leibnitz fait mention d'un chien auquel on aurait appris à prononcer quelques mots allemands et français. » (*Buffon.*)

sées, que les animaux n'en ont aucune ; car, quand[1] même on voudrait leur accorder quelque chose de semblable à nos premières appréhensions et à nos sensations les plus grossières et les plus machinales, il paraît certain qu'ils sont incapables de former cette association d'idées qui seule peut produire la réflexion, dans laquelle cependant consiste l'essence de la pensée : c'est parce qu'ils ne peuvent joindre ensemble aucune idée, qu'ils ne pensent ni ne parlent ; c'est par la même raison qu'ils n'inventent et ne perfectionnent rien. S'ils étaient doués de la puissance de réfléchir, même au plus petit degré, ils seraient capables de quelque espèce de progrès ; ils acquerraient plus d'industrie : les castors d'aujourd'hui bâtiraient avec plus d'art et de solidité que ne bâtissaient les premiers castors ; l'abeille perfectionnerait encore tous les jours la cellule qu'elle habite. Car, si on suppose que cette cellule est aussi parfaite qu'elle peut l'être, on donne à cet insecte plus d'esprit que nous n'en avons ; on lui accorde une intelligence supérieure à la nôtre, par laquelle il apercevrait tout d'un coup le dernier point de perfection auquel il doit porter son ouvrage, tandis que nous-mêmes ne voyons jamais clairement ce point, et qu'il nous faut beaucoup de réflexion, de temps et d'habitude pour perfectionner le moindre de nos arts.

D'où[2] peut venir cette uniformité dans tous les ouvrages des animaux ? pourquoi chaque espèce ne fait-elle jamais que la même chose, de la même façon ? et pourquoi chaque individu ne la fait-il ni mieux ni plus mal qu'un autre individu ? Y a-t-il de plus forte preuve que leurs opérations ne sont que des résultats mécaniques et purement matériels ? car s'ils avaient la moindre étincelle[3] de la lumière qui nous éclaire, on trouverait au moins de la variété, si l'on ne voyait de la perfection, dans leurs ouvrages : chaque individu de la même espèce ferait quelque chose d'un peu différent de ce qu'aurait fait un autre individu. Mais non, tous travaillent sur le même modèle ; l'ordre de leurs actions est tracé dans l'espèce entière, il n'appartient point à l'individu ;

1. *Car, quand*, dur.
2. Série d'interrogations qui donnent au raisonnement plus de force et de vivacité.
3. *Étincelle..., lumière..., éclaire*, métaphore continuée.

Buffon. 3

et, si l'on voulait attribuer une âme aux animaux, on serait obligé à n'en faire qu'une pour chaque espèce, à laquelle chaque individu participerait également. Cette âme serait donc nécessairement divisible ; par conséquent elle serait matérielle, et fort différente de la nôtre.

Car pourquoi mettons-nous au contraire tant de diversité et de variété dans nos productions et dans nos ouvrages[1]? pourquoi l'imitation servile nous coûte-t-elle plus qu'un nouveau dessin? C'est parce que notre âme est à nous, qu'elle est indépendante de celle d'un autre, que nous n'avons rien de commun avec notre espèce que la matière de notre corps, et que ce n'est en effet que par les dernières de nos facultés que nous ressemblons aux animaux.

Si les sensations extérieures appartenaient à la matière et dépendaient des organes corporels, ne verrions-nous pas parmi les animaux de même espèce, comme parmi les hommes, des différences marquées dans leurs ouvrages[2]? ceux qui seraient le mieux organisés ne feraient-ils pas leurs nids, leurs cellules ou leurs coques d'une manière plus solide, plus élégante, plus commode? et si quelqu'un avait plus de génie qu'un autre, pourrait-il ne le pas manifester de cette façon? Or tout cela n'arrive pas et n'est jamais arrivé ; le plus ou le moins de perfection des organes corporels n'influe donc pas sur la nature des sensations intérieures. N'en doit-on pas conclure que les animaux n'ont point de sensations de cette espèce, et qu'elles ne peuvent appartenir à la matière, ni dépendre pour leur nature des organes corporels? Ne faut-il pas par conséquent qu'il y ait en nous une substance différente de la matière, qui soit le sujet et la cause qui produit et reçoit ces sensations?

Mais ces preuves de l'immatérialité de notre âme peuvent s'étendre encore plus loin. Nous avons dit que la nature marche toujours et agit en tout par degrés imperceptibles et par nuances. Cette vérité, qui d'ailleurs ne souffre aucune exception, se dément ici tout à fait. Il y a une distance infinie entre les facultés de l'homme et celles du plus parfait animal : preuve évidente que l'homme est d'une diffé-

---

1. Un *ouvrage* est une *production*. C'est donc un pléonasme.
2. Cela ne serait pas vrai de leurs actes, qui diffèrent souvent dans les animaux de même espèce.

rente nature, que seul il fait une classe à part, de laquelle
il faut descendre en parcourant un espace infini, avant que
d'arriver à celle des animaux. Car si l'homme était de
l'ordre des animaux, il y aurait dans la nature un certain
nombre d'êtres moins parfaits que l'homme et plus parfaits
que l'animal, par lesquels on descendrait insensiblement
et par nuances de l'homme au singe. Mais cela n'est pas;
on passe tout d'un coup de l'être pensant à l'être matériel, de la puissance intellectuelle à la force mécanique,
de l'ordre et du dessein au mouvement aveugle, de la réflexion à l'appétit [1].

En voilà plus qu'il n'en faut pour nous démontrer l'excellence de notre nature, et la distance immense que la bonté
du Créateur a mise entre l'homme et la bête. L'homme est
un être raisonnable, l'animal est un être sans raison; et
comme il n'y a point de milieu entre le positif et le négatif,
comme il n'y a point d'êtres intermédiaires entre l'être raisonnable et l'être sans raison, il est évident que l'homme est
d'une nature entièrement différente de celle de l'animal,
qu'il ne lui ressemble que par l'extérieur, et que le juger
par cette ressemblance matérielle, c'est se laisser tromper
par l'apparence, et fermer volontairement les yeux à la
lumière qui doit nous la faire distinguer de la réalité.

31. *La société chez les animaux.*

Après avoir comparé l'homme à l'animal, pris chacun in-
dividuellement, je vais comparer l'homme en société avec
l'animal en troupe, et rechercher en même temps quelle
peut être la cause de cette espèce d'industrie [2] qu'on remarque
dans certains animaux, même dans les espèces les plus viles
et les plus nombreuses : que de choses ne dit-on pas de
certains insectes !

Nos observateurs admirent à l'envi l'intelligence et les

1. Suite de belles et vives antithèses qui résument tout ce qui
précède.
2. Pris dans le sens du latin *industria*, activité jointe à l'habileté.

talents des abeilles. Elles ont, disent-ils, un génie particulier, un art qui n'appartient qu'à elles, l'art de se bien gouverner. Il faut savoir observer pour s'en apercevoir[1]; mais une ruche est une république où chaque individu ne travaille que pour la société, où tout est ordonné, distribué, réparti avec une prévoyance, une équité, une prudence admirables; Athènes[2] n'était pas mieux conduite ni mieux policée. Plus on observe ce panier de mouches, et[3] plus on découvre de merveilles : un fonds de gouvernement inaltérable et toujours le même; un respect profond pour la personne en place[4], une vigilance singulière pour son service, la plus soigneuse attention pour ses plaisirs; un amour constant pour la patrie, une ardeur inconcevable pour le travail, une assiduité à l'ouvrage que rien n'égale, le plus grand désintéressement joint à la plus grande économie, la plus fine géométrie employée à la plus élégante architecture, etc. Je ne finirais point si je voulais seulement parcourir les annales de cette république, et tirer de l'histoire de ces insectes tous les traits qui ont excité l'admiration de leurs historiens.

Les mouches solitaires n'ont, de l'aveu de ces observateurs, aucun esprit en comparaison des mouches qui vivent ensemble; celles qui ne forment que de petites troupes en ont moins que celles qui sont en grand nombre; et les abeilles, qui de toutes sont peut-être celles qui forment la société la plus nombreuse[5], sont aussi celles qui ont le plus de génie. Cela seul ne suffit-il pas pour faire penser que cette apparence d'esprit ou de génie n'est qu'un résultat purement mécanique, une combinaison de mouvements proportionnelle au nombre, un rapport qui n'est compliqué que parce qu'il dépend de plusieurs milliers d'individus? Ne sait-on pas que tout rapport, tout désordre même, pourvu qu'il soit constant, nous paraît une harmonie dès que nous en ignorons les causes, et que de la supposition de cette apparence d'ordre à celle de l'intelligence il n'y a qu'un pas, les hommes aimant mieux admirer qu'approfondir?

1. Fine ironie.
2. Litote par exagération : Buffon dit plus pour faire entendre moins.
3. Voy. note 5 de la p. 39.
4. Expression d'un piquant heureux.
5. Une ruche renferme de 60 à 70 mille abeilles.

On conviendra donc d'abord, qu'à prendre les mouches une à une, elles ont moins de génie que le chien, le singe, et la plupart des animaux; on conviendra qu'elles ont moins de docilité, moins d'attachement, moins de sentiment, moins, en un mot, de qualités relatives aux nôtres. Dès lors on doit convenir que leur intelligence apparente ne vient que de leur multitude réunie.

Il y a parmi certains animaux une espèce de société qui semble dépendre du choix de ceux qui la composent, et qui par conséquent approche bien davantage de l'intelligence et du dessein que la société des abeilles, qui n'a d'autre principe qu'une nécessité physique. Les éléphants, les castors, les singes, et plusieurs autres espèces d'animaux, se cherchent, se rassemblent, vont par troupes, se secourent, se défendent, s'avertissent, et se soumettent à des allures communes. Si nous ne troublions pas si souvent ces sociétés, et que nous pussions les observer aussi facilement que celle des mouches, nous y verrions sans doute bien d'autres merveilles, qui cependant ne seraient que des rapports et des convenances physiques.

On donne plus d'esprit aux mouches dont les ouvrages sont les plus réguliers : les abeilles sont, dit-on, plus ingénieuses que les guêpes, que les frelons, etc., qui savent aussi l'architecture, mais dont les constructions sont plus grossières et plus irrégulières que celles des abeilles. On ne veut pas voir, ou l'on ne se doute pas, que cette régularité plus ou moins grande dépend uniquement du nombre et de la figure, et nullement de l'intelligence de ces petites bêtes : plus elles sont nombreuses, plus il y a de forces qui agissent également et qui s'opposent de même, plus il y a par conséquent de contrainte mécanique, de régularité forcée et de perfection apparente dans leurs productions.

La prévoyance des fourmis n'était qu'un préjugé : on la leur avait accordée en les observant; on la leur a ôtée en les observant mieux. Elles sont engourdies tout l'hiver : leurs provisions ne sont donc que des amas superflus, amas accumulés sans vues, sans connaissance de l'avenir, puisque, par cette connaissance même, elles en auraient prévu toute l'inutilité.

Il n'est pas étonnant que l'homme, qui se connaît si peu lui-même, qui confond si souvent ses sensations et ses idées, qui distingue si peu le produit de son âme de celui de son cerveau, se compare aux animaux, et n'admette entre eux et lui qu'une nuance, dépendante d'un peu plus ou d'un peu moins de perfection dans les organes; il n'est pas étonnant qu'il les fasse raisonner, s'entendre, et se déterminer comme lui, et qu'il leur attribue non-seulement les qualités qu'il a, mais encore celles qui lui manquent. Mais que l'homme s'examine, s'analyse et s'approfondisse; il reconnaîtra bientôt la noblesse de son être, il sentira l'existence de son âme, il cessera de s'avilir, et verra d'un coup d'œil la distance infinie que l'Être suprême a mise entre les bêtes et lui.

32. *Des sociétés formées par les hommes.*

Parmi les hommes, la société dépend moins des convenances physiques que des relations morales. L'homme a d'abord mesuré sa force et sa faiblesse; il a comparé son ignorance et sa curiosité[1]; il a senti que, seul, il ne pouvait suffire ni satisfaire par lui-même à la multiplicité de ses besoins; il a reconnu l'avantage qu'il aurait à renoncer à l'usage illimité de sa volonté pour acquérir un droit sur la volonté des autres. Il a réfléchi sur l'idée du bien et du mal : il l'a gravée[2] au fond de son cœur à la faveur de la lumière naturelle qui lui a été départie par la bonté du Créateur. Il a vu que la solitude n'était pour lui qu'un état de danger et de guerre; il a cherché la sûreté et la paix dans la société; il y a porté ses forces et ses lumières pour les augmenter en les réunissant à celles des autres : cette réunion est de l'homme[3] l'ouvrage le meilleur, c'est de sa raison l'usage le plus sage. En effet, il n'est tranquille, il n'est fort, il n'est grand, il ne commande à l'univers que parce qu'il a su se commander à lui-même, se dompter, se soumettre, et s'imposer des lois; l'homme en un mot, n'est homme que parce qu'il a su se réunir à l'homme.

1. Belle antithèse.
2. Expression métaphorique.
3. Inversion rare, mais vive.

Il est vrai que tout a concouru à rendre l'homme sociable; car, quoique[1] les grandes sociétés, les sociétés policées, dépendent certainement de l'usage et quelquefois de l'abus qu'il a fait de sa raison, elles ont sans doute été précédées de petites sociétés, qui ne dépendaient, pour ainsi dire, que de la nature. Une famille est une société naturelle, d'autant plus stable, d'autant mieux fondée, qu'il y a plus de besoins, plus de causes d'attachement. Bien différent des animaux, l'homme n'existe presque pas encore lorsqu'il vient de naître; il est nu, faible, incapable d'aucun mouvement, privé de toute action, réduit à tout souffrir; sa vie dépend des secours qu'on lui donne. Cet état de l'enfance imbécile[2], impuissante, dure longtemps : la nécessité du secours devient donc une habitude, qui seule serait capable de produire l'attachement mutuel de l'enfant et des père et mère[3]; mais comme, à mesure qu'il avance, l'enfant acquiert de quoi se passer plus aisément de secours, comme il a physiquement moins besoin d'aide, que les parents au contraire continuent à s'occuper de lui beaucoup plus qu'il ne s'occupe d'eux, il arrive toujours que l'amour descend beaucoup plus qu'il ne remonte : l'attachement des père et mère devient excessif, aveugle, idolâtre, et celui de l'enfant reste tiède, et ne reprend des forces que lorsque la raison vient à développer le germe de la reconnaissance.

---

33. *L'amitié chez l'homme, comparée à l'attachement chez les animaux.*

L'amitié suppose la puissance de réfléchir : c'est de tous les attachements le plus digne de l'homme, et le seul[4] qui ne le dégrade point. L'amitié n'émane que de la raison, l'impression des sens n'y fait rien; c'est l'âme de son ami qu'on aime; et pour aimer une âme, il faut en avoir une,

1. *Car, quoique,* dur.
2. Pris dans le sens du latin *imbecillus*, faible.
3. Des *père et mère*, au lieu *du père et de la mère*, qui serait plus régulier. Voy. note 2 de la p. 44.
4. Ceci est une exagération.

il faut en avoir fait usage, l'avoir connue, l'avoir comparée et trouvée de niveau[1] à ce que l'on peut connaître de celle d'un autre : l'amitié suppose donc, non-seulement le principe de la connaissance, mais l'exercice actuel et réfléchi de ce principe.

Ainsi l'amitié n'appartient qu'à l'homme, et l'attachement peut appartenir aux animaux : le sentiment seul suffit pour qu'ils s'attachent aux gens qu'ils voient souvent, à ceux qui les soignent, qui les nourrissent, etc. ; le seul sentiment suffit encore pour qu'ils s'attachent aux objets dont ils sont forcés de s'occuper. L'attachement des mères pour leurs petits ne vient que de ce qu'elles ont été fort occupées à les porter, à les produire, et qu'elles le sont encore à les allaiter : et si dans les oiseaux les pères semblent avoir quelque attachement pour leurs petits, et paraissent en prendre soin comme les mères, c'est qu'ils se sont occupés comme elles de la construction du nid, c'est qu'ils l'ont habité avec leurs femelles; au lieu que dans les autres espèces d'animaux, où il n'y a point de nid, point d'ouvrages à faire en commun, les pères ne sont pères que comme on l'était à Sparte[2], ils n'ont aucun souci de leur postérité.

84. *L'empire de l'homme sur les animaux.*

L'empire de l'homme sur les animaux est un empire légitime qu'aucune révolution ne peut détruire; c'est l'empire de l'esprit sur la matière. C'est non-seulement un droit de nature, un pouvoir fondé sur des lois inaltérables, mais c'est encore un don de Dieu, par lequel l'homme peut reconnaître à tout instant l'excellence de son être. Car ce n'est pas parce qu'il est le plus parfait, le plus fort ou le plus adroit des animaux qu'il leur commande : s'il n'était que le premier du même ordre, les seconds se réuniraient pour lui disputer l'empire; mais c'est par supériorité de nature que

1 Expression métaphorique.
2. Rapprochement inattendu et forcé. — On sait qu'à Sparte les enfants appartenaient non à la famille, mais à l'État, et qu'ils étaient élevés en commun.

l'homme règne et commande : il pense, et dès lors il est maître des êtres qui ne pensent point.

Il est maître des corps bruts, qui ne peuvent opposer à sa volonté qu'une lourde résistance ou qu'une inflexible dureté, que sa main sait toujours surmonter et vaincre en les faisant agir les uns contre les autres ; il est maître des végétaux, que par son industrie il peut augmenter, diminuer, renouveler, dénaturer, détruire ou multiplier à l'infini ; il est maître des animaux, parce que non-seulement il a, comme eux, du mouvement et du sentiment, mais qu'il a de plus la lumière[1] de la pensée, qu'il connaît les fins et les moyens, qu'il sait diriger ses actions, concerter ses opérations, mesurer ses mouvements, vaincre la force par l'esprit, et la vitesse par l'emploi du temps.

Cependant, parmi les animaux, les uns paraissent être plus ou moins familiers, plus ou moins sauvages, plus ou moins doux, plus ou moins féroces. Que l'on compare la docilité et la soumission du chien avec la fierté et la férocité du tigre : l'un paraît être l'ami de l'homme, et l'autre son ennemi. Son empire sur les animaux n'est donc pas absolu. Combien d'espèces savent se soustraire à sa puissance par la rapidité de leur vol, par la légèreté de leur course, par l'obscurité de leur retraite, par la distance que met entre eux et l'homme l'élément qu'ils habitent! combien d'autres espèces lui échappent par leur seule petitesse! et enfin combien y en a-t-il qui, bien loin de reconnaître leur souverain, l'attaquent à force ouverte, sans parler de ces insectes qui semblent l'insulter[2] par leurs piqûres, de ces serpents dont la morsure porte le poison et la mort, et de tant d'autres bêtes immondes, incommodes, inutiles, qui semblent n'exister que pour former la nuance entre le mal et le bien, et faire sentir à l'homme combien, depuis sa chute, il est peu respecté[3]!

C'est qu'il faut distinguer l'empire de Dieu du domaine de l'homme. Dieu, créateur des êtres, est seul maître de la nature. L'homme ne peut rien sur les produits de la créa-

1. Métaphore devenue usuelle.
2. Belle et énergique expression.
3. Avant la chute de l'homme, son empire sur les animaux était absolu, comme le dit ici Buffon, conformément à l'Écriture sainte.

tion; il ne peut rien sur les mouvements des corps célestes, sur les révolutions de ce globe qu'il habite. Il ne peut rien sur les animaux, les végétaux, les minéraux en général; il ne peut rien sur les espèces; il ne peut que sur les individus: car les espèces en général et la matière en bloc appartiennent à la nature, ou plutôt la constituent. Tout se passe, se suit, se succède, se renouvelle et se meut par une puissance irrésistible; l'homme, entraîné lui-même par le torrent[1] des temps, ne peut rien pour sa propre durée : lié par son corps à la matière, enveloppé dans le tourbillon[2] des êtres, il est forcé de subir la loi commune; il obéit à la même puissance, et, comme tout le reste, il naît, croît et périt.

Mais le rayon divin[3] dont l'homme est animé l'ennoblit et l'élève au-dessus de tous les êtres matériels; cette substance spirituelle, loin d'être sujette à la matière, a le droit de la faire obéir, et, quoiqu'elle ne puisse pas commander à la nature entière, elle domine sur les êtres particuliers. Dieu, source unique de toute lumière et de toute intelligence, régit l'univers et les espèces entières avec une puissance infinie; l'homme, qui n'a qu'un rayon de cette intelligence, n'a de même qu'une puissance limitée à de petites portions de matière, et n'est maître que des individus.

C'est donc par les talents de l'esprit, et non par la force et par les autres qualités de la matière, que l'homme a su subjuguer les animaux. Dans les premiers temps, ils devaient être tous également indépendants; l'homme, devenu criminel et féroce, était peu propre à les apprivoiser. Il a fallu du temps pour les approcher, pour les reconnaître, pour les choisir, pour les dompter; il a fallu qu'il fût civilisé lui-même pour savoir instruire et commander; et l'empire sur les animaux, comme tous les autres empires, n'a été fondé qu'après la société.

C'est d'elle que l'homme tient sa puissance; c'est par elle qu'il a perfectionné sa raison, exercé son esprit et réuni ses forces. Auparavant l'homme était peut-être l'animal le plus sauvage et le moins redoutable de tous : nu, sans armes et sans abri, la terre n'était pour lui qu'un vaste désert peuplé

1. Métaphore moins commune que le *torrent des âges.*
2. Expression et image métaphorique.
3. La raison. Périphrase en métaphore.

de monstres dont souvent il devenait la proie; et même long-temps après, l'histoire nous dit que les premiers héros n'ont été que des destructeurs de bêtes.

Mais lorsque, avec le temps, l'espèce humaine s'est étendue, multipliée, répandue, et qu'à la faveur des arts et de la société l'homme a pu marcher en force[1] pour conquérir l'univers, il a fait reculer peu à peu les bêtes féroces, il a purgé la terre de ces animaux gigantesques dont nous trouvons encore les ossements énormes; il a détruit ou réduit à un petit nombre d'individus les espèces voraces et nuisibles; il a opposé les animaux aux animaux, et, subjuguant les uns par adresse, domptant les autres par la force ou les écartant par le nombre, et les attaquant tous par des moyens raisonnés, il est parvenu à se mettre en sûreté, et à établir un empire qui n'est borné que par les lieux inaccessibles, les solitudes reculées, les sables brûlants, les montagnes glacées, les cavernes obscures qui servent de retraites au petit nombre d'espèces d'animaux indomptables.

1. Expression d'une simplicité énergique.

— ◆ —

35. *Les animaux domestiques.*

L'homme change l'état naturel des animaux en les forçant à lui obéir, et en les faisant servir à son usage. Un animal domestique est un esclave dont on s'amuse, dont on se sert, dont on abuse, qu'on altère, qu'on dépayse et que l'on dénature[1]; tandis que l'animal sauvage, n'obéissant qu'à la nature, ne connaît d'autres lois que celles du besoin et de sa liberté[2]. L'histoire d'un animal sauvage est donc bornée à un petit nombre de faits émanés de la simple nature, au lieu que l'histoire d'un animal domestique est compliquée de tout ce qui a rapport à l'art que l'on emploie pour l'apprivoiser ou pour le subjuguer; et comme on ne sait pas assez combien l'exemple, la contrainte, la force de l'habitude, peuvent influer sur les animaux et changer leurs mouvements, leurs déterminations, leurs penchants, le but d'un naturaliste doit être de les observer assez pour pouvoir distinguer les faits qui dépendent de l'instinct de ceux qui ne viennent que de l'éducation, reconnaître ce qui leur appartient et ce qu'ils ont emprunté, séparer ce qu'ils font de ce qu'on leur fait faire, et ne jamais confondre l'animal avec l'esclave, la bête de somme avec la créature de Dieu[3].

— ◆ —

36. *Le cheval.*

La plus noble conquête[4] que l'homme ait jamais faite est celle de ce fier et fougueux animal qui partage avec lui les fatigues de la guerre et la gloire des combats : aussi intrépide que son maître, le cheval voit le péril et l'affronte[5] ; il se fait au bruit des armes, il l'aime, il le cherche, et s'anime

1. Expression ingénieuse qui termine parfaitement la gradation.
2. C'est-à-dire de son indépendance.
3. Antithèse pleine de beauté et de justesse.
4. Périphrase par laquelle Buffon entre noblement en matière.
5. Plus élégant que si Buffon eût dit : *voit et affronte le péril.*

de la même ardeur[1]. Il partage aussi ses plaisirs : à la chasse, aux tournois, à la course, il brille, il étincelle[2]. Mais, docile autant que courageux, il ne se laisse point emporter à son feu[3], il sait réprimer ses mouvements : non-seulement il fléchit sous la main de celui qui le guide, mais il semble consulter ses désirs; et, obéissant toujours aux impressions qu'il en reçoit, il se précipite, se modère ou s'arrête, et n'agit que pour y satisfaire. C'est une créature qui renonce à son être pour n'exister que par la volonté d'un autre, qui sait même la prévenir, qui, par la promptitude et la précision de ses mouvements, l'exprime et l'exécute; qui sent autant qu'on le désire, et ne rend qu'autant qu'on veut; qui, se livrant sans réserve, ne se refuse à rien, sert de toutes ses forces, s'excède, et même meurt pour mieux obéir.

Voilà le cheval dont les talents sont développés, dont l'art a perfectionné les qualités naturelles, qui, dès le premier âge, a été soigné et ensuite exercé, dressé au service de l'homme. C'est par la perte de sa liberté que commence son éducation, et c'est par la crainte qu'elle s'achève. L'esclavage ou la domesticité de ces animaux est même si universelle, si ancienne, que nous ne les voyons que rarement dans leur état naturel : ils sont toujours couverts de harnais dans leurs travaux; on ne les délivre jamais de tous leurs liens, même dans le temps du repos; et si on les laisse quelquefois errer en liberté dans les pâturages, ils y portent toujours les marques de la servitude, et souvent les empreintes cruelles[4] du travail et de la douleur : la bouche est déformée par les plis que le mors a produits; les flancs sont entamés par des plaies, ou sillonnés[5] de cicatrices faites par l'éperon; la corne des pieds est traversée par des clous; l'attitude du corps est encore gênée par l'impression subsistante des entraves habituelles : on les en délivrerait en vain, ils n'en seraient pas plus libres. Ceux même dont l'esclavage est le plus doux, qu'on ne nourrit, qu'on n'entretient que

1. Sous-entendu *que son maître.*
2. Trop faible après *il brille.* La gradation n'est pas assez forte.
3. Belle expression qui arrête la pensée avec bonheur.
4. Trait de sensibilité qui ne dépasse pas les justes bornes.
5. Belle catachrèse.

pour le luxe et la magnificence, et dont les chaînes dorées servent moins à leur parure qu'à la vanité de leur maître, sont encore plus déshonorés par l'élégance de leur toupet[1], par les tresses de leurs crins, par l'or et la soie dont on les couvre, que par les fers qui sont sous leurs pieds.

La nature est plus belle que l'art: dans un être animé, la liberté des mouvements fait la belle nature. Voyez ces chevaux qui se sont multipliés dans les contrées de l'Amérique espagnole, et qui y vivent en chevaux libres[2]: leur démarche, leur course, leurs sauts, ne sont ni gênés, ni mesurés; fiers de leur indépendance, ils fuient la présence de l'homme; ils dédaignent ses soins, ils cherchent et trouvent eux-mêmes la nourriture qui leur convient; ils errent, ils bondissent en liberté dans les prairies immenses où ils cueillent les productions nouvelles[3] d'un printemps toujours nouveau. Sans habitation fixe, sans autre abri que celui d'un ciel serein, ils respirent un air plus pur que celui de ces palais voûtés[4] où nous les renfermons en pressant les espaces qu'ils doivent occuper. Aussi ces chevaux sauvages sont-ils beaucoup plus forts, plus légers, plus nerveux que la plupart des chevaux domestiques: ils ont ce que donne la nature, la force et la noblesse; les autres n'ont que ce que l'art peut donner, l'adresse et l'agrément.

Le naturel de ces animaux n'est point féroce; ils sont seulement fiers et sauvages. Quoique supérieurs par la force à la plupart des autres animaux, jamais ils ne les attaquent; et, s'ils en sont attaqués, ils les dédaignent, les écartent ou les écrasent. Ils vont aussi par troupes, et se réunissent pour le seul plaisir d'être ensemble, car ils n'ont aucune crainte; mais ils prennent de l'attachement les uns pour les autres. Comme l'herbe et les végétaux suffisent à leur nourriture, qu'ils ont abondamment de quoi satisfaire leur appétit, et qu'ils n'ont aucun goût pour la chair des animaux, ils ne leur font point la guerre; ils ne se la font point entre eux, ils ne se disputent pas leur subsistance; ils n'ont jamais occasion de ravir une proie ou de s'arracher un bien, sources

1. Mot propre qui produit ici un bel effet.
2. Expression hardie et neuve qui signifie *en liberté*.
3. Périphrase poétique pour dire *l'herbe nouvelle*.
4. Périphrase pour *écuries*.

ordinaires de querelles ou de combats parmi les autres animaux carnassiers : ils vivent donc en paix, parce que leurs
appétits sont simples et modérés, et qu'ils ont assez pour
ne rien envier.

Tout cela peut se remarquer dans les jeunes chevaux qu'on
élève ensemble et qu'on mène en troupeaux : ils ont les
mœurs douces et les qualités sociales ; leur force et leur
ardeur ne se marquent ordinairement que par des signes
d'émulation ; ils cherchent à se devancer à la course, à se
faire et même s'animer[1] au péril, en se défiant à traverser
une rivière, sauter[2] un fossé ; et ceux qui, dans ces exercices
naturels, donnent l'exemple, ceux qui d'eux-mêmes vont les
premiers, sont les plus généreux, les meilleurs, et souvent
les plus dociles et les plus souples, lorsqu'ils sont une fois
domptés.

Le cheval est de tous les animaux celui qui, avec une
grande taille, a le plus de proportion et d'élégance dans les
parties de son corps : car, en lui comparant les animaux
qui sont immédiatement au-dessus et au-dessous, on verra
que l'âne est mal fait, que le lion a la tête trop grosse, que
le bœuf a les jambes trop minces et trop courtes pour la
grosseur de son corps, que le chameau est difforme, et que
les plus gros animaux, le rhinocéros et l'éléphant, ne sont,
pour ainsi dire, que des masses informes. Le grand allon-
gement des mâchoires est la principale cause de la différence
entre la tête des quadrupèdes et celle de l'homme ; c'est
aussi le caractère le plus ignoble de tous ; cependant, quoique
les mâchoires du cheval soient fort allongées, il n'a pas
comme l'âne un air d'imbécillité, ou de stupidité comme le
bœuf ; la régularité des proportions de sa tête lui donne au
contraire un air de légèreté qui est bien soutenu par la beauté
de son encolure. Le cheval semble vouloir[3] se mettre au-dessus de son état de quadrupède en élevant sa tête ; dans cette
noble attitude, il regarde l'homme face à face. Ses yeux sont
vifs et bien ouverts, ses oreilles sont bien faites et d'une
juste grandeur, sans être courtes comme celles du taureau,

1. Il faut régulièrement répéter la préposition et dire *à* s'animer.
2. De même ici, il faudrait *à* sauter.
3. Sentiment que Buffon a prêté justement au cheval.

ou trop longues comme celles de l'âne; sa crinière accompagne bien sa tête, orne son cou, et lui donne un air de force et de fierté; sa queue traînante et touffue couvre et termine avantageusement l'extrémité de son corps; mais l'attitude de la tête et du cou contribue plus que celle de toutes les autres parties du corps à donner au cheval un noble maintien.

---

37. L'âne.

L'âne n'est point un cheval dégénéré; il n'est ni étranger, ni intrus, ni bâtard[1]; il a, comme tous les autres animaux, sa famille, son espèce et son rang. Son sang est pur, et, quoique sa noblesse[2] soit moins illustre, elle est tout aussi bonne, tout aussi ancienne que celle du cheval : pourquoi donc tant de mépris pour cet animal si bon, si patient, si sobre, si utile? Les hommes mépriseraient-ils, jusque dans les animaux, ceux qui les servent trop bien et à trop peu de frais? On donne au cheval de l'éducation, on le soigne, on l'instruit, on l'exerce; tandis que l'âne, abandonné à la grossièreté du dernier des valets ou à la malice des enfants, bien loin d'acquérir, ne peut que perdre par son éducation. S'il n'avait pas un grand fonds de bonnes qualités[3], il les perdrait en effet par la manière dont on le traite : il est le jouet, le plastron[4], le bardeau[5] des rustres qui le conduisent le bâton à la main, qui le frappent, le surchargent, l'excèdent sans précaution, sans ménagement. On ne fait pas attention que l'âne serait par lui-même, et pour nous, le premier, le plus beau, le mieux fait, le plus distingué des animaux, si dans le monde il n'y avait point de cheval. Il est

---

1. C'est ce que Buffon a démontré dans une dissertation d'où ce morceau est tiré.

2. Métaphore ingénieuse amenée avec beaucoup d'habileté par les mots *famille, rang* et *sang*.

3. On voit que Buffon, après Virgile, prête aux animaux des qualités qui ne conviennent guère qu'à l'homme.

4. On appelle ainsi le devant de cuirasse dont se couvrent les maîtres d'armes pour recevoir les bottes qu'on leur porte.

5. C'est le nom d'une espèce d'armure, appliqué ensuite à une selle grossière.

le second au lieu d'être le premier, et par cela seul il semble n'être plus rien : c'est la comparaison qui le dégrade : on le regarde, on le juge, non pas en lui-même, mais relativement au cheval; on oublie qu'il est âne, qu'il a toutes les qualités de sa nature, tous les dons attachés à son espèce, et on ne pense qu'à la figure et aux qualités du cheval, qui lui manquent, et qu'il ne doit pas avoir.

Il est de son naturel aussi humble, aussi patient, aussi tranquille que le cheval est fier, ardent, impétueux; il souffre avec constance, et peut-être avec courage, les châtiments et les coups; il est sobre, et sur la quantité et sur la qualité de la nourriture; il se contente des herbes les plus dures, les plus désagréables, que le cheval et les autres animaux lui laissent et dédaignent. Il est fort délicat sur l'eau; il ne veut boire que de la plus claire, et aux ruisseaux qui lui sont connus; il boit aussi sobrement qu'il mange, et n'enfonce point du tout son nez dans l'eau, par la peur que lui fait, dit-on, l'ombre de ses oreilles. Comme l'on ne prend pas la peine de l'étriller, il se roule souvent sur le gazon, sur les chardons, sur la fougère; et, sans se soucier beaucoup de ce qu'on lui fait porter, il se couche pour se rouler toutes les fois qu'il le peut, et semble par là reprocher à son maître le peu de soin qu'on prend de lui; car il ne se vautre pas comme le cheval dans la fange et dans l'eau; il craint même de se mouiller les pieds, et se détourne pour éviter la boue: aussi a-t-il la jambe plus sèche et plus nette que le cheval. Il est susceptible d'éducation, et l'on en a vu d'assez bien dressés peur faire curiosité de spectacle.

Dans la première jeunesse il est gai, et même assez joli; il a de la légèreté et de la gentillesse; mais il la perd bientôt, soit par l'âge, soit par les mauvais traitements; et il devient lent, indocile et têtu[1]. Il s'attache cependant à son maître, quoiqu'il en soit ordinairement maltraité; il le sent de loin et le distingue de tous les autres hommes; il reconnaît aussi les lieux qu'il a coutume d'habiter, les chemins qu'il a fréquentés. Il a les yeux bons, l'odorat admirable, l'oreille excellente, ce qui a encore contribué à le faire mettre au nombre des animaux timides, qui ont tous, à ce

1. Ce qui est passé en proverbe : *têtu comme un âne.*

qu'on prétend, l'ouïe très-fine et les oreilles longues[1]. Lorsqu'on le surcharge, il le marque en inclinant la tête et[2] baissant les oreilles ; lorsqu'on le tourmente trop, il ouvre la bouche et retire les lèvres d'une manière très-désagréable, ce qui lui donne l'air moqueur et dérisoire[3] ; si on lui couvre les yeux, il reste immobile ; et lorsqu'il est couché sur le côté, si on lui place la tête de manière que l'œil soit appuyé sur la terre, et qu'on couvre l'autre œil avec une pierre ou un morceau de bois, il restera dans cette situation sans faire aucun mouvement et sans se secouer pour se relever. Il marche, il trotte et il galope comme le cheval ; mais tous ses mouvements sont petits et beaucoup plus lents ; quoiqu'il puisse d'abord courir avec assez de vitesse, il ne peut fournir qu'une petite carrière pendant un petit espace de temps, et, quelque allure qu'il prenne, si on le presse, il est bientôt rendu.

38. *Le chameau.*

Cet animal, quoique naturel aux pays chauds, craint cependant les climats où la chaleur est excessive : son espèce ne peut subsister ni sous le ciel brûlant de la zone torride, ni dans les climats doux de notre zone tempérée. Il paraît être originaire d'Arabie ; car non-seulement c'est le pays où il est en plus grand nombre, mais c'est aussi celui auquel il est le plus conforme. L'Arabie est le pays du monde le plus aride et où l'eau est le plus rare : le chameau est le plus sobre des animaux, et peut passer plusieurs jours sans boire. Le terrain est presque partout sec et sablonneux : le chameau a les pieds faits pour marcher dans les sables, et ne peut, au contraire, se soutenir dans les terrains humides et glissants. L'herbe et les pâturages manquent à cette terre, le bœuf y manque aussi, et le chameau remplace cette bête de somme. On ne se trompe guère sur le pays naturel des animaux, en le jugeant par ces rapports de conformité : leur vraie patrie est la terre à laquelle ils ressemblent, c'est-à-

1. Comme les lièvres, les lapins, etc.
2. Il faudrait régulièrement : *en baissant…*
3. Mot employé ici d'une manière neuve.

dire à laquelle leur nature paraît s'être entièrement conformée, surtout lorsque cette même nature de l'animal ne se
modifie point ailleurs.

Ces animaux perdent toute leur valeur dans les autres
climats, et, au lieu d'être utiles, ils sont très à charge à
ceux qui les élèvent, tandis que, dans leur pays natal, ils
font, pour ainsi dire, toute la richesse de leurs maîtres.
Les Arabes regardent le chameau comme un présent du
ciel, un animal sacré sans le secours duquel ils ne pourraient
ni subsister, ni commercer, ni voyager. Le lait des chameaux fait leur nourriture ordinaire ; ils en mangent aussi
la chair, surtout celle des jeunes, qui est très-bonne à leur
goût. Le poil de ces animaux, qui est fin et moelleux, et
qui se renouvelle tous les ans par une mue complète, leur
sert à faire les étoffes dont ils se vêtissent[1] et se meublent.
Avec leurs chameaux, non-seulement ils ne manquent de
rien, mais même ils ne craignent rien ; ils peuvent mettre
en un seul jour cinquante lieues de désert entre eux et leurs
ennemis ; toutes les armées du monde périraient à la suite
d'une troupe d'Arabes : aussi ne sont-ils soumis qu'autant
qu'il leur plaît.

L'Arabe, libre, indépendant, tranquille et même riche,
au lieu de respecter ses déserts comme le rempart[2] de sa
liberté, les souille cependant par le crime[3]. Il les traverse
pour aller chez des nations voisines enlever des esclaves et de
l'or ; il s'en sert pour exercer son brigandage, dont mal-
heureusement il jouit[4] plus encore que de sa liberté ; car ses
entreprises sont presque toujours heureuses : malgré la
défiance de ses voisins et la supériorité de leurs forces, il
échappe à leur poursuite et emporte impunément tout ce
qu'il leur a ravi. Un Arabe qui se destine à ce métier de
pirate de terre[5], s'endurcit[6] de bonne heure à la fatigue des
voyages ; il s'essaye à se passer du sommeil, à souffrir la
faim et la soif, la chaleur ; en même temps il instruit ses

1. Malgré l'autorité de Voltaire, ce mot est un barbarisme : il
faut *se vêtent.*
2. Belle expression.
3. Un peu vague ; Buffon n'a voulu dire que brigandage.
4. *Jouir du brigandage*, alliance hardie de mots.
5. Belle alliance de mots.
6. Expression métaphorique.

chameaux; il les élève et les exerce dans cette même vue. Peu de jours après leur naissance, il leur plie les jambes sous le ventre, il les contraint à demeurer à terre, et les charge, dans cette situation, d'un poids assez fort qu'il les accoutume à porter et qu'il ne leur ôte que pour leur en donner un plus fort. Au lieu de les laisser paître à toute heure et boire à leur soif, il commence par régler leurs repas, et peu à peu les éloigne à de grandes distances, en diminuant aussi la quantité de la nourriture. Lorsqu'ils sont un peu forts, il les exerce à la course; il les excite par l'exemple des chevaux, et parvient à les rendre aussi légers et plus robustes. Enfin, dès qu'il est sûr de la force, de la légèreté et de la sobriété de ses chameaux, il les charge de ce qui est nécessaire à sa subsistance et à la leur, il part avec eux, arrive sans être attendu aux confins du désert, arrête les premiers passants, pille les habitations écartées, charge ses chameaux de son butin[1]; et s'il est poursuivi, s'il est forcé de précipiter sa retraite, c'est alors qu'il développe[2] tous ses talents et les leurs : monté sur l'un des plus légers, il conduit la troupe, la fait marcher jour et nuit, presque sans s'arrêter, ni boire, ni manger; il fait aisément trois cents lieues en huit jours, et, pendant tout ce temps de fatigue et de mouvement, il laisse ses chameaux chargés, il ne leur donne chaque jour qu'une heure de repos et une pelote de pâte. Souvent ils courent ainsi neuf ou dix jours sans trouver de l'eau; ils se passent de boire; et, lorsque par hasard il se trouve une mare à quelque distance de leur route, ils sentent l'eau de plus d'une demi-lieue : la soif qui les presse leur fait doubler le pas, et ils boivent en une seule fois pour tout le temps passé et pour tout autant de temps à venir; car souvent leurs voyages sont de plusieurs semaines, et leurs temps d'abstinences durent aussi long-temps que leurs voyages[3].

En Turquie, en Perse, en Arabie, en Égypte, en Barbarie, etc., le transport des marchandises ne se fait que par le moyen des chameaux : c'est de toutes les voitures la plus plus prompte et la moins chère. Les marchands et autres

1. Remarquez la rapidité harmonieuse de toutes ces phrases.
2. Métaphore usuelle.
3. Phrase d'une heureuse symétrie.

passagers se réunissent en caravanes pour éviter les insultes et les pirateries des Arabes ; ces caravanes sont souvent très-nombreuses, et toujours composées de plus de chameaux que d'hommes. Chacun de ces chameaux est chargé selon sa force : il la sent si bien lui-même que, quand on lui donne une charge trop forte, il la refuse, et reste constamment couché jusqu'à ce qu'on l'ait allégée ; ordinairement les grands chameaux portent un millier, et même douze cents pesant ; les plus petits, six à sept cents. Dans ces voyages de commerce, on ne précipite pas leur marche ; comme la route est souvent de sept à huit cents lieues, on règle leur mouvement et leurs journées : ils ne vont que le pas, et font chaque jour dix à douze lieues. Tous les soirs, on leur ôte leur charge et on les laisse paître en liberté. Si l'on est en pays vert[1], dans une bonne prairie, ils prennent en moins d'une heure tout ce qu'il leur faut pour en vivre vingt-quatre et pour ruminer[2] pendant toute la nuit. Mais rarement ils trouvent de ces bons pâturages, et cette nourriture délicate ne leur est pas nécessaire ; ils semblent même préférer aux herbes les plus douces l'absinthe, le chardon, l'ortie, le genêt, la cassie, et les autres végétaux épineux : tant qu'ils trouvent des plantes à brouter, ils se passent très-aisément de boire.

Au reste, cette facilité qu'ils ont à s'abstenir longtemps de boire n'est pas de pure habitude ; c'est plutôt un effet de leur conformation. Il y a dans le chameau, indépendamment des quatre estomacs qui se trouvent d'ordinaire dans les animaux ruminants, une cinquième poche qui lui sert de réservoir pour conserver de l'eau ; ce cinquième estomac manque aux autres animaux et n'appartient qu'au chameau. Il est d'une capacité assez vaste pour contenir une grande quantité de liqueur ; elle y séjourne sans se corrompre et sans que les autres aliments puissent s'y mêler ; et lorsque l'animal est pressé par la soif et qu'il a besoin de délayer les nourritures sèches et de les macérer par la rumination, il fait remonter dans sa panse et jusqu'à l'œsophage une par-

---

1. Où il y a de la verdure, des pâturages.
2. On sait que les animaux ruminants ont plusieurs estomacs, d'où ils ramènent leurs aliments dans la bouche pour les mâcher une seconde fois : ce qu'on appelle *ruminer*.

tie de cette eau par une simple contraction des muscles. C'est donc en vertu de cette conformation très-singulière que le chameau peut se passer plusieurs jours de boire, et qu'il prend en une seule fois une prodigieuse quantité d'eau qui demeure saine et limpide dans ce réservoir, parce que les liqueurs du corps ni les sucs de la digestion ne peuvent s'y mêler.

Si l'on réfléchit sur les difformités, ou plutôt sur les non-conformités de cet animal avec les autres, on ne pourra douter que sa nature n'ait été considérablement altérée par la contrainte de l'esclavage et par la continuité des travaux. Le chameau est plus anciennement, plus complétement et plus laborieusement esclave qu'aucun des autres animaux domestiques. Il l'est plus anciennement, parce qu'il habite les climats où les hommes se sont le plus anciennement policés. Il l'est plus complétement, parce que dans les autres espèces d'animaux domestiques, telles que celles du cheval, du chien, du bœuf, de la brebis, du cochon, etc., on trouve encore des individus dans leur état de nature, des animaux de ces mêmes espèces qui sont sauvages et que l'homme ne s'est pas soumis; au lieu que dans le chameau l'espèce entière est esclave, on ne le trouve nulle part dans sa condition primitive d'indépendance et de liberté. Enfin, il est plus laborieusement esclave qu'aucun autre, parce qu'on ne l'a jamais nourri, ni pour le faste, comme la plupart[1] des chevaux, ni pour l'amusement comme presque tous les chiens, ni pour l'usage de la table, comme le bœuf, le co-chon, le mouton; que l'on n'en a jamais fait qu'une bête de somme qu'on ne s'est pas même donné la peine d'atteler ni de faire tirer, mais dont on a regardé le corps comme une voiture vivante[2] qu'on pouvait tenir chargée et surchargée, même pendant le sommeil; car, lorqu'on est pressé, on se dispense quelquefois de leur ôter le poids qui les accable, et sous lequel ils s'affaissent pour dormir, les jambes pliées et le corps appuyé sur l'estomac; aussi portent-ils toutes les empreintes de la servitude et les stigmates de la douleur.

1. C'est une exagération, ou plutôt une erreur; car la somme des chevaux employés à divers services est plus grande que celle de ces animaux employés pour le faste.

2. Image métaphorique, neuve et heureuse.

39. Le renne.

Le renne est devenu domestique chez le dernier des peuples[1] ; les Lapons n'ont pas d'autre bétail. Dans ce climat glacé, qui ne reçoit du soleil que des rayons obliques, où la nuit a sa saison[2] comme le jour, où la neige couvre la terre dès le commencement de l'automne jusqu'à la fin du printemps, où la ronce, le genièvre et la mousse font seuls la verdure de l'été, l'homme pouvait-il espérer de nourrir des troupeaux? Le cheval, le bœuf, la brebis, tous nos autres animaux utiles ne pouvant y trouver leur subsistance, ni résister à la rigueur du froid, il a fallu chercher, parmi les hôtes des forêts, l'espèce la moins sauvage et la plus profitable; les Lapons ont fait ce que nous ferions nous-mêmes si nous venions à perdre notre bétail : il faudrait bien alors, pour y suppléer, apprivoiser les cerfs, les chevreuils de nos bois, et les rendre animaux domestiques; et je suis persuadé qu'on en viendrait à bout, et qu'on saurait bientôt en tirer autant d'utilité que les Lapons en tirent de leurs rennes. Nous devons sentir par cet exemple jusqu'où s'étend pour nous la libéralité de la nature; nous n'usons pas à beaucoup près de toutes les richesses qu'elle nous offre; le fonds en est bien plus immense que nous ne l'imaginons : elle nous a donné le cheval, le bœuf, la brebis, tous nos autres animaux domestiques, pour nous servir, nous nourrir, nous vêtir : et elle a encore des espèces de réserve qui pourraient suppléer à leur défaut, et qu'il ne tiendrait qu'à nous d'assujettir et de faire servir à nos besoins. L'homme ne sait pas assez ce que peut la nature, ni ce qu'il peut sur elle : au lieu de la rechercher dans ce qu'il ne connaît pas, il aime mieux en abuser dans tout ce qu'il connaît.

En comparant les avantages que les Lapons tirent du renne apprivoisé avec ceux que nous retirons de nos animaux domestiques, on verra que cet animal en vaut seul deux ou trois : on s'en sert comme du cheval pour tirer des

1. En civilisation ou en position géographique.
2. Allusion aux climats de mois qui commencent en Laponie, où le soleil reste sur l'horizon un mois et plus.

traîneaux, des voitures; il marche avec bien plus de diligence et de légèreté, fait aisément trente lieues par jour, et court avec autant d'assurance sur la neige gelée que sur une pelouse. La femelle donne du lait plus substantiel et plus nourrissant que celui de la vache; la chair de cet animal est très-bonne à manger; son poil fait une excellente fourrure, et la peau passée[1] devient un cuir très-souple et très-durable : ainsi, le renne donne seul tout ce que nous tirons du cheval, du bœuf et de la brebis.

Le bois du renne, beaucoup plus grand, plus étendu, et divisé en un bien plus grand nombre de rameaux que celui du cerf, est une espèce de singularité admirable et monstrueuse. La nourriture de cet animal, pendant l'hiver, est une mousse blanche qu'il sait trouver sous les neiges épaisses en les fouillant avec son bois, et les détournant avec ses pieds; en été, il vit de boutons et de feuilles d'arbres plutôt que d'herbes, que les rameaux de son bois, avancés en avant[2], ne lui permettent pas de brouter aisément : il court sur la neige, et enfonce peu à cause de la largeur de ses pieds.

Ces animaux sont doux; on en fait des troupeaux qui rapportent beaucoup de profit à leur maître; le lait, la peau, les nerfs, les os, les cornes des pieds, les bois, le poil, la chair, tout en est bon et utile.

---

40. *Le lama.*

Le Pérou est le pays natal, la vraie patrie des lamas : on les conduit, à la vérité, dans d'autres provinces, comme à la Nouvelle-Espagne[3], mais c'est plutôt pour la curiosité que pour l'utilité; au lieu que dans toute l'étendue du Pérou, depuis Potosi jusqu'à Caracas, ces animaux sont en très-grand nombre : ils sont aussi de la plus grande nécessité; ils font seuls toute la richesse des Indiens, et contribuent beaucoup à celle des Espagnols[4]. Leur chair est bonne à

1. Dans une eau préparée à cet effet.
2. Négligence de style.
3. Nom donné autrefois au Mexique par les Espagnols, qui en restèrent maîtres jusqu'en 1821.
4. Avec les mines d'or et d'argent.

manger, leur poil est une laine fine d'un excellent usage, et pendant toute leur vie ils servent constamment à transporter toutes les denrées du pays ; leur charge ordinaire est de cent cinquante livres, et les plus forts en portent jusqu'à deux cent cinquante, ils font des voyages assez longs dans des pays impraticables pour tous les autres animaux ; ils marchent assez lentement, et ne font que quatre ou cinq lieues par jour ; leur démarche est grave et ferme, leur pas assuré ; ils descendent des ravines précipitées, et surmontent[1] des rochers escarpés, où les hommes mêmes ne peuvent les accompagner ; ordinairement ils marchent quatre ou cinq jours de suite, après quoi ils veulent du repos, et prennent d'eux-mêmes un séjour de vingt-quatre ou trente heures avant de se remettre en marche. On les occupe beaucoup au transport des riches matières que l'on tire des mines du Potosi : Bolivar[2] dit que de son temps on employait à ce travail trois cent mille de ces animaux.

Leur accroissement est assez prompt et leur vie n'est pas bien longue ; ils sont en pleine vigueur depuis trois ans jusqu'à douze, et ils commencent ensuite à dépérir, en sorte qu'à quinze ils sont entièrement usés : leur naturel paraît être modelé[3] sur celui des Américains ; ils sont doux et flegmatiques, et font tout avec poids et mesure[4] : lorsqu'ils voyagent et qu'ils veulent s'arrêter pour quelques instants, ils plient les genoux avec la plus grande précaution et baissent le corps en proportion, afin d'empêcher leur charge de tomber ou de se déranger ; et, dès qu'ils entendent le coup de sifflet de leur conducteur, ils se relèvent avec les mêmes précautions et se remettent en marche : ils broutent chemin faisant et partout où ils trouvent de l'herbe, mais jamais ils ne mangent la nuit, quand même ils auraient jeûné pendant le jour ; ils emploient ce temps à ruminer[5] : ils dorment appuyés sur la poitrine, les pieds repliés sous le ventre, et ruminent aussi dans cette situation. Lorsqu'on les excède de travail et qu'ils succombent une fois sous le faix, il n'y a nul moyen de les faire relever, on les frappe

1. Employé ici au propre, ce qui est plus rare qu'au figuré.
2. Historien du Pérou.
3. Expression métaphorique.
4. Expression figurée, appliquée des hommes aux animaux.
5. Voy. note 2 de la p. 69.

Buffon.

inutilement; ils s'obstinent à demeurer au lieu même où ils sont tombés, et si l'on continue de les maltraiter ils se désespèrent et se tuent, en battant la terre à droite et à gauche avec leur tête. Ils ne se défendent ni des pieds ni des dents, et n'ont, pour ainsi dire, d'autres armes que celles de l'indignation[1]; ils crachent à la face de ceux qui les insultent, et l'on prétend que cette salive qu'ils lancent dans la colère est âcre et mordicante, au point de faire lever des ampoules sur la peau.

Le lama est haut d'environ quatre pieds, et son corps, y compris le cou et la tête, en a cinq ou six de longueur; le cou seul a près de trois pieds de long. Cet animal a la tête bien faite, les yeux grands, le museau un peu allongé, les lèvres épaisses, la supérieure fendue et l'inférieure un peu pendante; il manque de dents incisives et canines à la mâchoire supérieure. Les oreilles sont longues de quatre pouces; il les porte en avant, les dresse et les remue avec facilité. La queue n'a guère que huit pouces de long; elle est droite, menue et un peu relevée. Les pieds sont fourchus comme ceux du bœuf; mais ils sont surmontés d'un éperon en arrière, qui aide l'animal à se retenir et à s'accrocher dans les pas difficiles : il est couvert d'une laine courte sur le dos, la croupe et la queue, mais fort longue sur les flancs et sous le ventre : du reste, les lamas varient par les couleurs; il y en a de blancs, de noirs et de mêlés.

Ces animaux si utiles, et même si nécessaires dans le pays qu'ils habitent, ne coûtent ni entretien ni nourriture; comme ils ont le pied fourchu, il n'est pas nécessaire de les ferrer; la laine épaisse dont ils sont couverts dispense de les bâter; ils n'ont besoin ni de grain, ni d'avoine, ni de foin; l'herbe verte qu'ils broutent eux-mêmes leur suffit, et ils n'en prennent qu'en petite quantité; ils sont encore plus sobres sur la boisson : ils s'abreuvent de leur salive, qui, dans cet animal, est plus abondante que dans aucun autre.

1. Expression pleine d'énergie et de hardiesse.

----

41. *Le bœuf.*

Le bœuf, le mouton et les autres animaux qui paissent l'herbe, non-seulement sont les meilleurs, les plus utiles, les plus précieux pour l'homme, puisqu'ils le nourrissent, mais sont encore ceux qui consomment et dépensent le moins. Le bœuf surtout est à cet égard l'animal par excellence ; car il rend à la terre tout autant qu'il en tire, et même il améliore le fonds sur lequel il vit ; il engraisse son pâturage, au lieu que le cheval et la plupart des autres animaux amaigrissent en peu d'années les meilleures prairies.

Mais ce ne sont pas là les seuls avantages que le bétail procure à l'homme ; sans le bœuf, les pauvres et les riches auraient beaucoup de peine à vivre, la terre demeurerait inculte, les champs et même les jardins seraient secs et stériles. C'est sur lui que roulent[1] tous les travaux de la campagne ; il est le domestique[2] le plus utile de la ferme, le soutien du ménage champêtre ; il fait toute la force de l'agriculture ; autrefois il faisait toute la richesse des hommes, et aujourd'hui il est encore la base de l'opulence des États[3], qui ne peuvent se soutenir et fleurir[4] que par la culture des terres et par l'abondance du bétail, puisque ce sont les seuls biens réels, tous les autres, et même l'or et l'argent, n'étant que des biens arbitraires, des représentations, des monnaies de crédit, qui n'ont de valeur qu'autant que le produit de la terre leur en donne.

Le bœuf ne convient pas autant que le cheval, l'âne, le chameau, etc., pour porter des fardeaux : la forme de son dos et des reins le démontre ; mais la grosseur de son cou et la largeur de ses épaules indiquent assez qu'il est propre à tirer et porter le joug. C'est aussi de cette manière qu'il tire le plus avantageusement ; et il est singulier que cet usage ne

----

1. Expression métaphorique.
2. *Domestique..., soutien*, figures qui animent singulièrement cette description.
3. On sait que Sully, ministre de Henri IV, appelait le labour l'une des mamelles de l'État.
4. Métaphore usuelle.

soit pas général, et que dans des provinces entières on
l'oblige à tirer par les cornes : la seule raison qu'on ait pu
m'en donner, c'est que, quand il est attelé par les cornes, on
le conduit plus aisément. Il a la tête très-forte, et il ne laisse
pas de tirer assez bien de cette façon, mais avec beaucoup
moins d'avantage que quand il tire par les épaules. Il semble
avoir été fait exprès pour la charrue; la masse de son corps,
la lenteur de ses mouvements, le peu de hauteur de ses
jambes : tout, jusqu'à sa tranquillité et sa patience dans le
travail, semble concourir à le rendre propre à la culture
des champs, et plus capable qu'aucun autre de vaincre la
résistance constante et toujours nouvelle que la terre oppose
à ses efforts. Le cheval, quoique peut-être aussi fort que le
bœuf, est moins propre à cet ouvrage : il est trop élevé sur
ses jambes, ses mouvements sont trop grands, trop brusques,
et d'ailleurs il s'impatiente et se rebute trop aisément; on
lui ôte même toute la légèreté, toute la souplesse de ses
mouvements, toute la grâce de son attitude et de sa démarche, lorsqu'on le réduit à ce travail pesant, pour lequel il
faut plus de constance que d'ardeur, plus de masse que de
vitesse, et plus de poids que de ressort[1].

42. La brebis.

Si l'on fait attention à la faiblesse, à la stupidité de la
brebis; si l'on considère en même temps que cet animal sans
défense ne peut même trouver son salut dans la fuite; qu'il
a pour ennemis tous les animaux carnassiers, qui semblent
le chercher de préférence et le dévorer par goût; que d'ailleurs cette espèce produit peu; que chaque individu ne vit
que peu de temps, etc., on serait tenté d'imaginer que, dès
les commencements, la brebis a été confiée à la garde de
l'homme, qu'elle a eu besoin de sa protection pour subsister
et de ses soins pour se multiplier, puisqu'en effet on ne
trouve point de brebis sauvages dans les déserts; que, dans
tous les lieux où l'homme ne commande[2] pas, le lion, le

1. Antithèses multipliées et appropriées au sujet.
2. Remarquez la différence entre *commander et régner :* le

tigre, le loup, règnent par la force et par la cruauté ; que ces animaux de sang et de carnage vivent plus longtemps et multiplient tous beaucoup plus que la brebis ; et qu'enfin, si l'on abandonnait encore aujourd'hui dans nos campagnes les troupeaux nombreux de cette espèce que nous avons tant multipliée[1], ils seraient bientôt détruits sous nos yeux, et l'espèce entière anéantie par le nombre et la voracité des espèces ennemies.

Il paraît donc que ce n'est que par notre secours et par nos soins que cette espèce a duré, dure et pourra durer encore : il paraît qu'elle ne subsisterait pas par elle-même. La brebis est absolument sans ressource et sans défense ; le bélier n'a que de faibles armes, son courage n'est qu'une pétulance inutile pour lui-même, incommode pour les autres. Les moutons sont encore plus timides que les brebis ; c'est par crainte qu'ils se rassemblent si souvent en troupeaux : le moindre bruit extraordinaire suffit pour qu'ils se précipitent et se serrent les uns contre les autres ; et cette crainte est accompagnée de la plus grande stupidité, car ils ne savent pas fuir le danger ; ils semblent même ne pas sentir l'incommodité de leur situation ; ils restent où ils se trouvent, à la pluie, à la neige : ils y demeurent[2] opiniâtrément ; et pour les obliger à changer de lieu et à prendre une route, il leur faut un chef qu'on instruit à marcher le premier, et dont ils suivent tous les mouvements pas à pas : ce chef demeurerait lui-même, avec le reste du troupeau, sans mouvement, dans la même place, s'il n'était chassé par le berger, ou excité par le chien commis à leur garde, lequel sait en effet veiller à leur sûreté, les défendre, les diriger, les séparer, les rassembler, et leur communiquer les mouvements qui leur manquent[3].

Ce sont donc, de tous les animaux quadrupèdes, les plus stupides ; ce sont ceux qui ont le moins de ressource et d'instinct. Les chèvres, qui leur ressemblent à tant d'autres

premier suppose intelligence et volonté ; le second n'indique que la puissance.

1. *Multiplient, multipliée*, longueur et négligence.
2. *Ils restent..., ils demeurent*, répétition d'idée qui a pour but de mieux peindre l'opiniâtre stupidité de l'animal.
3. Peinture vive et énergique.

égards, ont beaucoup plus de sentiment[1] : elles savent se
conduire, elles évitent les dangers, elles se familiarisent aisément avec les nouveaux objets, au lieu que la brebis ne
sait ni fuir ni s'approcher; quelque besoin qu'elle ait de
secours, elle ne vient point à l'homme aussi volontiers que
la chèvre; et, ce qui dans les animaux paraît être le dernier
degré de la timidité ou de l'insensibilité, elle se laisse enlever son agneau sans le défendre, sans s'irriter, sans résister, et sans marquer sa douleur par un cri différent du bê-
lement ordinaire.

Mais cet animal si chétif en lui-même, si dépourvu de
sentiment, si dénué de qualités intérieures, est pour l'homme
l'animal le plus précieux, celui dont l'utilité est la plus immédiate et la plus étendue: seul, il peut suffire aux besoins
de première nécessité : il fournit tout à la fois de quoi se
nourrir et se vêtir, sans compter les avantages particuliers
que l'on sait tirer du suif, du lait, de la peau et même des
boyaux, des os et du fumier de cet animal, auquel il semble que la nature n'ait, pour ainsi dire, rien accordé en
propre, rien donné que pour le rendre à l'homme[2].

Le jeune agneau cherche lui-même dans un nombreux
troupeau, trouve et saisit la mamelle de sa mère sans jamais
se méprendre. L'on[3] dit aussi que les moutons sont sensibles
aux douceurs du chant, qu'ils paissent avec plus d'assiduité,
qu'ils se portent mieux, qu'ils engraissent au son du chalumeau, que la musique a pour eux des attraits; mais l'on
dit encore plus souvent, et avec plus de fondement, qu'elle
sert au moins à charmer l'ennui du berger, et que c'est à ce
genre de vie oisive et solitaire que l'on doit rapporter l'origine de cet art.

43. La chèvre.

Quoique les espèces dans les animaux soient toutes séparées par un intervalle que la nature ne peut franchir,
quelques-unes semblent se rapprocher par un si grand nom-

1. Voyez le morceau suivant.
2. Idée ingénieuse et vraie.
3. Au commencement d'une phrase, on vaut mieux que l'on.

bre de rapports, qu'il ne reste pour ainsi dire entre elles que l'espace nécessaire pour tirer la ligne de séparation[1]; et lorsque nous comparons ces espèces voisines, et que nous les considérons relativement à nous, les unes se présentent comme des espèces de première utilité, et les autres semblent n'être que des espèces auxiliaires, qui pourraient, à bien des égards, remplacer les premières et nous servir aux mêmes usages. L'âne pourrait presque remplacer le cheval; et de même, si l'espèce de la brebis venait à nous manquer, celle de la chèvre pourrait y suppléer. La chèvre fournit du lait comme la brebis, et même en plus grande abondance; elle donne aussi du suif en quantité; son poil, quoique plus rude que la laine, sert à faire de très-bonnes étoffes; sa peau vaut mieux que celle du mouton; la chair du chevreau approche assez de celle de l'agneau.

La chèvre a, de sa nature, plus de sentiment et de ressources que la brebis : elle vient à l'homme volontiers, elle se familiarise aisément, elle est sensible aux caresses et capable d'attachement; elle est aussi plus forte, plus légère, plus agile et moins timide que la brebis; elle est vive, capricieuse, lascive et vagabonde. Ce n'est qu'avec peine qu'on la conduit et qu'on peut la réduire en troupeau ; elle aime à s'écarter dans les solitudes, à grimper sur les lieux escarpés, à se placer et même à dormir sur la pointe des rochers et sur le bord des précipices. Elle est robuste, aisée à nourrir ; presque toutes les herbes lui sont bonnes, et il y en a peu qui l'incommodent. Le tempérament, qui dans tous les animaux influe beaucoup sur le naturel, ne paraît cependant pas dans la chèvre différer essentiellement de celui de la brebis. Ces deux espèces d'animaux, dont l'organisation intérieure est presque entièrement semblable, se nourrissent, croissent et multiplient de la même manière, et se ressemblent encore par le caractère des maladies, qui sont les mêmes, à l'exception de quelques-unes auxquelles la chèvre n'est pas sujette : elle ne craint pas, comme la brebis, la trop grande chaleur; elle dort au soleil, et s'expose volontiers à ses rayons les plus vifs sans en être incommodée, et sans que cette ardeur lui cause ni étourdissements, ni vertiges; elle ne s'effraye point des orages, ne s'impatiente pas à la pluie;

1. Expression figurée, tirée de l'arpentage.

mais elle paraît être sensible à la rigueur du froid. Les mouvements extérieurs, lesquels, comme nous l'avons dit, dépendent beaucoup moins de la conformation du corps que de la force et de la variété des sensations relatives à l'appétit et au désir, sont, par cette raison, beaucoup moins mesurés, beaucoup plus vifs dans la chèvre que dans la brebis. L'inconstance de son naturel se marque par l'irrégularité de ses actions : elle marche, elle s'arrête, elle court, elle bondit, elle saute, s'approche, s'éloigne, se montre, se cache, ou fuit, comme par caprice et sans autre cause déterminante que celle de la vivacité bizarre de son sentiment intérieur[1] ; et toute la souplesse des organes, tout le nerf du corps, suffisent à peine à la pétulance et à la rapidité de ces mouvements qui lui sont naturels.

44. *Le chien.*

La grandeur de la taille, l'élégance de la forme, la force du corps, la liberté des mouvements, toutes les qualités extérieures, ne sont pas ce qu'il y a de plus noble dans un être animé; et comme nous préférons dans l'homme l'esprit à la figure, le courage à la force, les sentiments à la beauté[2], nous jugeons aussi que les qualités intérieures sont ce qu'il y a de plus relevé dans l'animal[3] : c'est par elles qu'il diffère de l'automate, qu'il s'élève au-dessus du végétal et s'approche de nous; c'est le sentiment qui[4] ennoblit son être, qui le régit, qui le vivifie, qui commande aux organes, rend les membres actifs, fait naître le désir, et donne à la matière le mouvement progressif[5], la volonté, la vie[6].

La perfection de l'animal dépend donc de la perfection du sentiment : plus il est étendu, plus l'animal a de facultés et

1. Peinture pleine de vérité et de vivacité.
2. Suite d'antithèses.
3. Il a dans cette pensée, d'ailleurs commune, un peu de pompe et d'affectation.
4. Remarquez la répétition et la progression du pronom relatif, pour donner à la phrase plus de variété.
5. Sous-entendu *de la marche.*
6. Belle gradation ascendante.

de ressources; plus il existe[1], plus il a de rapports avec le reste de l'univers : et lorsque le sentiment est délicat, exquis, lorsqu'il peut encore être perfectionné par l'éducation, l'animal devient digne d'entrer en société avec l'homme; il sait concourir à ses desseins, veiller à sa sûreté, l'aider, le défendre, le flatter[2]; il sait, par des services assidus, par des caresses réitérées, se concilier son maître, le captiver, et de son tyran[3] se faire un protecteur.

Le chien, indépendamment de la beauté de sa forme, de la vivacité, de la force, de la légèreté, a par excellence toutes les qualités intérieures qui peuvent lui attirer les regards de l'homme. Un naturel ardent, colère, même féroce et sanguinaire, rend le chien sauvage redoutable à tous les animaux, et cède dans le chien domestique aux sentiments les plus doux, au plaisir de s'attacher et au désir de plaire : il vient en rampant mettre aux pieds de son maître son courage, sa force, ses talents[4]; il attend ses ordres pour en faire usage; il le consulte, il l'interroge, il le supplie; un coup d'œil suffit, il entend[5] les signes de sa volonté. Sans avoir, comme l'homme, la lumière de la pensée[6], il a toute la chaleur du sentiment; il a de plus que lui la fidélité, la constance dans ses affections; nulle ambition[7], nul intérêt, nul désir de vengeance, nulle crainte que celle de déplaire; il est tout zèle, tout ardeur et tout obéissance; plus sensible au souvenir des bienfaits qu'à celui des outrages, il ne se rebute pas par les mauvais traitements, il les subit, les oublie, ou ne s'en souvient que pour s'attacher davantage; loin de s'irriter ou de fuir, il s'expose de lui-même à de nouvelles épreuves, il lèche cette main[8], instru-

1. Voy. note 2 de la p. 32.
2. Gradation ingénieuse, car les caresses trouvent l'homme plus sensible que les services.
3. Inversion heureuse.
4. Belle image où l'on doit remarquer une heureuse alliance de l'abstrait et du concret.
5. Métaphore qui applique à un sens une expression qui convient à une autre.
6. *Lumière de la pensée, chaleur du sentiment.* bonnes métaphores, mais antithèses recherchées.
7. Ellipse : il *n'a* nulle ambition.
8. Quelle vérité dans ce tableau!

ment de douleur[1], qui vient de le frapper, il ne lui oppose que la plainte, et la désarme enfin par la patience et la soumission.

Plus docile que l'homme, plus souple[2] qu'aucun des animaux, non-seulement le chien s'instruit en peu de temps, mais même il se conforme aux mouvements, aux manières, à toutes les habitudes de ceux qui lui commandent. Il prend le ton[3] de la maison qu'il habite : comme les autres domestiques, il est dédaigneux chez les grands, et rustre à la campagne ; toujours empressé pour son maître et prévenant pour ses[4] seuls amis, il ne fait aucune attention aux gens indifférents, et se déclare contre ceux qui par état ne sont faits que pour importuner[5] : il les connaît aux vêtements, à la voix, à leurs gestes, et les empêche d'approcher. Lorsqu'on lui a confié pendant la nuit la garde de la maison, il devient plus fier, et quelquefois féroce ; il veille, il fait la ronde ; il sent de loin les étrangers ; et, pour peu qu'ils s'arrêtent ou tentent de franchir les barrières, il s'élance, s'oppose, et par des aboiements réitérés, des efforts et des cris de colère, il donne l'alarme, avertit et combat[6] : aussi furieux contre les hommes de proie[7] que contre les animaux carnassiers, il se précipite sur eux, les blesse, les déchire, leur ôte ce qu'ils s'efforçaient d'enlever ; mais, content d'avoir vaincu, il se repose sur les dépouilles, n'y touche pas, même pour satisfaire son appétit, et donne en même temps des exemples de courage, de tempérance et de fidélité.

On sentira de quelle importance cette espèce est dans l'ordre de la nature. En supposant un instant qu'elle n'eût jamais existé, comment l'homme aurait-il pu, sans le secours du chien, conquérir, dompter, réduire en esclavage les autres animaux ? comment pourrait-il encore aujourd'hui découvrir, chasser, détruire les bêtes sauvages et nuisibles ? Pour se mettre en sûreté, et pour se rendre maître

---

1. Belle opposition.
2. Expression métaphorique.
3. Expression juste et plaisante, ainsi que *comme les autres domestiques.*
4. *Ses*, c'est-à-dire *de son maître ;* il y a ici amphibologie.
5. Périphrase pour désigner les mendiants.
6. Phrase rapide et d'un très-bel effet.
7. Alliance de mots neuve et hardie.

de l'univers vivant[1], il a fallu commencer par se faire un
parti[2] parmi les animaux, se concilier avec douceur et par
caresses ceux qui se sont trouvés capables de s'attacher et
d'obéir, afin de les opposer aux autres. Le premier art de
l'homme a donc été l'éducation du chien, et le fruit de cet
art la conquête et la possession paisible de la terre.

La plupart des animaux ont plus d'agilité, plus de vitesse, plus de force, et même plus de courage que l'homme;
la nature les a mieux munis, mieux armés; ils ont aussi les
sens, et surtout l'odorat, plus parfaits. Avoir gagné une
espèce courageuse et docile comme celle du chien, c'est
avoir acquis de nouveaux sens et les facultés qui nous
manquent. Les machines, les instruments que nous avons
imaginés pour perfectionner nos autres sens, pour en augmenter l'étendue, n'approchent pas, même pour l'utilité, de
ces machines toutes faites que la nature nous présente, et
qui, en suppléant à l'imperfection de notre odorat, nous
ont fourni de grands et d'éternels moyens de vaincre et de
régner : et le chien, fidèle à l'homme, conservera toujours
une portion de l'empire, un degré de supériorité sur les
autres animaux; il leur commande, il règne lui-même à la
tête d'un troupeau, il s'y fait mieux entendre que la voix
du berger; la sûreté, l'ordre et la discipline sont les fruits
de sa vigilance et de son activité; c'est un peuple[3] qui lui est
soumis, qu'il conduit, qu'il protége, et contre lequel il
n'emploie jamais la force que pour y maintenir la paix.

Mais c'est surtout à la guerre, c'est contre les animaux
ennemis ou indépendants, qu'éclate son courage[4], et que
son intelligence se déploie tout entière : les talents naturels
se réunissent ici aux qualités acquises. Dès que le bruit des
armes se fait entendre, dès que le son du cor ou la voix du
chasseur a donné le signal d'une guerre[5] prochaine, brûlant
d'une ardeur nouvelle, le chien marque sa joie par les plus
vifs transports; il annonce par ses mouvements et par ses
cris l'impatience de combattre et le désir de vaincre; marchant ensuite en silence, il cherche à reconnaître le pays, à

1. Belle alliance de mots.
2. Figure ingénieuse.
3. Suite de métaphores qui forment un tableau vrai et animé.
4. Tableau qui contraste heureusement avec celui qui précède.
5. C'est en effet une guerre pour le chien.

découvrir, à surprendre l'ennemi dans son fort; il recherche[1] ses traces, il les suit pas à pas, et par des accents différents indique le temps, la distance, l'espèce et même l'âge de celui qu'il poursuit.

Intimidé, pressé, désespérant de trouver son salut dans la fuite, l'animal se sert aussi de toutes ses facultés; il oppose la ruse à la sagacité; jamais les ressources de l'instinct ne furent plus admirables : pour faire perdre sa trace, il va, vient et revient sur ses pas; il fait des bonds, il voudrait se détacher[2] de la terre et supprimer[3] les espaces; il franchit d'un saut les routes, les haies, passe à la nage les ruisseaux, les rivières; mais toujours poursuivi, et ne pouvant anéantir[4] son corps, il cherche à en mettre un autre à sa place; il va lui-même troubler le repos d'un voisin plus jeune et moins expérimenté, le faire lever, marcher, fuir avec lui; et lorsqu'ils ont confondu leurs traces, lorsqu'il croit l'avoir substitué à sa mauvaise fortune[5], il le quitte plus brusquement encore qu'il ne l'a joint, afin de le rendre seul l'objet[6] et la victime de l'ennemi trompé.

Mais le chien, par cette supériorité que donnent l'exercice et l'éducation, par cette finesse de sentiment qui n'appartient qu'à lui, ne perd pas l'objet de sa poursuite; il démêle les points communs, délie les nœuds du fil tortueux[7] qui seul peut y conduire; il voit de l'odorat[8] tous les détours du labyrinthe, toutes les fausses routes où l'on a voulu l'égarer; et, loin d'abandonner l'ennemi pour un indifférent, après avoir triomphé de la ruse, il s'indigne, il redouble d'ardeur, arrive enfin, l'attaque, et, le mettant à mort, étanche dans le sang sa soif et sa haine.

Le penchant pour la chasse ou la guerre nous est commun

1. *Il cherche...*, *il recherche*, négligence dans un morceau si soigné.

2. On croit voir l'animal; c'est une véritable peinture.

3. Expression pleine d'énergie.

4. Expression pleine de vérité et d'originalité.

5. Périphrase remplie de hardiesse et d'élégance.

6. C'est-à-dire *l'objet de la poursuite*; ellipse hardie, mais qui n'a rien d'obscur.

7. *Démêle...*, *délie les nœuds du fil tortueux*. Métaphores qui préparent celle du labyrinthe.

8. *Voir de l'odorat*, comme plus haut, *entendre les signes*, figure aussi neuve que hardie.

avec les animaux; l'homme sauvage ne sait que combattre et chasser. Tous les animaux qui aiment la chair, et qui ont de la force et des armes[1], chassent naturellement : le lion, le tigre, dont la force est si grande qu'ils sont sûrs de vaincre, chassent seuls et sans art; les loups, les renards, les chiens sauvages, se réunissent, s'entendent, s'aident, se relayent, et partagent la proie; et lorsque l'éducation a perfectionné ce talent naturel dans le chien domestique, lorsqu'on lui a appris à réprimer son ardeur, à mesurer ses mouvements, qu'on l'a accoutumé à une marche régulière, et à l'espèce de discipline nécessaire à cet art, il chasse avec méthode, et toujours avec succès.

Dans les pays déserts, dans les contrées dépeuplées, il y a des chiens sauvages qui, pour les mœurs, ne diffèrent des loups que par la facilité qu'on trouve à les apprivoiser; ils se réunissent aussi en plus grandes troupes pour chasser et attaquer en force les sangliers, les taureaux sauvages, et même les lions et les tigres. En Amérique, ces chiens sauvages sont des races anciennement domestiques; ils y ont été transportés d'Europe; et quelques-uns, ayant été oubliés ou abandonnés dans ces déserts, s'y sont multipliés au point qu'ils se répandent par troupes dans les contrées habitées, où ils attaquent le bétail, et insultent même les hommes : on est donc obligé de les écarter par la force, et de les tuer comme les autres bêtes féroces; et les chiens sont tels en effet, tant qu'ils ne connaissent pas les hommes. Mais lorsqu'on les approche avec douceur, ils s'adoucissent, deviennent bientôt familiers, et demeurent fidèlement attachés à leurs maîtres; au lieu que le loup, quoique pris jeune et élevé dans les maisons, n'est doux que dans le premier âge, ne perd jamais son goût pour la proie, et se livre tôt ou tard à son penchant pour la rapine et la destruction.

L'on[2] peut dire que le chien est le seul animal dont la fidélité soit à l'épreuve; le seul qui connaisse toujours son maître et les amis de la maison; le seul qui, lorsqu'il arrive un inconnu, s'en aperçoive; le seul qui entende son nom[3], et qui reconnaisse la voix domestique; le seul qui ne se

---

1. Expression figurée.
2. On préfère on au commencement d'une phrase.
3. Les vaches entendent très-bien leur nom.

confie point à lui-même; le seul qui, lorsqu'il a perdu son maître, et qu'il ne peut le retrouver, l'appelle par ses gémissements; le seul qui, dans un voyage long qu'il n'aura fait qu'une fois, se souvienne du chemin et retrouve la route; le seul enfin dont les talents naturels soient évidents et l'éducation toujours heureuse[1]. Et, de même que de tous les animaux le chien est celui dont le naturel est le plus susceptible d'impression, et se modifie le plus aisément par les causes morales, il est aussi de tous celui dont la nature est le plus sujette aux variétés et aux altérations causées par les influences physiques : le tempérament, les facultés, les habitudes du corps, varient prodigieusement; la forme même n'est pas constante : dans le même pays un chien est très-différent d'un autre chien, et l'espèce est, pour ainsi dire, toute différente d'elle-même dans les différents climats. Si l'on considère que le chien de berger, malgré sa laideur et son air triste et sauvage, est cependant supérieur par l'instinct à tous les autres chiens, qu'il a un caractère décidé auquel l'éducation n'a point de part, qu'il est le seul qui naisse, pour ainsi dire, tout élevé, et que, guidé par le seul naturel, il s'attache de lui-même à la garde des troupeaux avec une assiduité, une vigilance, une fidélité singulières; qu'il les conduit avec une intelligence admirable et non communiquée; que ses talents font l'étonnement et le repos[2] de son maître, tandis qu'il faut au contraire beaucoup de temps et de peines pour instruire les autres chiens, et les dresser aux usages auxquels on les destine; on se confirmera dans l'opinion que ce chien est le vrai chien de la nature, celui qu'elle nous a donné pour la plus grande utilité, celui qui a le plus de rapport avec l'ordre général des êtres vivants, qui ont mutuellement besoin les uns des autres, celui enfin qu'on doit regarder comme la souche[3] et le modèle de l'espèce entière.

1. Belle et fidèle énumération.
2. Alliance de mots pleine de vérité et de justesse.
3. Expression métaphorique ou catachrèse.

45. *Le chat.*

Le chat est un domestique infidèle[1], qu'on ne garde que par nécessité, pour l'opposer à un autre ennemi domestique encore plus incommode et qu'on ne peut chasser : car nous ne comptons pas les gens qui, ayant du goût pour toutes les bêtes, n'élèvent des chats que pour s'en amuser ; l'un est l'usage, l'autre l'abus ; et quoique ces animaux, surtout quand ils sont jeunes, aient de la gentillesse, ils ont en même temps une malice innée, un caractère faux, un naturel pervers, que l'âge augmente encore, et que l'éducation ne fait que masquer[2]. De voleurs déterminés[3], ils deviennent seulement, lorsqu'ils sont bien élevés, souples et flatteurs comme les fripons : ils ont la même adresse, la même subtilité, le même goût pour faire le mal, le même penchant à la petite rapine ; comme eux, ils savent couvrir leur marche[4], dissimuler leur dessein, épier les occasions, attendre, choisir, saisir l'instant de faire leur coup[5], se dérober ensuite au châtiment, fuir et demeurer éloignés jusqu'à ce qu'on les rappelle. Ils prennent aisément des habitudes de société, mais jamais des mœurs[6] : ils n'ont que l'apparence de l'attachement, on le voit à leurs mouvements obliques, à leurs yeux équivoques ; ils ne regardent jamais en face la personne aimée : soit défiance ou fausseté, ils prennent des détours pour en approcher, pour chercher des caresses auxquelles ils ne sont sensibles que pour le plaisir qu'elles leur font. Bien différent de cet animal fidèle dont tous les sentiments se rapportent à la personne de son maître[7], le chat paraît ne sentir que pour soi, n'aimer que sous condition[8], ne se prêter au commerce que pour en abuser ; et, par cette convenance de naturel, il est moins incompatible avec l'homme[9] qu'avec le chien, dans lequel tout est sincère.

1. Par opposition au chien.
2. Catachrèse. Le chat est en effet hypocrite.
3. Inversion.
4. Expression métaphorique.
5. Simple et énergique.
6. Idée fine et ingénieuse.
7. Longue périphrase pour désigner le chien.
8. Expression spirituelle.
9. Trait de satire contre l'homme.

La forme du corps et le tempérament sont d'accord avec le naturel : le chat est joli, léger, adroit, propre et voluptueux ; il aime ses aises, il cherche les meubles les plus mollets pour s'y reposer et s'ébattre. Comme les mâles sont sujets à dévorer leur progéniture, les femelles se cachent pour mettre bas ; et lorsqu'elles craignent qu'on ne découvre ou qu'on n'enlève leurs petits, elles les transportent dans des trous et dans d'autres lieux ignorés et inaccessibles, et après les avoir allaités pendant quelques semaines, elles leur apportent des souris, de petits oiseaux, et les accoutument de bonne heure à manger de la chair ; mais, par une bizarrerie difficile à comprendre, ces mêmes mères, si soigneuses et si tendres, deviennent quelquefois cruelles, dénaturées, et dévorent aussi leurs petits qui leur étaient si chers.

Les jeunes chats sont gais, vifs, jolis, et seraient aussi très-propres à amuser les enfants, si les coups de patte[1] n'étaient pas à craindre ; mais leur badinage, quoique toujours agréable et léger, n'est jamais innocent, et bientôt il se tourne en malice habituelle ; et comme ils ne peuvent exercer ces talents[2] avec quelque avantage que sur les plus petits animaux, ils se mettent à l'affût près d'une cage, ils épient les oiseaux, les souris, les rats, et deviennent d'eux-mêmes, et sans y être dressés, plus habiles à la chasse que les chiens les mieux instruits. Leur naturel, ennemi de toute contrainte, les rend incapables d'une éducation suivie.

1. C'est-à-dire de griffe.
2. Pris en mauvaise part.

46. *Animaux sauvages.*

Dans les animaux domestiques et dans l'homme, nous n'avons vu la nature que contrainte, rarement perfectionnée ; souvent altérée, défigurée, et toujours environnée d'entraves ou chargée d'ornements étrangers. Maintenant elle va paraître nue, parée de sa seule simplicité[1], mais plus piquante par sa beauté naïve, sa démarche légère, son air libre et par les autres attributs de la noblesse et de l'indépendance. Nous la verrons, parcourant en souveraine la surface de la terre, partager son domaine entre les animaux, assigner à chacun son élément, son climat, sa subsistance : nous la verrons dans les forêts, dans les eaux, dans les plaines, dictant ses lois simples, mais immuables, imprimant[2] sur chaque espèce ses caractères inaltérables, et, dispensant avec équité ses dons, compenser le bien et le mal ; donner aux uns la force et le courage, accompagnés du besoin et de la voracité ; aux autres, la douceur, la tempérance, la légèreté du corps, avec la crainte, l'inquiétude et la timidité ; à tous, la liberté avec des mœurs constantes ; à tous, des désirs toujours aisés à satisfaire et toujours suivis d'une heureuse fécondité.

Amour et liberté, quels bienfaits ! ces animaux que nous appelons sauvages, parce qu'ils ne nous sont pas soumis, ont-ils besoin de plus pour être heureux ? Ils ont encore l'égalité, ils ne sont ni les esclaves ni les tyrans de leurs semblables ; l'individu n'a pas à craindre, comme l'homme, tout le reste de son espèce : ils ont entre eux la paix[3], et la guerre ne leur vient que des étrangers ou de nous. Ils ont donc raison de fuir l'espèce humaine, de se dérober à notre aspect, de s'établir dans les solitudes éloignées de nos habitations, de se servir de toutes les ressources de leur instinct

1. On voit qu'ici Buffon personnifie la nature, et il le fait d'une manière aussi juste qu'élégante et gracieuse.
2. Expressions métaphoriques.
3. Est-ce bien exact ? Ce morceau nous paraît entaché des idées déclamatoires du 18ᵉ siècle, où l'on faisait tant cas du *sauvage* et du *primitif.*

pour se mettre en sûreté, et d'employer, pour se soustraire
à la puissance de l'homme, tous les moyens de liberté que la
nature leur a fournis en même temps qu'elle leur a donné
le désir de l'indépendance.

Les uns, et ce sont les plus doux, les plus innocents, les
plus tranquilles, se contentent de s'éloigner, et passent leur
vie dans nos campagnes; ceux qui sont plus défiants, plus
farouches, s'enfoncent dans les bois; d'autres, comme s'ils
savaient qu'il n'y a nulle sûreté sur la surface de la terre, se
creusent des demeures souterraines, se réfugient dans des
cavernes, ou gagnent les sommets des montagnes les plus
inaccessibles; enfin les plus féroces, ou plutôt les plus fiers[1],
n'habitent que les déserts, et règnent en souverains dans
ces climats brûlants où l'homme, aussi sauvage qu'eux, ne
peut leur disputer l'empire.

Les animaux sauvages et libres sont peut-être, sans même
en excepter l'homme, de tous les êtres vivants les moins
sujets aux altérations, aux changements, aux variations[2] de
tout genre : comme ils sont absolument les maîtres de choisir
leur nourriture et leur climat, et qu'ils ne se contraignent
pas plus qu'on les contraint, leur nature varie moins que
celle des animaux domestiques, que l'on asservit, que l'on
transporte, que l'on maltraite, et qu'on nourrit sans consulter leur goût. Les animaux sauvages vivent constamment
de la même façon; on ne les voit pas errer de climats en
climats; le bois où ils sont nés est une patrie[3] à laquelle ils
sont fidèlement attachés, ils s'en éloignent rarement, et ne
la quittent jamais que lorsqu'ils sentent qu'ils ne peuvent y
vivre en sûreté. Et ce sont moins leurs ennemis qu'ils fuient,
que la présence de l'homme; la nature leur a donné des
moyens et des ressources contre les autres animaux; ils sont
de pair avec eux, ils connaissent leur force et leur adresse,
ils jugent leurs desseins, leurs démarches, et, s'ils ne peuvent les éviter, au moins ils se défendent corps à corps : ce
sont, en un mot, des espèces de leur genre. Mais que peu-

1. Figure appelée *correction*, par laquelle on revient sur une
idée pour la modifier ou la relever.

2. *Altérations, changements, variations*, gradation descendante.

3. Expression fort vraie, et qui a quelque chose de touchant.

vent-ils contre des êtres qui savent les trouver sans les voir, et les abattre sans les approcher[1]?

C'est donc l'homme qui les inquiète, qui les écarte, qui les disperse, et qui les rend mille fois plus sauvages qu'ils ne le seraient en effet : car la plupart ne demandent que la tranquillité, la paix, et l'usage aussi modéré qu'innocent de l'air et de la terre ; ils sont même portés par la nature à demeurer ensemble, à se réunir en famille, à former des espèces de sociétés. On voit encore des vestiges de ces sociétés dans les pays dont l'homme ne s'est pas totalement emparé : on y voit même des ouvrages faits en commun, des espèces de projets qui, sans être raisonnés, paraissent être fondés sur des convenances raisonnables[2], dont l'exécution suppose au moins l'accord, l'union et le concours de ceux qui s'en occupent ; et ce n'est point par force ou par nécessité physique, comme les fourmis, les abeilles, etc., que les castors travaillent et bâtissent, car ils ne sont contraints ni par l'espace, ni par le temps, ni par le nombre ; c'est par choix qu'ils se réunissent : ceux qui se conviennent demeurent ensemble ; ceux qui ne se conviennent pas s'éloignent ; et l'on en voit quelques-uns qui, toujours rebutés par les autres, sont obligés de vivre solitaires[3]. Ce n'est aussi que dans les pays reculés, éloignés, et où ils craignent peu la rencontre des hommes, qu'ils cherchent à s'établir et à rendre leur demeure plus fixe et plus commode, en construisant des habitations, des espèces de bourgades, qui représentent assez bien les faibles travaux et les premiers efforts d'une république naissante. Dans les pays, au contraire, où les hommes se sont répandus, la terreur semble habiter avec eux[4] : il n'y a plus de société parmi les animaux, toute industrie cesse, tout art est étouffé[5] ; ils ne songent plus à bâtir, ils négligent toute commodité ; toujours pressés par la crainte et la nécessité, ils ne cherchent qu'à vivre, ils ne

1. Heureuse antithèse.
2. Comme les castors.
3. On les appelle castors terriers ; ils habitent, comme les autres, au bord de l'eau, mais ils n'ont ni maison ni magasin, et demeurent, comme le blaireau, dans un boyau sous terre. (*Buffon.*)
4. Belle expression et belle image.
5. Expression métaphorique.

sont occupés qu'à fuir et à se cacher; et si, comme on doit le supposer, l'espèce humaine continue dans la suite des temps à peupler également toute la surface de la terre, on pourra, dans quelques siècles, regarder comme une fable l'histoire de nos castors.

On peut dire que les animaux, loin d'aller en augmentant[1], vont au contraire en diminuant de facultés et de talents; le temps même travaille[2] contre eux : plus l'espèce humaine se multiplie, se perfectionne, plus ils sentent le poids[3] d'un empire aussi terrible qu'absolu, qui, leur laissant à peine leur existence individuelle, leur ôte tout moyen de liberté, toute idée de société, et détruit jusqu'au germe[4] de leur intelligence. Ce qu'ils sont devenus et ce qu'ils deviendront encore n'indique peut-être pas assez ce qu'ils ont été, ni ce qu'ils pourraient être.

47. L'éléphant.

L'éléphant est, si nous voulons ne nous pas compter, l'être le plus considérable de ce monde : il surpasse tous les animaux terrestres en grandeur, et il approche de l'homme par l'intelligence, autant au moins que la matière peut approcher de l'esprit. L'éléphant, le chien, le castor et le singe sont, de tous les êtres animés, ceux dont l'instinct est le plus admirable; mais cet instinct, qui n'est que le produit de toutes les facultés, tant intérieures qu'extérieures, de l'animal, se manifeste par des résultats bien différents dans chacune de ces espèces. Le chien n'a que de l'esprit d'emprunt[5], le singe n'en a que l'apparence, et le castor n'a du sens que pour lui seul et les siens. L'éléphant leur est supérieur à tous trois; il réunit leurs qualités les plus éminentes. La main est le principal organe de l'adresse du singe; l'éléphant, au moyen de sa trompe, qui lui sert de bras et de main, et

1. Ce participe a pour régime les mêmes mots que *diminuant,* qui suit.
2. Expression forte et énergique.
3. Expression métaphorique.
4. Métaphore.
5. Un peu affecté.

avec laquelle il peut enlever et saisir les plus petites choses comme les plus grandes, les porter à sa bouche, les poser sur son dos, les tenir embrassées, ou les lancer au loin, a donc le même moyen d'adresse que le singe, et en même temps il a la docilité du chien : il est comme lui susceptible de reconnaissance et capable d'un fort attachement; il s'accoutume aisément à l'homme, se soumet moins par la force que par les bons traitements, le sert avec zèle, avec fidélité, avec intelligence, etc. Enfin l'éléphant, comme le castor, aime la société de ses semblables, il s'en fait entendre; on les voit souvent se rassembler, se disperser, agir de concert, et s'ils n'édifient rien, s'ils ne travaillent point en commun, ce n'est peut-être que faute d'assez d'espace[1] et de tranquillité; car les hommes se sont très-anciennement multipliés dans toutes les terres qu'habite l'éléphant : il vit donc dans l'inquiétude, et n'est nulle part paisible possesseur d'un espace assez grand, assez libre pour s'y établir à demeure. Nous verrons qu'il faut toutes ces conditions et tous ces avantages pour que les talents du castor se manifestent, et que, partout où les hommes se sont habitués, il perd son industrie et cesse d'édifier. Chaque être dans la nature a son prix réel et sa valeur relative; si l'on veut juger au juste de l'un et de l'autre dans l'éléphant, il faut lui accorder au moins l'intelligence[2] du castor, l'adresse du singe, le sentiment du chien, et y ajouter ensuite les avantages particuliers, uniques, de la force, de la grandeur et de la longue durée de la vie; il ne faut pas oublier ses armes ou ses défenses, avec lesquelles il peut percer et vaincre le lion; il faut se représenter que sous ses pas il ébranle la terre; que de sa main[3] il arrache les arbres; que d'un coup de son corps il fait brèche dans un mur; que, terrible par la force, il est encore invincible par la seule résistance de sa masse, par l'épaisseur du cuir qui la couvre; qu'il peut porter sur son dos une tour armée en guerre et chargée de plusieurs hommes; que seul il fait mouvoir des machines et transporte des fardeaux que six chevaux ne pourraient remuer; qu'à

1. Idée bizarre et recherchée.
2. On voit, par ce qui précède, qu'*intelligence* a ici le sens de *sociabilité.*
3. Expression hardie, mais qui est amenée par une phrase précédente : sa trompe, qui lui sert de bras et de main.

cette force prodigieuse il joint encore le courage, la prudence, le sang-froid, l'obéissance exacte; qu'il conserve de
la modération, même dans ses passions les plus vives; que
dans la colère il ne méconnaît pas ses amis; qu'il n'attaque
jamais que ceux qui l'ont offensé; qu'il se souvient des
bienfaits aussi longtemps que des injures; que, n'ayant nul
goût pour la chair, et ne se nourrissant que de végétaux, il
n'est pas né l'ennemi des autres animaux; qu'enfin il est
aimé de tous, puisque tous le respectent et n'ont nulle raison
de le craindre.

Dans l'état sauvage, l'éléphant n'est ni sanguinaire ni féroce; il est d'un naturel doux, et jamais il ne fait abus de
ses armes ou de sa force; il ne les emploie, il ne les exerce
que pour se défendre lui-même ou pour protéger ses semblables. Il a les mœurs sociales[1]; on le voit rarement errant
ou solitaire; il marche ordinairement de compagnie; le plus
âgé conduit la troupe, le second d'âge la fait aller et marche
le dernier; les jeunes et les faibles sont au milieu des autres; les mères portent leurs petits et les tiennent embrassés
de leur trompe. Ils ne gardent cet ordre que dans les mar-
ches périlleuses, lorsqu'ils vont paître sur des terres cultivées: ils se promènent ou voyagent avec moins de précaution dans les forêts et dans les solitudes, sans cependant se
séparer absolument, ni même s'écarter assez loin pour être
hors de portée des secours et des avertissements. Ces animaux ne font aucun mal à ceux qui ne les cherchent pas.
Cependant, comme ils sont susceptibles et délicats sur le
fait des injures, il est bon[2] d'éviter leur rencontre. Ils aiment
le bord des fleuves, les profondes vallées, les lieux ombragés et les terrains humides; pour éviter la trop grande ardeur du soleil, ils s'enfoncent autant qu'ils peuvent dans la
profondeur[3] des forêts les plus sombres.

Maintenant examinons en détail les facultés de l'individu,
les sens, les mouvements, l'adresse, l'intelligence, etc.
L'éléphant a les yeux très-petits relativement au volume de
son corps, mais ils sont brillants et spirituels; et ce qui les

1. C'est-à-dire sociables.
2. Litote employée à dessein par Buffon qui, comme on le
voit, parle de l'éléphant avec une espèce d'affection.
3. Catachrèse.

distingue de ceux de tous les autres animaux, c'est l'expression pathétique du sentiment et la conduite presque réfléchie de tous leurs mouvements; il les tourne lentement et avec douceur vers son maître; il a pour lui le regard de l'amitié, celui de l'attention lorsqu'il parle, le coup d'œil de l'intelligence quand il l'a écouté, celui de la pénétration lorsqu'il veut le prévenir; il semble réfléchir, délibérer, penser, et ne se déterminer qu'après avoir examiné et regardé à plusieurs fois et sans précipitation, sans passion, les signes auxquels il doit obéir. Les chiens, dont les yeux ont beaucoup d'expression, sont des animaux trop vifs pour qu'on puisse distinguer aisément les nuances[1] successives de leurs sensations; mais comme l'éléphant est naturellement grave et modéré, on lit[2], pour ainsi dire, dans ses yeux, dont les mouvements se succèdent lentement, l'ordre et la suite de ses affections intérieures.

Il a l'ouïe très-bonne, et cet organe est, à l'extérieur, comme celui de l'odorat, plus marqué dans l'éléphant que dans aucun autre animal : ses oreilles sont très-grandes, beaucoup plus longues, même à proportion du corps, que celles de l'âne, et aplaties contre la tête comme celles de l'homme; elles sont ordinairement pendantes, mais il les relève et les remue avec une grande facilité. Il se délecte au son des instruments, et paraît aimer la musique; il apprend aisément à marquer la mesure, à se remuer en cadence, et à joindre à propos quelques accents au bruit des tambours et au son des trompettes. Son odorat est exquis, et il aime avec passion les parfums de toute espèce, et surtout les fleurs odorantes; il les choisit, il les cueille une à une, il en fait des bouquets, et, après en avoir savouré l'odeur, il les porte à sa bouche et semble les goûter[3]. La fleur d'orange[4] est un de ses mets les plus délicieux; il dépouille avec sa trompe un oranger de toute sa verdure et en mange les fruits, les fleurs, les feuilles et jusqu'au jeune bois. Il choisit dans les prairies les plantes odoriférantes, et dans les bois il préfère les cocotiers, les bananiers, les palmiers, les sagous; et

1. Expression métaphorique.
2. Métaphore adoucie par les mots : *pour ainsi dire*.
3. Toute cette description est pleine de charme.
4. Il faut dire : la fleur d'oranger.

comme ces arbres sont moelleux et tendres, il en mange non-seulement les feuilles et les fruits, mais même les branches, le tronc et les racines; car quand il ne peut arracher ces arbres avec sa trompe, il les déracine avec ses défenses.

A l'égard du sens du toucher, il ne l'a pour ainsi dire que dans la trompe; mais on ne peut disconvenir que cette main de l'éléphant n'ait plusieurs avantages sur la nôtre. La délicatesse du toucher, la finesse de l'odorat, la facilité du mouvement et la puissance de succion s'y trouvent rassemblées. De tous les instruments dont la nature a si libéralement muni ses productions chéries, la trompe est peut-être le plus complet et le plus admirable : c'est non-seulement un instrument organique, mais un triple sens, dont les fonctions réunies et combinées sont en même temps la cause et produisent les effets de cette intelligence et de ces facultés qui distinguent l'éléphant et l'élèvent au-dessus de tous les animaux. Il est moins sujet qu'aucun autre aux erreurs du sens de la vue, parce qu'il les rectifie promptement par le sens du toucher, et que, se servant de sa trompe comme d'un long bras pour toucher les corps au loin, il prend, comme nous, des idées nettes de la distance par ce moyen; au lieu que les autres animaux (à l'exception du singe et de quelques autres, qui ont des espèces de bras et de mains) ne peuvent acquérir ces mêmes idées qu'en parcourant l'espace avec leur corps. Le toucher est de tous les sens celui qui est le plus relatif à la connaissance; la délicatesse du toucher donne l'idée de la substance des corps, la flexibilité dans les parties de cet organe donne l'idée de leur forme extérieure, la puissance de succion celle de leur pesanteur, l'odorat celle de leurs qualités, et la longueur du bras celle de leur distance. Ainsi, par un seul et même membre, et, pour ainsi dire, par un acte unique ou simultané, l'éléphant sent, aperçoit et juge plusieurs choses à la fois. Or, une sensation multiple équivaut en quelque sorte[1] à la réflexion. Donc, quoique cet animal soit, ainsi que tous les autres, privé de la puissance de réfléchir, comme ses sensations se trouvent combinées dans l'organe même, qu'elles sont contemporaines, et pour ainsi dire indivises les unes avec les autres, il n'est pas étonnant qu'il

---

1. Cet *en quelque sorte* ne rend pas l'idée plus juste ni plus admissible.

ait de lui-même des espèces d'idées, et qu'il acquière en peu de temps celles qu'on veut lui transmettre. La réminiscence doit être ici plus parfaite que dans aucune autre espèce d'animal : car la mémoire tient beaucoup aux circonstances des actes, et toute sensation isolée, quoique très-vive, ne laisse aucune trace distincte ni durable ; mais plusieurs sensations combinées et contemporaines font des impressions profondes et des empreintes[1] étendues, en sorte que, si l'éléphant ne peut se rappeler une idée par le seul toucher, les sensations voisines et accessoires de l'odorat et de la force de succion, qui ont agi en même temps que le toucher, lui aident à s'en rappeler le souvenir : dans nous-mêmes, la meilleure manière de rendre la mémoire fidèle est de se servir successivement de tous nos sens pour considérer un objet ; et c'est faute[2] de cet usage combiné des sens que l'homme oublie plus de choses qu'il n'en retient.

48. *L'hippopotame.*

Avec de puissantes armes et une force prodigieuse de corps, l'hippopotame pourrait se rendre redoutable à tous les animaux ; mais il est naturellement doux : il est d'ailleurs si pesant et si lent à la course, qu'il ne pourrait attraper aucun des quadrupèdes. Il nage plus vite qu'il ne court ; il chasse le poisson et en fait sa proie ; il se plaît dans l'eau, et y séjourne aussi volontiers que sur la terre : cependant il n'a pas, comme le castor ou la loutre, des membranes entre les doigts des pieds, et il paraît qu'il ne nage aisément que par la grande capacité de son ventre, qui fait que, volume pour volume, il est à peu près d'un poids égal à l'eau ; d'ailleurs il se tient longtemps au fond de l'eau et y marche comme en plein air, et, lorsqu'il en sort pour paître, il mange des cannes de sucre, des joncs, du millet, du riz, des racines, etc. Il en consomme et[3] détruit une grande quantité, et

1. *Impressions..., empreintes,* expressions métaphoriques.
2. Ce n'est là qu'une des plus faibles raisons du défaut de mémoire : il tient surtout au manque d'attention et à la faiblesse de la volonté.
3. La répétition du pronom en est indispensable.

Buffon.   5.

il fait beaucoup de dommage dans les terres cultivées ; mais, comme il est plus timide sur la terre que dans l'eau, on vient aisément à bout de l'écarter. Il a les jambes si courtes, qu'il ne pourrait échapper par la fuite, s'il s'éloignait du bord des eaux ; sa ressource, lorsqu'il est en danger, est de se jeter à l'eau, de s'y plonger, et de faire un grand trajet avant de reparaître. Il fuit ordinairement lorsqu'on le chasse ; mais si l'on vient à le blesser, il s'irrite, et, se retournant avec fureur, se lance contre les barques, les saisit avec les dents, en enlève souvent des pièces et quelquefois les submerge. Cet animal n'est en grand nombre que dans quelques endroits ; il paraît même que l'espèce en est confiée[1] à des climats particuliers, et qu'elle ne se trouve guère que dans les fleuves de l'Afrique. Le climat que l'hippopotame habite ne s'étend guère que du Sénégal à l'Ethiopie, et de là jusqu'au cap de Bonne-Espérance.

49. *La girafe.*

La girafe est un des premiers, des plus beaux, des plus grands animaux, et qui, sans être nuisible, est en même temps l'un des plus inutiles[2]. La disproportion énorme de ses jambes, dont celles de devant sont une fois plus longues que celles de derrière, fait obstacle à l'exercice de ses forces ; son corps n'a point d'assiette, sa démarche est vacillante, ses mouvements sont lents et contraints ; elle ne peut ni fuir ses ennemis dans l'état de liberté, ni servir ses maîtres dans celui de domesticité : aussi l'espèce en est peu nombreuse, et a toujours été confinée dans les déserts de l'Afrique méridionale. Comme ces contrées étaient inconnues des Grecs, Aristote ne fait aucune mention de cet animal ; mais Pline en parle, et Oppien le décrit d'une manière qui n'est point équivoque : « Le *camelopardis*, dit-il, a quelque ressemblance au chameau ; sa peau est tigrée comme celle de la panthère, et son cou est long comme celui du chameau : il a la tête et les oreilles petites, les pieds larges, les jambes

---

1. Expression fine, qui indique une prévoyance de la nature.
2. Cette assertion est téméraire, surtout dans un naturaliste.

longues, mais de hauteur fort inégale ; celles de devant sont beaucoup plus élevées que celles de derrière, qui sont fort courtes et semblent ramener à terre la croupe de l'animal : sur la tête, près des oreilles, il y a deux éminences semblables à deux petites cornes droites ; au reste, il a la bouche comme un cerf, les dents petites et blanches, les yeux brillants, la queue courte, et garnie de poils noirs à son extrémité. »

50. *Le zèbre.*

Le zèbre est peut-être, de tous les animaux quadrupèdes, le mieux fait et le plus élégamment vêtu[1] : il a la figure et les grâces du cheval, la légèreté du cerf, et la robe[2] rayée de rubans[3] noirs et blancs, disposés alternativement avec tant de régularité et de symétrie, qu'il semble que la nature ait employé la règle et le compas pour la[4] peindre. Ces bandes alternatives de noir et de blanc sont d'autant plus singulières, qu'elles sont étroites, parallèles, et très-exactement séparées, comme dans une étoffe rayée ; que d'ailleurs elles s'étendent non-seulement sur le corps, mais sur la tête sur les cuisses et les jambes, et jusque sur les oreilles et la queue ; en sorte que de loin cet animal paraît comme s'il était environné partout de bandelettes qu'on aurait pris plaisir et employé beaucoup d'art[5] à disposer régulièrement sur toutes les parties de son corps ; elles en suivent les contours, et en marquent si avantageusement la forme, qu'elles en dessinent les muscles en s'élargissant plus ou moins sur les parties plus ou moins charnues et plus ou moins arrondies. Dans la femelle, ces bandes sont alternativement noires et blanches ; dans le mâle, elles sont noires et jaunes, mais toujours d'une nuance vive et brillante sur

1. Catachrèse.
2. Autre catachrèse.
3. Même figure.
4. Le pronom *la*, qui se rapporte à *robe*, est un peu trop loin de son corrélatif.
5. Incorrection. On ne pourrait pas dire en effet : des banlelettes qu'on aurait employé beaucoup d'art à disposer.

un poil court, fin et fourni, dont[1] le lustre augmente encore la beauté des couleurs. Le zèbre est en général plus petit que le cheval et plus grand que l'âne; et quoiqu'on l'ait souvent comparé à ces deux animaux, qu'on l'ait même appelé *cheval sauvage* et *âne rayé*, il n'est la copie[2] ni de l'un ni de l'autre, et serait plutôt leur modèle, si dans la nature tout n'était pas également original, et si chaque espèce n'avait pas un droit égal à la création[3].

51. *Le cerf.*

Voici un de ces animaux innocents, doux[4] et tranquilles, qui ne semblent être faits que pour embellir, animer la solitude des forêts, et occuper loin de nous les retraites paisibles de ces jardins de la nature[5]. Sa forme élégante et légère, sa taille aussi svelte que bien prise, ses membres flexibles et nerveux, sa tête parée plutôt qu'armée[6] d'un bois vivant[7], et qui, comme la cime des arbres, tous les ans se renouvelle; sa grandeur, sa légèreté, sa force, le distinguent assez des autres habitants des bois : et, comme il est le plus noble d'entre eux, il ne sert qu'aux plaisirs des plus nobles des hommes[8]: il a dans tous les temps occupé le loisir des héros[9].

Un cerf qui habite un pays abondant, où il viande[10] à son aise, où il peut ruminer en repos, aura toujours la tête belle.

1. Ce *dont* est incorrect; car il est à la fois régime de *lustre* et de la *beauté des couleurs*.
2. Catachrèse.
3. Belles expressions qui relèvent ce morceau avec beaucoup d'art.
4. *Innocents*, qui ne peut pas faire de mal; *doux*, qui ne veut pas en faire.
5. Peinture pleine de grâce et d'élégance.
6. Métaphore.
7. Expression hardie qu'explique et justifie la comparaison : *comme la cime des arbres*.
8. La chasse était autrefois un privilége de la noblesse.
9. Un peu emphatique. On sait que Buffon appartenait à l'ordre de la noblesse.
10. Terme de vénerie, qui signifie pâturer.

haute, bien couverte; au lieu que celui qui se trouve dans un pays où il n'a ni repos ni nourriture suffisante n'aura qu'une tête mal nourrie [1]. La disette retarde donc l'accroissement du bois et en diminue le volume très-considérablement. Il faut convenir que la matière organique qui forme le bois dans ces espèces d'animaux n'est pas parfaitement dépouillée des parties brutes auxquelles elle était jointe, et qu'elle conserve encore, après avoir passé par le corps de l'animal, des caractères de son premier état dans le végétal. Le bois du cerf pousse, croît et se compose comme le bois d'un arbre; sa substance est peut-être moins osseuse que ligneuse : c'est pour ainsi dire un végétal greffé sur un animal[2], et qui participe de la nature des deux, et forme une de ces nuances auxquelles la nature aboutit toujours dans les extrêmes, et dont elle se sert pour rapprocher les choses les plus éloignées.

Le cerf paraît avoir l'œil bon, l'odorat exquis et l'oreille excellente. Lorsqu'il veut écouter, il lève la tête, dresse les oreilles, et alors il entend de fort loin. Lorsqu'il sort dans un petit taillis ou dans quelque endroit à demi découvert, il s'arrête pour regarder de tous côtés, et cherche ensuite le dessous du vent pour sentir s'il n'y a pas quelqu'un qui puisse l'inquiéter. Il est d'un naturel assez simple, et cependant il est curieux et rusé : lorsqu'on le siffle ou qu'on l'appelle de loin, il s'arrête tout court et regarde fixement et avec une espèce d'admiration les voitures, le bétail, les hommes; et, s'ils n'ont ni arme ni chiens, il continue à marcher d'assurance, et passe son chemin fièrement et sans fuir. Il paraît aussi écouter avec autant de tranquillité que de plaisir le chalumeau ou le flageolet des bergers, et les veneurs se servent quelquefois de cet artifice pour le rassurer. En général, il craint beaucoup moins l'homme que les chiens, et ne prend de la défiance et de la ruse qu'à mesure et qu'autant qu'il aura été inquiété. Il mange lentement, il choisit sa nourriture; et lorsqu'il a viandé[3], il cherche à se reposer pour ruminer à loisir. Il ne boit guère en hiver, et encore moins au printemps : l'herbe tendre et chargée de rosée lui

1. Expression métaphorique.
2. Expression hardie.
3. Voyez note 10 de la page 100.

suffit ; mais, dans les chaleurs et les sécheresses de l'été, il va boire aux ruisseaux, aux mares , aux fontaines ; souvent il est si fort échauffé qu'il cherche l'eau partout, non-seulement pour apaiser sa soif brûlante, mais pour se baigner et se rafraîchir le corps. Il nage parfaitement bien : on en a vu traverser de très-grandes rivières. Ils[1] sautent encore plus légèrement qu'ils ne nagent ; car lorsqu'ils sont poursuivis ils franchissent aisément une haie, et même un palis d'une toise de hauteur. Leur nourriture est différente suivant les différentes saisons : en automne, ils cherchent les boutons des arbustes verts , les fleurs de bruyères, les feuilles de ronces, etc.; en hiver, lorsqu'il neige , ils pèlent les arbres et se nourrissent d'écorces, de mousse, etc. , et lorsqu'il fait un temps doux, ils vont viander dans les blés. Au commencement du printemps, ils cherchent les chatons des trembles, des marsaules , des coudriers, les fleurs et les boutons du cornouiller, etc. En été, ils ont de quoi choisir, mais ils préfèrent les seigles à tous les autres grains et la bourgène à tous les autres bois.

La chair du faon est bonne à manger ; celle de la biche n'est pas absolument mauvaise, mais celle des cerfs a toujours un goût désagréable et fort. Ce que cet animal fournit de plus utile , c'est son bois et sa peau : on la prépare , et elle fait un cuir souple et très-durable ; le bois s'emploie par les couteliers, les fourbisseurs, etc., et l'on en tire , par la chimie, des esprits alcalis volatils dont la médecine fait un fréquent usage.

52. Le chevreuil.

Le cerf, comme le plus noble[2] des habitants des bois, occupe dans les forêts les lieux ombragés par les cimes élevées des plus hautes futaies ; le chevreuil, comme étant d'une espèce inférieure[3], se contente d'habiter sous des lambris[4] plus

1. Remarquez ici que pour rompre l'uniformité du style, Buffon passe du singulier au pluriel.
2. Qualification que Buffon applique souvent aux animaux, tels que le cheval, le chien , etc.
3. Pour dire *plus petit*. Cela est un peu emphatique.
4. Dans le sens propre, ce mot se dit des plafonds ornés de boiseries, de dorures, etc. C'est une catachrèse.

bas, et se tient ordinairement dans le feuillage épais des plus jeunes taillis. Mais s'il a moins de noblesse, moins de force et beaucoup moins de hauteur de taille, il a plus de grâce, plus de vivacité et même plus de courage que le cerf; il est plus gai, plus leste, plus éveillé; sa forme est plus arrondie, plus élégante, et sa figure plus agréable; ses yeux surtout sont plus beaux, plus brillants, et paraissent animés d'un sentiment plus vif; ses membres sont plus souples, ses mouvements plus prestes, et il bondit sans effort avec autant de force que de légèreté. Sa robe[1] est toujours propre, son poil net et lustré; il ne se roule jamais dans la fange comme le cerf; il ne se plaît que dans les pays les plus élevés, les plus secs, où l'air est le plus pur. Il est encore plus rusé, plus adroit à se dérober[2], plus difficile à suivre; il a plus de finesse, plus de ressources d'instinct, car quoiqu'il ait le désavantage mortel[3] de laisser après lui des impressions[4] plus fortes, et qui donnent aux chiens plus d'ardeur et plus de véhémence d'appétit[5] que l'odeur du cerf, il ne laisse pas de savoir se soustraire à leur poursuite par la rapidité de sa première course et par ses détours multipliés. Il n'attend pas, pour employer la ruse, que la force lui manque : dès qu'il sent au contraire que les premiers efforts d'une fuite rapide ont été sans succès, il revient sur ses pas, retourne, revient encore; et, lorsqu'il a confondu par ces mouvements opposés la direction de l'aller[6] avec celle du retour, lorsqu'il a mêlé les émanations présentes avec les émanations passées, il se sépare de la terre par un bond, et, se jetant à côté, il se met ventre à terre et laisse, sans bouger, passer près de lui la troupe entière de ses ennemis ameutés[7].

Il diffère du cerf par le naturel, par le tempérament, par les mœurs et aussi par presque toutes les habitudes de nature. Au lieu de se mettre en hardes[8] comme lui et de

1. Catachrèse. Voy. note 2 de la page 99.
2. Ellipse de : *aux poursuites.*
3. Latinisme, dans le sens de *mortifer.*
4. C'est-à-dire des émanations.
5. Dans le sens étymologique (*appetere*), et non dans le sens de *faim.*
6. Infinitif pris substantivement.
7. Hypallage aussi neuve que hardie, pour *la meute ennemie.*
8. C'est un terme de chasse dont Buffon donne aussitôt l'explication.

marcher par grandes troupes, il demeure en famille; le père, la mère et les petits vont ensemble, et on ne les voit jamais s'associer avec des étrangers.

---

53. *Le castor.*

Autant l'homme s'est élevé au-dessus de l'état de nature, autant les animaux se sont abaissés au-dessous : soumis et réduits en servitude, ou traités comme rebelles[1] et dispersés par la force, leurs sociétés se sont évanouies[2], leur industrie est devenue stérile, leurs faibles arts ont disparu, chaque espèce a perdu ses qualités générales, et tous n'ont conservé que leurs propriétés individuelles, perfectionnées dans les uns par l'exemple, l'imitation, l'éducation, et dans les autres par la crainte et par la nécessité où ils sont de veiller continuellement à leur sûreté. Quelles vues, quels desseins, quels projets peuvent avoir des esclaves sans âme[3] ou des relégués sans puissance? ramper ou fuir, et toujours exister d'une manière solitaire; ne rien édifier, ne rien produire, ne rien transmettre, et toujours languir dans la calamité[4]; déchoir, se perpétuer sans se multiplier; perdre, en un mot, par la durée autant et plus qu'ils n'avaient acquis par e temps.

Aussi ne reste-t-il quelques vestiges de leur merveilleuse industrie que dans ces contrées éloignées et désertes, ignorées de l'homme pendant une longue suite de siècles, où chaque espèce pouvait manifester en liberté ses talents naturels, et les perfectionner dans le repos en se réunissant en société durable. Les castors sont peut-être le seul exemple qui subsiste comme un ancien monument[5] de cette espèce d'intelligence des brutes, qui, quoique infiniment inférieure par son principe à celle de l'homme, suppose cependant des projets communs et des vues relatives[6]; projets qui,

1. Belle et hardie métaphore.
2. Expression métaphorique.
3. Métaphore énergique.
4. Pluriel rare en ce sens.
5. Expression métaphorique.
6. C'est-à-dire, ayant rapport à la communauté.

ayant pour base la société, et pour objet une digue à construire, une bourgade à élever, une espèce de république à
fonder, supposent aussi une manière quelconque de s'entendre et d'agir de concert.

Les castors, dira-t-on, sont parmi les quadrupèdes ce que
les abeilles sont parmi les insectes. Quelle différence! Il y a
dans la nature, telle qu'elle nous est parvenue[1], trois espèces
de sociétés qu'on doit considérer avant de les comparer : la
société libre de l'homme, de laquelle, après Dieu, il tient
toute sa puissance; la société gênée des animaux, toujours
fugitive devant celle de l'homme; et enfin la société forcée
de quelques petites bêtes qui, naissant toutes en même
temps dans le même lieu, sont contraintes d'y demeurer
ensemble. Un individu, pris solitairement et au sortir des
mains de la nature[2], n'est qu'un être stérile dont l'industrie
se borne au simple usage des sens; l'homme lui-même,
dans l'état de pure nature, dénué de lumières[3] et de tous les
secours de la société, ne produit rien, n'édifie rien. Toute
société, au contraire, devient nécessairement féconde, quelque fortuite, quelque aveugle qu'elle puisse être, pourvu
qu'elle soit composée d'êtres de même nature : par la seule
nécessité de se chercher ou de s'éviter, il s'y formera des
mouvements communs dont le résultat sera souvent un
ouvrage qui aura l'air d'avoir été conçu, conduit et exécuté
avec intelligence. Ainsi l'ouvrage des abeilles, qui dans un
lieu donné, tel qu'une ruche ou le creux d'un vieux arbre,
bâtissent chacune leur cellule; l'ouvrage des mouches de
Cayenne, qui non-seulement font aussi leurs cellules, mais
construisent même la ruche qui les doit contenir, sont des
travaux purement mécaniques qui ne supposent aucune intelligence, aucun projet concerté, aucune vue générale; des
travaux qui, n'étant que le produit d'une nécessité physique,
un résultat de mouvements communs, s'exercent toujours
de la même façon, dans tous les temps et dans tous les
lieux, par une multitude qui ne s'est point assemblée par
choix, mais qui se trouve réunie par force de nature. Ce
n'est donc pas la société, c'est le nombre seul qui opère

1. C'est-à-dire telle que nous la connaissons.
2. Expression figurée, où la nature est personnifiée et considé-
rée comme agissante.
3. Métaphore.

ici ; c'est une puissance aveugle qu'on ne peut comparer à la lumière qui dirige toute société : je ne parle point de cette lumière pure, de ce rayon divin[1] qui n'a été départi qu'à l'homme seul ; les castors en sont assurément privés comme tous les autres animaux ; mais leur société, n'étant point une réunion forcée, se faisant au contraire par une espèce de choix, et supposant au moins un concours général et des vues communes dans ceux qui la composent, suppose au moins aussi une lueur[2] d'intelligence qui, quoique très-différente de celle de l'homme par le principe, produit cependant des effets assez semblables pour qu'on puisse les comparer, non pas dans la société plénière[3] et puissante, telle qu'elle existe parmi les peuples anciennement policés, mais dans la société naissante chez les hommes sauvages, laquelle seule peut avec équité être comparée à celle des animaux.

Voyons donc le produit de l'une et l'autre de ces sociétés ; voyons jusqu'où s'étend l'art du castor, et où se borne celui du sauvage[4]. Rompre une branche pour s'en faire un bâton, se bâtir une hutte, la couvrir de feuillages pour se mettre à l'abri, amasser de la mousse ou du foin pour se faire un lit, sont des actes communs à l'animal et au sauvage ; les ours font des huttes, les singes ont des bâtons, plusieurs autres animaux se pratiquent un domicile propre, commode, impénétrable à l'eau. Frotter une pierre pour la rendre tranchante et s'en faire une hache, s'en servir pour couper, pour écorcer du bois, pour aiguiser des flèches, pour creuser un vase ; écorcher un animal pour se revêtir de sa peau, en prendre les nerfs pour en faire une corde d'arc, attacher ces mêmes nerfs à une épine dure, et se servir de tous deux comme de fil et d'aiguille, sont des actes purement individuels que l'homme en solitude peut tous exécuter sans être aidé des autres, des actes qui dépendent de sa seule conformation, puisqu'ils ne supposent que l'usage de la main. Mais couper et transporter un gros arbre, élever un carbet[5],

1. *Lumière pure..., rayon divin*, périphrases pour exprimer la raison.
2. Expression métaphorique.
3. Ce mot s'emploie surtout dans les expressions : *indulgence plénière, cour plénière*.
4. Antithèse pleine de force et de précision.
5. Nom donné à une grande case (*casa*, demeure) commune,

construire une pirogue, sont au contraire des opérations qui supposent nécessairement un travail commun et des vues concertées. Ces ouvrages sont aussi les seuls résultats de la société naissante chez des nations sauvages, comme les ouvrages des castors sont les fruits de la société perfectionnée[1] parmi ces animaux : car il faut observer qu'ils ne songent point à bâtir, à moins qu'ils n'habitent un pays libre et qu'ils n'y soient parfaitement tranquilles. Il y a des castors en Languedoc, dans les îles du Rhône; il y en a en plus grand nombre dans les provinces du nord de l'Europe; mais, comme toutes ces contrées sont habitées, ou du moins fort fréquentées par les hommes, les castors y sont, comme tous les autres animaux, dispersés, solitaires, fugitifs ou cachés dans un terrier : on ne les a jamais vus se réunir, se rassembler, ni rien entreprendre, ni rien construire; au lieu que dans ces terres désertes où l'homme en société n'a pénétré que bien tard, et où l'on ne voyait auparavant que quelques vestiges de l'homme sauvage, on a partout trouvé les castors réunis, formant des sociétés, et l'on n'a pu s'empêcher d'admirer leurs ouvrages.

54. *L'écureuil.*

L'écureuil est un joli petit animal qui n'est qu'à demi sauvage, et qui, par sa gentillesse, par sa docilité, par l'innocence même de ses mœurs, mériterait d'être épargné. Il n'est ni carnassier ni nuisible, quoiqu'il saisisse quelquefois des oiseaux; sa nourriture ordinaire sont des fruits, des amandes, des noisettes, de la faîne[2] et du gland; il est propre, leste, vif, très-alerte, très-éveillé, très-industrieux; il a les yeux pleins de feu, la physionomie fine, le corps nerveux, les membres très-dispos; sa jolie figure est encore

que les sauvages des Antilles élevaient au milieu des habitations des colons.

1. Si cette société est perfectionnée, les animaux qui la perfectionnent, sont donc perfectibles; ce que Buffon refuse ailleurs aux animaux.

2. Fruit du hêtre, comme le gland est le fruit du chêne.

rehaussée[1], parée[2], par une belle queue en forme de panache, qu'il relève jusque dessus sa tête, et sous laquelle il se met à l'ombre. Il est, pour ainsi dire, moins quadrupède que les autres : il se tient ordinairement assis presque debout, et se sert de ses pieds de devant comme d'une main pour porter[3] à sa bouche; au lieu de se cacher sous terre, il est toujours en l'air[4]; il approche des oiseaux par sa légèreté : il demeure comme eux sur la cime des arbres, parcourt les forêts en sautant de l'un à l'autre, y fait son nid, cueille les graines, boit la rosée, et ne descend à terre que quand les arbres sont agités par la violence des vents. On ne le trouve point dans les champs, dans les lieux découverts, dans les pays de plaine; il n'approche jamais des habitations, il ne reste point dans les taillis, mais dans les bois de hauteur, sur les vieux arbres des plus belles futaies. Il craint l'eau plus encore que la terre, et l'on assure que, lorsqu'il faut la passer, il se sert d'une écorce pour vaisseau et de sa queue pour voile et pour gouvernail. Il ne s'engourdit pas comme le loir pendant l'hiver, il est en tout temps très-éveillé; et pour peu que l'on touche au pied[5] de l'arbre sur lequel il repose, il sort de sa petite bauge, fuit sur un autre arbre ou se cache à l'abri d'une branche. Il ramasse des noisettes pendant l'été, et en remplit les troncs, les fentes des vieux arbres, et a recours en hiver à sa provision; il les cherche aussi sous la neige, qu'il détourne en grattant. Il a la voix éclatante, et plus perçante encore que celle de la fouine; il a de plus un murmure à bouche fermée, un petit grognement de mécontentement qu'il fait entendre toutes les fois qu'on l'irrite. Il est trop léger pour marcher; il va ordinairement par petits sauts, et quelquefois par bonds; il a les ongles si pointus et les mouvements si prompts, qu'il grimpe en un instant sur un hêtre dont l'écorce est fort lisse.

On entend les écureuils, pendant les belles nuits d'été, crier en courant sur les arbres les uns après les autres. Ils semblent craindre l'ardeur du soleil; ils demeurent pendant le jour à l'abri de leur domicile, dont ils sortent le soir pour s'exer-

1. Expression métaphorique.
2. Dit moins que *rehaussée*, et c'est par conséquent fautif.
3. Quoi? il fallait un régime ou complément.
4. Expression qui manque de précision.
5. Métaphore ou catachrèse usuelle.

cer, jouer, courir et manger. Ce domicile est propre, chaud, et impénétrable à la pluie. C'est ordinairement sur l'enfourchure d'un arbre qu'ils l'établissent : ils commencent par transporter des bûchettes qu'ils mêlent, qu'ils entrelacent avec de la mousse ; ils la serrent ensuite, ils la foulent, et donnent assez de capacité et de solidité à leur ouvrage pour y être à l'aise et en sûreté avec leurs petits ; il n'y a qu'une ouverture vers le haut, juste[1], étroite, et qui suffit à peine pour passer ; au-dessus de l'ouverture est une espèce de couvert en cône qui met le tout à l'abri, et fait que la pluie s'écoule par les côtés et ne pénètre pas. Ils muent au sortir de l'hiver ; le poil nouveau est plus roux que celui qui tombe. Ils se peignent, ils se polissent avec les mains et les dents ; ils sont propres, ils n'ont aucune mauvaise odeur ; leur chair est assez bonne à manger.

---

55. *Le singe.*

Le singe, quelque ressemblant qu'il soit à l'homme, a néanmoins une si forte teinture d'animalité[2], qu'elle se reconnaît dès le moment de la naissance. Car il est à proportion plus fort et plus formé que l'enfant ; il croît beaucoup plus vite ; les secours de la mère ne lui sont nécessaires que pendant les premiers mois ; il ne reçoit qu'une éducation purement individuelle, et par conséquent aussi stérile que celle des autres animaux.

Il est donc animal, et malgré sa ressemblance à l'homme, bien loin d'être le second dans notre espèce, il n'est pas le premier dans l'ordre des animaux, puisqu'il n'est pas le plus intelligent. C'est uniquement sur ce rapport de ressemblance corporelle qu'est appuyé le préjugé de la grande opinion qu'on s'est formée[3] des facultés du singe : il nous ressemble, a-t-on dit, tant à l'extérieur qu'à l'intérieur ; il doit donc non-seulement nous imiter, mais faire encore de lui-

1. Ce mot est expliqué par ce qui suit.
2. Expression due à Buffon, et qui renferme toutes les idées applicables à l'animal, comme *humanité*, toutes les idées applicables à l'homme.
3. Phrase elliptique et hypallage, signifiant : la grande opinion qu'on s'est formée et qui n'est qu'un préjugé.

même tout ce que nous faisons. Mais toutes les actions qu'on doit appeler humaines sont relatives à la société; elles dépendent d'abord de l'âme, et ensuite de l'éducation, dont le principe physique est la nécessité de la longue habitude de l'enfant. Or, on vient de voir que dans le singe cette habitude est fort courte; qu'il ne reçoit, comme les autres animaux, qu'une éducation purement individuelle, et qu'il n'est pas même susceptible de celle de l'espèce : par conséquent il ne peut rien faire de tout ce que l'homme fait, puisque aucune de ses actions n'a le même principe[1] ni la même fin[2]. Et à l'égard de l'imitation, qui paraît être le caractère le plus marqué, l'attribut le plus frappant de l'espèce du singe, et que le vulgaire lui accorde comme un talent unique, il faut, avant de décider, examiner si cette imitation est libre ou forcée. Le singe nous imite-t-il parce qu'il le veut, ou bien parce que, sans le vouloir, il le peut? J'en appelle sur cela volontiers à tous ceux qui ont observé cet animal sans prévention, et je suis convaincu qu'ils diront avec moi qu'il n'y a rien de libre, rien de volontaire dans cette imitation : le singe, ayant des bras et des mains, s'en sert comme nous, mais sans songer à nous; la similitude des membres et des organes produit nécessairement des mouvements et quelquefois même des suites de mouvements qui ressemblent aux nôtres : étant conformé comme l'homme, le singe ne peut que se mouvoir comme lui; mais se mouvoir de même n'est pas agir pour imiter. Qu'on donne à deux corps bruts la même impulsion; qu'on construise deux pendules, deux machines[3] pareilles, elles se mouvront de même, et l'on aura tort de dire que ces corps bruts ou ces machines ne se meuvent ainsi que pour s'imiter. Il en est de même du singe, relativement au corps de l'homme : ce sont deux machines construites, organisées de même, qui, par nécessité de nature, se meuvent à très-peu près de la même façon; néanmoins parité n'est pas imitation : l'une gît dans la matière, et l'autre n'existe que par l'esprit; l'imitation suppose le dessein d'imiter : le singe est incapable de former ce dessein, qui demande une suite de pensées, et

1. Qui est l'âme et l'éducation.
2. Qui est la société.
3. On voit encore ici que pour Buffon l'animal n'est guère qu'une machine.

par cette raison l'homme peut, s'il le veut, imiter le singe, et le singe ne peut pas même vouloir imiter l'homme.

Et cette parité, qui n'est que le physique de l'imitation, n'est pas aussi complète ici que la similitude, dont cependant elle émane comme effet immédiat. Le singe ressemble plus à l'homme par le corps et les membres que par l'usage qu'il en fait : en l'observant avec quelque attention, on s'apercevra aisément que tous ses mouvements sont brusques, intermittents[1], précipités, et que, pour les comparer à ceux de l'homme, il faudrait leur supposer une autre échelle[2], ou plutôt un module[3] différent. Toutes les actions du singe tiennent de son éducation, qui est purement animale : elles nous paraissent ridicules, inconséquentes, extravagantes, parce que nous nous trompons d'échelle en les rapportant à nous, et que l'unité qui doit lui servir de mesure est très-différente de la nôtre[4]. Comme sa nature est vive, son tempérament chaud, son naturel pétulant, qu'aucune de ses affections n'a été mitigée par l'éducation, toutes ses habitudes sont excessives, et ressemblent beaucoup plus aux mouvements d'un maniaque qu'aux actions d'un homme ou même d'un animal tranquille. C'est par la même raison que nous le trouvons indocile, et qu'il reçoit difficilement les habitudes qu'on voudrait lui transmettre : il est insensible aux caresses, et n'obéit qu'au châtiment ; on peut le tenir en captivité, mais non pas en domesticité[5] ; toujours triste ou revêche, toujours répugnant, grimaçant, on le dompte plutôt qu'on ne le prive[6]. Aussi l'espèce n'a jamais été domestique nulle part, et par ce rapport il est plus éloigné de l'homme que la plupart des animaux ; car la docilité suppose quelque analogie entre celui qui donne et celui qui reçoit : c'est une qualité relative qui ne peut être exercée que lorsqu'il se trouve des deux parts un certain nombre de facultés communes, qui ne diffèrent entre elles que parce qu'elles sont actives dans

1. Ce mot s'applique surtout aux sources, aux fièvres, et à tout ce qui s'interrompt un moment pour reprendre ensuite son cours.
2. Une échelle de comparaison, comme Buffon l'explique plus bas.
3. Expression technique et un peu obscure.
4. Toute cette phrase est sèche et technique.
5. Cela souffre des exceptions.
6. Cette antithèse résume fort bien toutes celles qui précèdent et qui roulent sur la même idée.

le maître et passives dans le sujet. Or, le passif du singe a moins de rapport avec l'actif de l'homme que le passif du chien ou de l'éléphant, qu'il suffit de bien traiter pour leur communiquer les sentiments doux et même délicats de l'attachement fidèle, de l'obéissance volontaire, du service gratuit et du dévouement sans réserve.

Ainsi ce singe, que les philosophes[1], avec le vulgaire, ont regardé comme un être difficile à définir, dont la nature était[2] au moins équivoque et moyenne entre celle de l'homme et celle des animaux, n'est dans la vérité qu'un pur animal portant à l'extérieur un masque[3] de figure humaine, mais dénué à l'intérieur de la pensée et de tout ce qui fait l'homme; un animal au-dessous de plusieurs autres par les facultés relatives, et encore essentiellement différent de l'homme par le naturel, par le tempérament, et aussi par la mesure du temps nécessaire à l'éducation, à la gestation, à l'accroissement du corps, à la durée de la vie, c'est-à-dire par toutes les habitudes réelles qui constituent ce qu'on appelle nature dans un être particulier.

---

56. *Le lapin.*

Le lièvre et le lapin, quoique fort semblables tant à l'extérieur qu'à l'intérieur, ne se mêlant point ensemble, font deux espèces distinctes et séparées.

Le lapin a plus de ressources que le lièvre pour échapper à ses ennemis : il se soustrait aisément aux yeux de l'homme; les trous qu'il se creuse dans la terre, où il se retire pendant le jour et où il fait ses petits, le mettent à l'abri du loup, du renard et de l'oiseau de proie; il y habite avec sa famille en pleine sécurité, il y élève et y nourrit ses petits jusqu'à l'âge d'environ deux mois, et il ne les fait sortir de leur retraite pour les amener au dehors que quand ils sont tout

1. Du dix-huitième siècle, qui cherchaient à relever les animaux pour rabaisser l'homme.
2. D'après l'opinion de ces philosophes.
3. Métaphore ingénieuse et vive.

élevés : il leur évite[1] par là tous les inconvénients du bas âge, pendant lequel au contraire les lièvres périssent en plus grand nombre et souffrent plus que dans tout le reste de la vie.

Cela seul suffit aussi pour prouver que le lapin est supérieur au lièvre par la sagacité : tous deux sont conformés de même, et pourraient également se creuser des retraites ; tous deux sont également timides à l'excès : mais l'un, plus imbécile, se contente de se former un gîte à la surface de la terre, où il demeure continuellement exposé[2], tandis que l'autre, par un instinct plus réfléchi[3], se donne la peine de fouiller la terre et de s'y pratiquer un asile ; et il est si vrai que c'est par ce sentiment qu'il travaille, que l'on ne voit pas le lapin domestique faire le même ouvrage : il se dispense de se creuser une retraite, comme les oiseaux domestiques se dispensent de faire des nids, et cela parce qu'ils sont également à l'abri des inconvénients auxquels sont exposés les lapins et les oiseaux sauvages. L'on a souvent remarqué que, quand on a voulu peupler[4] une garenne avec des lapins clapiers[5], ces lapins et ceux qu'ils produisent restaient, comme les lièvres, à la surface de la terre, et que ce n'était qu'après avoir éprouvé bien des inconvénients, et au bout d'un certain nombre de générations, qu'ils commençaient à creuser la terre pour se mettre en sûreté.

Ces animaux vivent huit ou neuf ans : comme ils passent la plus grande partie de leur vie dans leurs terriers, où ils sont en repos et tranquilles, ils prennent un peu plus d'embonpoint que les lièvres. Leur chair est aussi fort différente par la couleur et par le goût ; celle des jeunes lapereaux est très-délicate, mais celle des vieux lapins est toujours sèche et dure.

1. Solécisme ; car *éviter*, signifie *fuir*. Il fallait : *il leur fait éviter*.
2. Mot sans régime.
3. Buffon, dans cent autres endroits, refuse la réflexion à l'animal, même au chien, à l'éléphant, etc.
4. Métaphore ou catachrèse usuelle.
5. Ou domestiques.

57. *Le lièvre.*

Cet animal a la tête courte et ronde, la lèvre supérieure fendue dans le milieu ; ses paupières sont trop courtes pour pouvoir couvrir commodément ses yeux et les fermer exactement dans le sommeil, ce qui a fait dire qu'il dormait les yeux ouverts. Son œil est grand, saillant ; il voit mieux de côté et même en arrière que par devant ; ses oreilles sont longues, très-mobiles, propres pour entendre de loin le moindre bruit : il s'en sert aussi[1] comme de gouvernail pour diriger la vélocité de sa course, qui est si rapide qu'il devance aisément tous les autres animaux. Il a le cou étroit, les jambes de derrière plus longues que celles de devant, ce qui lui donne plus de facilité pour monter que pour descendre : aussi, quand il est poursuivi, commence-t-il par gagner les hauteurs. Il a la voix faible ; on ne l'entend guère que lorsqu'il est pris ou blessé. Le dessous de ses pieds est velu comme le dessus ; sa queue est extrêmement courte. Il a tout le corps couvert d'un poil doux, épais, presque ras, varié d'un roux de gris et noirâtre, à la réserve du ventre, qui est blanc. Sa bouche est garnie de poils intérieurement.

Parmi les lièvres, les uns habitent les montagnes, les autres les plaines, d'autres les lieux humides et marécageux. Les lièvres de montagne surpassent les autres par la taille, par l'épaisseur du poil et leur ton rembruni, ainsi que par la bonté de leur chair. Ceux des plaines excellent par la légèreté et la vitesse de leur course. Enfin ceux des marécages sont les plus paresseux et les plus méprisés, parce qu'ils passent pour être sujets à la ladrerie : aussi cette viande, comme celle du porc, est-elle défendue aux mahométans et aux juifs. La durée de la vie de ces animaux est de sept à huit et même dix ans ; on attribue une plus longue vie aux mâles. Les deux sexes se nourrissent de grains, de plantes aromatiques, telles que la marjolaine et le serpolet ; ils trouvent aussi de leur goût toutes sortes de plantes laiteuses, comme chicorée, laitue sauvage, laiteron, choux,

---

1. Buffon a dit la même chose de la queue de l'écureuil. Voir le morceau 54.

légumes, fruits, grains en herbe, trèfle, luzerne, etc. A leur défaut, quand la terre est couverte de neige, ils rongent les écorces d'arbre et d'arbrisseau, notamment dans les pépinières, où ils font[1] quelquefois beaucoup de dommages si on n'a pas la précaution de revêtir de paille la tige des jeunes arbres. Le lièvre est naturellement peureux; le bruit d'une feuille qui tombe ou que le vent agite le met en alarme : son instinct ne le porte pas à faire un terrier qui lui servirait de retraite dans le mauvais temps, ou lorsqu'il est poursuivi; sa seule ressource, dans ce cas, consiste seulement à se blottir entre deux mottes de terre, ou simplement dans un sillon : étant de la couleur de la terre, il échappe[2] quelquefois; mais plus souvent il ne doit son salut qu'à son caractère inquiet et défiant, à la finesse de l'organe de son ouïe[3] et à la rapidité de sa course.

58. *La souris.*

La souris, beaucoup plus petite que le rat, est aussi plus nombreuse, plus commune et plus généralement répandue. Elle a le même instinct[4], le même tempérament, le même naturel, et n'en diffère guère que par la faiblesse, que par les habitudes qui l'accompagnent[5]. Timide par nature, familière par nécessité, la peur ou le besoin font tous ses mouvements : elle ne sort de son trou que pour chercher à vivre; elle ne s'en écarte guère, y rentre à la première alerte; ne va pas, comme le rat, de maisons en maisons, à moins qu'elle n'y soit forcée; fait aussi beaucoup moins de dégât, a les mœurs plus douces et s'apprivoise jusqu'à un certain point, mais sans s'attacher : comment aimer, en effet,

---

1. On dit plutôt *causer* que *faire* des dommages.
2. Buffon aime à employer ce verbe et d'autres sans complément.
3. Buffon aurait pu dire : *à la finesse de son ouïe*, la phrase eût été moins tombante.
4. Ce mot se dit surtout des *moyens*, des *ressources*, et naturel, des *mœurs*.
5. Le pronom *l'* se rapporte à *faiblesse*, et c'est peu correct.

ceux qui nous dressent des embûches[1] ? Plus faible, elle a plus
d'ennemis auxquels elle ne peut échapper ou plutôt se soustraire que par son agilité, sa petitesse même. Les chouettes,
tous les oiseaux de nuit, les chats, les fouines, les belettes,
les rats mêmes, lui font la guerre ; on l'attire, on la leurre
aisément par des appâts, on la détruit à[2] milliers ; elle ne
subsiste enfin que par son immense fécondité.

59. *Le rat.*

L'on[3] a compris et confondu sous ce nom générique de rat
plusieurs espèces de petits animaux ; nous ne donnerons ce
nom qu'au rat commun, qui est noirâtre, et qui habite dans
les maisons. Cet animal est assez connu par l'incommodité
qu'il nous cause ; il habite ordinairement les greniers où l'on
entasse le grain, où l'on serre les fruits, et de là descend et
se répand dans la maison. Il est carnassier, et même omnivore[4] ; il semble seulement préférer les choses dures aux
plus tendres ; il ronge la laine, les étoffes, les meubles,
perce le bois, fait des trous dans les murs, se loge dans les
épaisseurs des planches, dans les vides de la charpente ou
de la boiserie ; il en sort pour chercher sa subsistance, et souvent il y transporte tout ce qu'il peut traîner ; il y fait même
quelquefois magasin, surtout lorsqu'il a des petits. Il cherche
les lieux chauds, et se niche en hiver auprès des cheminées,
ou dans le foin, dans la paille. Malgré les chats, le poison,
les piéges, les appâts, ces animaux pullulent si fort, qu'ils
causent souvent de grands dommages. C'est surtout dans les
vieilles maisons à la campagne, où l'on garde du blé dans les
greniers, et où le voisinage des granges et des magasins à
foin facilite leur retraite et leur multiplication, qu'ils sont
en si grand nombre qu'on serait obligé de démeubler, de
déserter, s'ils ne se détruisaient eux-mêmes ; mais nous
avons vu par expérience qu'ils se tuent, qu'ils se mangent

1. Réflexion juste, sympathique et naturelle.
2. On dit plus ordinairement *par* que *à* milliers.
3. Nous avons déjà dit que *on* est préférable à *l'on* au début
d'une phrase.
4. C'est-à-dire qui mange de tout.

entre eux pour peu que la faim les presse ; en sorte que ,
quand il y a disette à cause du trop grand nombre, les plus
forts se jettent sur les plus faibles , leur ouvrent la tête et
mangent d'abord la cervelle, et ensuite le reste du cadavre ;
le lendemain la guerre recommence, et dure ainsi jusqu'à la
destruction du plus grand nombre. C'est par cette raison
qu'il arrive ordinairement qu'après avoir été infesté de ces
animaux pendant un temps, ils semblent souvent disparaître
tout à coup, et quelquefois pour longtemps. Il en est de
même des mulots , dont la pullulation prodigieuse n'est
arrêtée que par les cruautés qu'ils exercent entre eux dès que
les vivres commencent à leur manquer. Aristote a attribué
cette destruction subite à l'effet des pluies ; mais les rats n'y
sont point exposés , et les mulots savent s'en garantir ; car
les trous qu'ils habitent sous terre ne sont pas même humides.

60. *Animaux carnassiers et sauvages.*

Quoiqu'en tout ce qui nuit paraisse plus abondant que ce qui sert, cependant tout est bien, parce que dans l'univers physique le mal concourt au bien, et que rien en effet ne nuit à la nature. Si nuire est détruire des êtres animés, l'homme, considéré comme faisant partie du système général de ces êtres, n'est-il pas l'espèce la plus nuisible de toutes[1]? Lui seul immole, anéantit plus d'individus vivants que tous les animaux carnassiers n'en dévorent. Ils ne sont donc nuisibles que parce qu'ils sont rivaux de l'homme, parce qu'ils ont les mêmes appétits, le même goût pour la chair, et que, pour subvenir à un besoin de première nécessité, ils lui disputent quelquefois une proie qu'il réservait à ses excès ; car nous sacrifions plus encore à notre intempérance que nous ne donnons à nos besoins[2]. Destructeurs-nés des êtres qui nous sont subordonnés, nous épuiserions[3] la nature si elle n'était inépuisable, si, par une fécondité aussi grande que notre déprédation[4], elle ne savait se réparer elle-même et se renouveler. Mais il est dans l'ordre que la mort serve à la vie, que la reproduction naisse de la destruction[5] ; quelque grande, quelque prématurée que soit donc la dépense de l'homme et des animaux carnassiers, le fonds, la quantité totale de substance vivante, n'est point diminuée ; et s'ils précipitent[6] les destructions, ils hâtent en même temps des naissances nouvelles.

Les animaux qui, par leur grandeur, figurent[7] dans l'univers ne font que la plus petite partie des substances vivantes ; la terre fourmille de petits animaux. Chaque plante, chaque graine, chaque particule de matière inorganique contient

1. Interrogation employée pour donner plus de force à la pensée.
2. Belle et vive antithèse.
3. Expression métaphorique.
4. S'emploie surtout en parlant de brigandage.
5. Suite d'heureuses antithèses.
6. Vive métaphore.
7. C'est-à-dire se font remarquer, distinguer.

des milliers d'atomes animés. Les végétaux paraissent être le premier fonds de la nature ; mais ce fonds de subsistance, tout abondant, tout inépuisable qu'il est, suffirait à peine au nombre encore plus abondant d'insectes de toute espèce. Leur pullulation, tout aussi nombreuse et souvent plus prompte que la reproduction des plantes, indique assez combien ils sont surabondants ; car les plantes ne se reproduisent que tous les ans : il faut une saison entière pour en former la graine, au lieu que dans les insectes, et surtout dans les plus petites espèces, comme celle des pucerons, une seule saison suffit à plusieurs générations ; ils multiplieraient donc plus que les plantes, s'ils n'étaient détruits par d'autres animaux dont ils paraissent être la pâture naturelle, comme les herbes et les graines semblent être la nourriture préparée pour eux-mêmes[1]. Aussi parmi les insectes y en a-t-il beaucoup qui ne vivent que d'autres insectes ; il y en a même quelques espèces qui, comme les araignées, dévorent indifféremment les autres espèces et la leur : tous servent de pâture aux oiseaux, et les oiseaux domestiques et sauvages nourrissent l'homme ou deviennent la proie des animaux carnassiers. Ainsi la mort violente est un usage presque aussi nécessaire que la loi de la mort naturelle ; ce sont deux moyens de destruction et de renouvellement, dont l'un sert à entretenir la jeunesse perpétuelle[2] de la nature, et dont l'autre maintient l'ordre de ses productions, et peut seul limiter le nombre dans les espèces. Tous deux sont des effets dépendants des causes générales ; chaque individu qui naît tombe[3] de lui-même au bout d'un temps ; ou lorsqu'il est prématurément détruit par les autres, c'est qu'il était surabondant. Eh ! combien n'y en a-t-il pas de supprimés d'avance ! que de fleurs moissonnées au printemps ! que de races éteintes au moment de leur naissance ! que de germes anéantis avant leur développement[4] ! L'homme et les animaux carnassiers ne vivent que d'individus tout formés ou d'individus prêts à l'être ; la chair, les œufs, les graines, les

1. Pensée et expression d'une habile symétrie.
2. Expression et image métaphorique.
3. Meurt, est détruit.
4. Énumération par exclamations ; ce qui la rend plus vive et plus animée.

germes de toute espèce font leur nourriture ordinaire : cela seul peut borner l'exubérance de la nature.

Il est donc nécessaire que les espèces vivent les unes sur les autres, et dès lors la mort violente des animaux est un usage légitime, innocent, puisqu'il est fondé dans la nature et qu'ils ne naissent qu'à cette condition.

61. *Le lion.*

Dans l'espèce humaine, l'influence du climat ne se marque que par des variétés assez légères, parce que cette espèce est une, et qu'elle est très-distinctement séparée de toutes les autres espèces : l'homme, blanc en Europe, noir en Afrique, jaune en Asie et rouge[1] en Amérique, n'est que le même homme teint de la couleur du climat[2]. Comme il est fait pour régner sur la terre, que le globe entier est son domaine, il semble que sa nature se soit prêtée à toutes les situations : sous les feux du midi, dans les glaces du nord, il vit, il multiplie ; il se trouve partout si anciennement répandu, qu'il ne paraît affecter[3] aucun climat particulier. Dans les animaux, au contraire, l'influence du climat est plus forte et se marque par des caractères plus sensibles, parce que les espèces sont diverses et que leur nature est infiniment moins perfectionnée, moins étendue que celle de l'homme. Non-seulement les variétés dans chaque espèce sont plus nombreuses et plus marquées que dans l'espèce humaine, mais les différences mêmes des espèces semblent dépendre des différents climats ; les unes ne peuvent se propager que dans les pays chauds, les autres ne peuvent subsister que dans les climats froids : le lion n'a jamais habité les régions du nord, le renne ne s'est jamais trouvé dans les contrées du midi. Il n'y a peut-être aucun animal dont l'espèce soit, comme celle de l'homme, généralement répandue[4] sur toute

---

1. Cuivré.
2. Qu'est-ce que la couleur d'un climat? Y a-t-il un climat blanc, un climat jaune, etc. ? Buffon a voulu donner trop de concision à l'expression, et il l'a faussée.
3. Exiger, demander, aimer.
4. Sauf celle de quelques animaux domestiques que l'homme a transportés avec lui dans les divers climats.

la surface de la terre ; chacun a son pays, sa patrie naturelle, dans laquelle chacun est retenu par nécessité physique ; chacun est fils[1] de la terre qu'il habite, et c'est dans ce sens qu'on doit dire que tel ou tel animal est originaire de tel ou tel climat.

Dans les pays chauds, les animaux terrestres sont plus grands et plus forts que dans les pays froids ou tempérés ; ils sont aussi plus hardis, plus féroces ; toutes leurs qualités naturelles semblent tenir de l'ardeur du climat. Le lion, né sous le soleil brûlant de l'Afrique ou des Indes, est le plus fort, le plus fier, le plus terrible de tous : nos loups, nos autres animaux carnassiers, loin d'être ses rivaux, seraient à peine dignes d'être ses pourvoyeurs[2]. Les lions d'Amérique, s'ils méritent ce nom, sont, comme le climat, infiniment plus doux que ceux de l'Afrique ; et ce qui prouve évidemment que l'excès de leur férocité vient de l'excès de la chaleur, c'est que dans le même pays ceux qui habitent les hautes montagnes, où l'air est plus tempéré, sont d'un naturel différent de ceux qui demeurent dans les plaines, où la chaleur est extrême. Les lions du mont Atlas, dont la cime est quelquefois couverte de neige, n'ont ni la hardiesse, ni la force, ni la férocité des lions du Biledulgérid[3] ou du Zaara[4], dont les plaines sont couvertes de sables brûlants. C'est surtout dans ces déserts ardents que se trouvent ces lions terribles qui sont l'effroi des voyageurs et le fléau des provinces voisines.

Accoutumés à mesurer leurs forces avec tous les autres animaux qu'ils rencontrent, l'habitude de vaincre les rend intrépides et terribles ; ne connaissant pas la puissance de l'homme, ils n'en ont nulle[5] crainte ; n'ayant pas éprouvé la force de ses armes, ils semblent les braver. Les blessures les irritent, mais sans les effrayer ; ils ne sont pas même déconcertés à l'aspect du grand nombre : un seul de ces lions du désert attaque souvent une caravane entière : et

1. Catachrèse neuve et hardie.
2. Allusion ingénieuse aux fables qui nous représentent le lion chassant avec d'autres animaux d'une espèce différente de la sienne.
3. Ou Belad-el-djérid, c'est-à-dire pays des dattes, au pied de la chaîne de l'Atlas et de la Barbarie.
4. Ou plutôt Sahara, grand désert central de l'Afrique.
5. *N'en ont nulle*, dur.

Buffon.   G

lorsque, après un combat opiniâtre et violent, il se sent affaibli, au lieu de fuir, il continue de se battre en retraite, en faisant toujours face et sans jamais tourner le dos. Les lions au contraire qui habitent aux environs des villes et bourgades de l'Inde et de la Barbarie, ayant connu l'homme et la force de ses armes, ont perdu leur courage au point d'obéir à sa voix menaçante, de n'oser l'attaquer, de ne se jeter que sur le menu bétail, et enfin de s'enfuir en se laissant poursuivre par des femmes ou par des enfants, qui leur font, à coups de bâton, quitter prise et lâcher indignement[1] leur proie.

Ce changement, cet adoucissement dans le naturel du lion indique assez qu'il est susceptible des impressions qu'on lui donne, et qu'il doit avoir assez de docilité pour s'apprivoiser jusqu'à un certain point et pour recevoir une espèce d'éducation : aussi l'histoire nous parle de lions attelés à des chars[2] de triomphe, de lions conduits à la guerre ou menés à la chasse, et qui, fidèles à leur maître, ne déployaient leur force et leur courage que contre ses ennemis. Ce qu'il y a de très-sûr, c'est que le lion, pris jeune et élevé parmi les animaux domestiques, s'accoutume aisément à vivre et même à jouer innocemment avec eux, qu'il est doux pour ses maîtres, et même caressant, surtout dans le premier âge ; et que si sa férocité naturelle reparaît quelquefois, il la tourne rarement contre ceux qui lui ont fait du bien. Comme ses mouvements sont très-impétueux et ses appétits fort véhéments, on ne doit pas présumer que les impressions de l'éducation puissent toujours les balancer[3] : aussi y aurait-il quelque danger à lui laisser souffrir trop longtemps la faim, ou à le contrarier en le tourmentant hors de propos ; non-seulement il s'irrite des mauvais traitements, mais il en garde le souvenir, et paraît en méditer la vengeance, comme il conserve aussi la mémoire et la reconnaissance des bienfaits[4]. Je pourrais citer ici un grand nombre de faits particuliers, dans lesquels j'avoue que j'ai trouvé quelque exagé-

1. Expression par laquelle l'auteur semble se mettre à la place de l'animal et de ses sentiments.
2. Comme à celui d'Antoine, à Rome.
3. C'est-à-dire faire contre-poids, contre-balancer.
4. Tout le monde connaît l'histoire du lion de Florence.

ration, mais qui cependant sont assez fondés pour prouver, au moins par leur réunion, que sa colère est noble, son courage magnanime, son naturel sensible[1]. On l'a vu souvent dédaigner de petits ennemis, mépriser leurs insultes et leur pardonner des libertés[2] offensantes; on l'a vu, réduit en captivité, s'ennuyer sans s'aigrir, prendre au contraire des habitudes douces, obéir à son maître, flatter la main qui le nourrit, donner quelquefois la vie à ceux qu'on avait dévoués à la mort en les lui jetant pour proie, et, comme s'il se fût attaché par cet acte généreux, leur continuer ensuite la même protection, vivre tranquillement avec eux, leur faire part de sa subsistance, se la laisser même quelquefois enlever tout entière, et souffrir plutôt la faim que de perdre le fruit[3] de son premier bienfait.

On pourrait dire aussi que le lion n'est pas cruel, puisqu'il ne l'est que par nécessité, qu'il ne détruit qu'autant qu'il consomme, et que, dès qu'il est repu, il est en pleine paix; tandis que le tigre, le loup et tant d'autres animaux d'espèce inférieure, tels que le renard, la fouine, le furet, etc., donnent la mort pour le seul plaisir de la donner, et que, dans leurs massacres nombreux, ils semblent plutôt assouvir[4] leur rage que leur faim.

L'extérieur du lion ne dément point ses grandes qualités intérieures : il a la figure imposante, le regard assuré, la démarche fière, la voix terrible; sa taille n'est point[5] excessive comme celle de l'éléphant ou du rhinocéros; elle n'est ni lourde comme celle de l'hippopotame ou du bœuf, ni trop ramassée comme celle de l'hyène ou de l'ours, ni trop allongée ni déformée par des inégalités comme celle du chameau; mais elle est au contraire si bien prise et si bien propor-

1. Comme le prouve l'histoire de Maldonata ou la lionne reconnaissante.

2. Belle et noble expression. On voit que Buffon parle du roi des animaux, et qu'il a une sorte de respect pour cette majesté captive.

3. Expression métaphorique.

4. Remarquez cette expression appliquée à un sentiment moral (rage) et à un sentiment physique (faim). Il est pris au figuré avec le premier et au propre avec le second.

5. Lieu commun appelé les *contraires*, et qui s'emploie avec succès dans les développements.

tionnée, que le corps du lion paraît être le modèle de la force jointe à l'agilité : aussi solide que nerveux, n'étant chargé ni de chair ni de graisse, et ne contenant rien de surabondant, il est tout nerfs et muscles. Cette grande force musculaire se marque au dehors par les sauts et les bonds prodigieux que le lion fait aisément, par le mouvement brusque de sa queue, qui est assez fort pour terrasser un homme, par la facilité avec laquelle il fait mouvoir la peau de sa face, et surtout celle de son front, ce qui ajoute beaucoup à sa physionomie ou plutôt à l'expression de la fureur, et enfin par la faculté qu'il a de remuer sa crinière[1], laquelle non-seulement se hérisse, mais se meut et s'agite en tous sens lorsqu'il est en colère.

Le lion, lorsqu'il a faim, attaque de face tous les animaux qui se présentent; mais comme il est très-redouté, et que tous cherchent à éviter sa rencontre, il est souvent obligé de se cacher et de les attendre au passage; il se tapit sur le ventre dans un endroit fourré, d'où il s'élance avec tant de force, qu'il les saisit souvent du premier bond. Dans les déserts et les forêts, sa nourriture la plus ordinaire sont les gazelles et les singes, quoiqu'il ne prenne ceux-ci que lorsqu'ils sont à terre, car il ne grimpe pas sur les arbres comme le tigre. Il mange beaucoup à la fois, et se remplit pour deux ou trois jours; il a les dents si fortes, qu'il brise aisément les os, et il les avale avec la chair.

Le rugissement du lion est si fort que, quand il se fait entendre par échos la nuit dans les déserts, il ressemble au bruit du tonnerre. Ce rugissement est sa voix ordinaire: car, quand il est en colère, il a un autre cri, qui est court et réitéré subitement, au lieu que le rugissement est un cri prolongé, une espèce de grondement d'un ton grave, mêlé d'un frémissement plus aigu; il rugit cinq ou six fois par jour, et plus souvent lorsqu'il doit tomber de la pluie. Le cri qu'il fait lorsqu'il est en colère est encore plus terrible que le rugissement : alors il se bat les flancs de sa queue, il en bat la terre, il agite sa crinière, fait mouvoir la peau de sa face, remue ses gros sourcils, montre des dents menaçantes, et tire une langue armée de pointes si dures, qu'elle

1. Le mouvement de la crinière se rapporte-t-il aux nerfs et aux muscles ?

suffit seule pour écorcher la peau et entamer la chair sans le secours des dents ni des ongles, qui sont[1], après les dents, ses armes[2] les plus cruelles. Il est beaucoup plus fort par la tête, les mâchoires et les jambes de devant que par les parties postérieures du corps; il voit la nuit comme les chats; il ne dort pas longtemps et s'éveille aisément; mais c'est mal à propos que l'on a prétendu qu'il dormait les yeux ouverts.

La démarche ordinaire du lion est fière, grave et lente, quoique toujours oblique; sa course ne se fait pas par des mouvements égaux, mais par sauts et par bonds, et ses mouvements sont si brusques, qu'il ne peut s'arrêter à l'instant et qu'il passe presque toujours son but. Lorsqu'il saute sur sa proie, il fait un bond de douze ou quinze pieds, tombe dessus, la saisit avec les pattes de devant, la déchire avec les ongles, et ensuite la dévore avec les dents. Tant qu'il est jeune et qu'il a de la légèreté, il vit du produit de sa chasse, et quitte rarement ses déserts et ses forêts, où il trouve assez d'animaux sauvages pour subsister aisément. Mais lorsqu'il devient vieux, pesant, et moins propre à l'exercice de la chasse, il s'approche des lieux fréquentés, et devient plus dangereux pour l'homme et pour les animaux domestiques; seulement on a remarqué que, lorsqu'il voit des hommes et des animaux ensemble, c'est toujours sur les animaux qu'il se jette, et jamais sur les hommes, à moins qu'ils ne le frappent: car alors il reconnaît à merveille celui qui vient de l'offenser[3], et il quitte sa proie pour se venger. On prétend qu'il préfère la chair du chameau à celle de tous les autres animaux; il aime aussi beaucoup celle des jeunes éléphants; ils ne peuvent lui résister lorsque leurs défenses n'ont pas encore poussé, et il en vient aisément à bout, à moins que la mère n'arrive à leur secours. L'éléphant, le rhinocéros, le tigre et l'hippopotame sont les seuls animaux qui puissent résister au lion.

Quelque terrible que soit cet animal, on ne laisse pas de lui donner la chasse avec des chiens de grande taille et bien

1. Phrase incidente de mauvais aloi; car elle ne se rattache pas bien à la pensée principale de la phrase, et elle y fait longueur.
2. Métaphore ou catachrèse.
3. Voy. note 2 de la p. 123.

appuyés[1] par des hommes à cheval; on le déloge, on le fait
retirer; mais il faut que les chiens, et même les chevaux,
soient aguerris auparavant, car presque tous les animaux
frémissent et s'enfuient à la seule odeur du lion. Sa peau,
quoique d'un tissu ferme et serré, ne résiste point à la balle,
ni même au javelot; néanmoins on ne le tue presque jamais
d'un seul coup : on le prend souvent par adresse, comme
nous prenons les loups, en le faisant tomber dans une fosse
profonde qu'on recouvre avec des matières légères au-dessus
desquelles on attache un animal vivant. Le lion devient doux
dès qu'il est pris, et si l'on profite des premiers moments de
sa surprise ou de sa honte[2], on peut l'attacher, le museler et
le conduire où l'on veut.

Dans ces animaux, toutes les passions, même les plus
douces, sont excessives, et l'amour maternel est extrême.
La lionne, naturellement moins forte, moins courageuse et
plus tranquille que le lion, devient terrible dès qu'elle a des
petits : elle se montre alors avec encore plus de hardiesse
que le lion; elle ne connaît[3] point le danger, elle se jette
indifféremment sur les hommes et sur les animaux qu'elle
rencontre, elle les met à mort, se charge ensuite de sa
proie, la porte et la partage à ses lionceaux, auxquels[4] elle
apprend de bonne heure à sucer le sang et à déchirer la
chair. D'ordinaire elle met bas dans des lieux très-écartés
et de difficile accès, et lorsqu'elle craint d'être découverte,
elle cache ses traces en retournant plusieurs fois sur ses pas,
ou bien elle les efface avec sa queue; quelquefois même,
lorsque l'inquiétude est grande, elle transporte ailleurs
ses petits, et, quand on veut les lui enlever, elle devient
furieuse et les défend jusqu'à la dernière extrémité.

1. Ou soutenus, terme métaphorique.
2. On voit que Buffon pense toujours au roi des animaux : il lui
attribue la honte de la captivité ou de la défaite.
3. Expression d'une grande et énergique simplicité, pour dire
qu'elle brave, qu'elle affronte.
4. Cette phrase incidente n'est point fautive, comme celle qui
est critiquée p. 125; car c'est pour ses lionceaux que la lionne
déploie tant de courage et d'amour maternel.

62. *Le Tigre.*

Dans la classe des animaux carnassiers, le lion est le premier, le tigre le second ; et comme le premier, même dans un mauvais genre, est toujours le plus grand et souvent le meilleur, le second est ordinairement le plus méchant de tous. A la fierté, au courage, à la force, le lion joint la noblesse, la clémence, la magnanimité ; tandis que le tigre est bassement féroce, cruel sans justice [1], c'est-à-dire sans nécessité. Il en est de même dans tout ordre de choses où les rangs sont donnés par la force : le premier, qui peut, est moins tyran que l'autre, qui, ne pouvant jouir de la puissance plénière [2], s'en venge en abusant du pouvoir qu'il a pu s'arroger. Aussi le tigre est-il plus à craindre que le lion : celui-ci souvent oublie qu'il est le roi, c'est-à-dire le plus fort de tous les animaux : marchant d'un pas tranquille, il n'attaque jamais l'homme, à moins qu'il ne soit provoqué ; il ne précipite ses pas, il ne court, il ne chasse que quand la faim le presse. Le tigre, au contraire, quoique rassasié de chair, semble toujours être altéré de sang [3] ; sa fureur n'a d'autres intervalles que ceux du temps qu'il faut pour dresser des embûches ; il saisit et déchire une nouvelle proie avec la même rage qu'il vient d'exercer, et non pas d'assouvir [4], en dévorant la première ; il désole le pays qu'il habite, il ne craint ni l'aspect ni les armes de l'homme ; il egorge, il dévaste les troupeaux d'animaux domestiques, met à mort toutes les bêtes sauvages, attaque les petits éléphants, les jeunes rhinocéros, et quelquefois même ose braver le lion.

La forme du corps est ordinairement d'accord avec le naturel. Le lion a l'air noble ; la hauteur de ses jambes est proportionnée à la longueur de son corps ; l'épaisse et grande

1. Idée profonde et expression non moins neuve et hardie. Buffon l'explique en disant : *c'est-à-dire sans nécessité.* La société est quelquefois cruelle envers les criminels, mais elle l'est avec justice.
2. Voy. note 3 de la p. 106.
3. Antithèse énergique.
4. Autre antithèse non moins belle.

crinière qui couvre ses épaules et ombrage [1] sa face, son regard assuré, sa démarche grave, tout semble annoncer sa
fière et majestueuse intrépidité. Le tigre, trop long de corps,
trop bas sur ses jambes, la tête nue, les yeux hagards, la
langue couleur de sang, toujours hors de la gueule, n'a que
les caractères de la basse méchanceté et de l'insatiable cruauté;
il n'a pour tout instinct qu'une rage constante, une fureur
aveugle qui ne connaît, qui ne distingue rien, et qui lui fait
souvent dévorer ses propres enfants, et déchirer leur mère
lorsqu'elle veut les défendre. Que ne l'eût-il [2] à l'excès cette
soif de son sang! ne pût-il [3] l'éteindre [4] qu'en détruisant dès
leur naissance la race entière des monstres qu'il produit!

Le tigre est peut-être le seul de tous les animaux dont on
ne puisse fléchir [5] le naturel : ni la force, ni la contrainte, ni
la violence [6], ne peuvent le dompter. Il s'irrite des bons comme
des mauvais traitements; la douce habitude, qui peut tout,
ne peut rien sur cette nature de fer [7]; le temps, loin de
l'amollir [8] en tempérant les humeurs [9] féroces, ne fait qu'aigrir
le fiel [10] de sa rage; il déchire la main qui le nourrit comme
celle qui le frappe; il rugit à la vue de tout être vivant;
chaque objet lui paraît une nouvelle proie, qu'il dévore
d'avance de ses regards [11] avides, qu'il menace par des frémis-
sements affreux mêlés d'un grincement de dents, et vers
laquelle il s'élance souvent, malgré les chaînes et les grilles
qui brisent sa fureur [12] sans pouvoir la calmer.

1. Expression pleine de majesté, et qui convient parfaitement
au lion.
2. Beau et éloquent mouvement de style.
3. Ellipse énergique pour : *Plût au ciel qu'il ne pût...*
4. Métaphore.
5. Expression métaphorique.
6. Heureuse gradation ascendante.
7. Métaphore hardie.
8. Expression figurée.
9. Pluriel moins usité que le singulier.
10. Métaphore préparée par ce qui précède.
11. *Dévore... de ses regards*, belle alliance de mots, rendue plus
belle encore par l'adjonction de l'épithète *avides*.
12. Métaphore énergique.

63. *La panthère.*

La panthère a l'air féroce, l'œil inquiet[1], le regard cruel, les mouvements brusques, et le cri semblable à celui d'un dogue en colère; elle a même la voix plus forte et plus rauque que le chien irrité. Elle a la langue rude et très-rouge, les dents fortes et pointues, les ongles aigus et durs; la peau belle, d'un fauve plus ou moins foncé, semée de taches noires arrondies en anneaux ou réunies en forme de roses; le poil court; la queue marquée de grandes taches noires au-dessus, et d'anneaux noirs et blancs vers l'extrémité.

La panthère est de la taille et de la tournure d'un dogue de forte race, mais moins haute de jambes. On la dompte plutôt qu'on ne l'apprivoise; jamais elle ne perd en entier son caractère féroce; et lorsqu'on veut s'en servir pour la chasse, il faut beaucoup de soins pour la dresser, et encore plus de précautions pour la conduire et l'exercer. On la mène sur une charrette, enfermée dans une cage dont on lui ouvre la porte lorsque le gibier paraît : elle s'élance vers la bête, l'atteint ordinairement en trois ou quatre sauts, la terrasse et l'étrangle; mais si elle manque son coup, elle devient furieuse, et se jette quelquefois sur son maître, qui d'ordinaire prévient ce danger en portant avec lui des morceaux de viande ou des animaux vivants, comme des agneaux, des chevreaux, dont il lui en[2] jette un pour calmer sa fureur.

Ces animaux en général se plaisent dans les forêts touffues, et fréquentent souvent les bords des fleuves et les environs des habitations isolées, où ils cherchent à surprendre les animaux domestiques et les bêtes sauvages qui viennent chercher les eaux. Ils se jettent rarement sur les hommes, quand même ils seraient provoqués. Ils grimpent aisément sur les arbres, où ils suivent les chats sauvages et les autres animaux qui ne peuvent leur échapper. Quoiqu'ils ne vivent que de proie et qu'ils soient ordinairement fort maigres, les voyageurs prétendent que leur chair n'est pas

1. C'est-à-dire toujours en mouvement.
2. *En* est pléonastique; *dont* suffisait.

mauvaise à manger; les Indiens et les Nègres la trouvent bonne : mais il est vrai qu'ils trouvent celle du chien encore meilleure, et qu'ils s'en régalent comme si c'était un mets délicieux. A l'égard de leurs peaux, elles sont précieuses et font de très-belles fourrures.

64. L'ours.

L'ours est non-seulement sauvage, mais solitaire[1]; il fuit par instinct toute société, il s'éloigne des lieux où les hommes ont accès, il ne se trouve à son aise que dans les endroits qui appartiennent encore à la vieille nature. Une caverne antique dans des rochers inaccessibles, une grotte formée par le temps dans le tronc d'un vieux arbre, au milieu d'une épaisse forêt, lui servent de domicile; il s'y retire seul, y passe une partie de l'hiver sans provisions, sans en sortir pendant plusieurs semaines. Cependant il n'est point engourdi ni privé de sentiment, comme le loir ou la marmotte; mais comme il est naturellement gras, et qu'il l'est excessivement sur la fin de l'automne, temps auquel il se récèle[2], cette abondance de graisse lui fait supporter l'abstinence, et il ne sort de sa bauge que lorsqu'il se sent affamé.

La voix de l'ours est un grondement, un gros murmure, souvent mêlé d'un frémissement de dents qu'il fait surtout entendre lorsqu'on l'irrite. Il est très-susceptible de colère, et sa colère tient toujours de la fureur, et souvent du caprice. Quoiqu'il paraisse doux pour son maître, et même obéissant lorsqu'il est apprivoisé, il faut toujours s'en défier et le traiter avec circonspection, surtout ne le pas frapper au bout du nez. On lui apprend à se tenir debout, à gesticuler, à danser; il semble même écouter le son des instruments, et suivre grossièrement la mesure; mais, pour lui donner cette espèce d'éducation, il faut le prendre jeune, et le contraindre pendant toute sa vie; l'ours qui a de l'âge ne s'apprivoise ni ne se contraint plus; il est naturellement intrépide,

1. Il y a une différence marquée entre *sauvage* et *solitaire* : le premier fuit les étrangers, le second fuit même les siens.
2. Expression singulière pour signifier *se cacher*.

ou tout au moins indifférent au danger. L'ours sauvage ne se détourne pas de son chemin, ne fuit pas à l'aspect de l'homme; cependant on prétend que par un coup de sifflet on le surprend, on l'étonne au point qu'il s'arrête et se lève sur les pieds de derrière. C'est le temps qu'il faut prendre pour le tirer et tâcher de le tuer; car, s'il n'est que blessé, il vient de furie se jeter sur le tireur, et, l'embrassant des pattes de devant, il l'étoufferait s'il[1] n'était secouru.

65. *Le sanglier.*

Ces animaux sont singuliers[2] : l'espèce en est, pour ainsi dire unique, elle est isolée; elle semble exister plus solitairement qu'aucune autre; elle n'est voisine[3] d'aucune espèce qu'on puisse regarder comme principale ni comme accessoire, telle que l'espèce du cheval relativement à celle de l'âne ou l'espèce de la chèvre relativement à la brebis; elle n'est pas sujette à une grande variété de races comme celle du chien; elle participe de plusieurs espèces, et cependant elle diffère essentiellement de toutes. Ces animaux n'affectent[4] donc point de climat particulier; seulement il paraît que dans les pays froids le sanglier, en devenant animal domestique, a plus dégénéré que dans les pays chauds.

On appelle, en termes de chasse, *bêtes de compagnie* les sangliers qui n'ont pas passé trois ans, parce que jusqu'à cet âge ils ne se séparent pas les uns des autres, et qu'ils suivent tous leur mère commune : ils ne vont seuls que quand ils sont assez forts pour ne plus craindre les loups. Ces animaux forment donc d'eux-mêmes des espèces de troupes, et c'est de là que dépend leur sûreté : lorsqu'ils sont attaqués, ils résistent par le nombre, ils se secourent, se défendent; les plus gros font face en se pressant en rond les uns contre les autres, et en mettant les plus petits au centre.

1. Dans ces deux *il*, l'un se rapporte à *l'ours*, et l'autre au *tireur*, ce qui est amphibologique et fautif.
2. C'est-à-dire, comme il est dit plus loin, d'une espèce particulière, isolée.
3. C'est-à-dire rapprochée par les caractères, et non par les lieux. C'est une catachrèse.
4. C'est-à-dire ne demandent pas, n'exigent pas.

On chasse le sanglier à force ouverte[1], avec des chiens, ou bien on le tue par surprise pendant la nuit au clair de la lune. Comme il ne fuit que lentement, qu'il laisse une odeur très-forte, qu'il se défend contre les chiens et les blesse toujours dangereusement, il ne faut pas le chasser avec les bons chiens courants destinés pour le cerf et le chevreuil; cette chasse leur gâterait le nez et les accoutumerait à aller lentement : des mâtins un peu dressés suffisent pour la chasse du sanglier. Il ne faut attaquer que les plus vieux; on les connaît aisément aux traces. Un jeune sanglier de trois ans est difficile à forcer, parce qu'il court très-loin sans s'arrêter, au lieu qu'un sanglier plus âgé ne fuit pas loin, se laisse chasser de près, n'a pas grand'peur des chiens, s'arrête souvent pour leur faire tête[2]. Le jour, il reste ordinairement dans sa bauge, au plus épais et dans le plus fort[3] du bois; le soir, à la nuit, il en sort pour chercher sa nourriture : en été, lorsque les grains sont mûrs, il est assez facile de le surprendre dans les blés et dans les avoines, où il fréquente[4] toutes les nuits. Au reste, il n'y a que la hure qui soit bonne dans un vieux sanglier.

---

66. *Le loup.*

Le loup est l'un de ces animaux dont l'appétit pour la chair est le plus véhément; et, quoique avec ce goût il ait reçu de la nature les moyens de le satisfaire, qu'elle lui ait donné des armes[5], de la ruse, de l'agilité, de la force, tout ce qui est nécessaire en un mot pour trouver, attaquer, vaincre, saisir et dévorer[6] sa proie, cependant il meurt souvent de faim, parce que l'homme, lui ayant déclaré la guerre, l'ayant même proscrit en mettant sa tête à prix, le force à fuir, à demeurer dans les bois, où il ne trouve que quelques animaux sauvages, qui lui échappent par la vitesse de leur

1. Métaphore usuelle.
2. Plus ordinairement *tenir tête.*
3. C'est-à-dire le plus fourré. C'est une catachrèse.
4. Latinisme signifiant *où il se rend et séjourne*
5. Catachrèse.
6. Belle gradation.

course, et qu'il ne peut surprendre que par hasard ou par patience, en les attendant longtemps, et souvent en vain, dans les endroits où ils doivent passer. Il est naturellement grossier et poltron, mais il devient ingénieux par besoin, et hardi par nécessité[1]. Pressé par la famine, il brave le danger, vient attaquer les animaux qui sont sous la garde de l'homme, ceux surtout qu'il peut emporter aisément, comme les agneaux, les petits chiens, les chevreaux; et lorsque cette maraude[2] lui réussit, il revient souvent à la charge, jusqu'à ce qu'ayant été blessé ou chassé, et maltraité par les hommes et les chiens, il se recèle[3] pendant le jour dans son fort, n'en sort que la nuit, parcourt la campagne, rôde autour des habitations, ravit les animaux abandonnés, vient attaquer les bergeries, gratte et creuse la terre sous les portes, entre furieux, met tout à mort avant de choisir et d'emporter sa proie. Lorsque ces courses ne lui produisent rien, il retourne au fond des bois, se met en quête, cherche, suit à la piste, chasse, poursuit les animaux sauvages, dans l'espérance qu'un autre loup pourra les arrêter, les saisir dans leur fuite, et qu'ils en partageront la dépouille. Enfin, lorsque le besoin est extrême, il s'expose à tout, attaque les femmes et les enfants, se jette même quelquefois sur les hommes, devient furieux par ces excès, qui finissent ordinairement par la rage et la mort[4].

Le loup, tant à l'extérieur qu'à l'intérieur, ressemble si fort au chien, qu'il paraît être modelé sur la même forme; cependant il n'offre tout au plus que le revers de l'empreinte[5], et ne présente les mêmes caractères que sous une face[6] entièrement opposée. Si la forme est semblable, ce qui en résulte est bien contraire : le naturel est si différent, que non-seulement ils sont incompatibles, mais antipathiques par nature, ennemis par instinct. Un jeune chien frissonne au premier aspect du loup; il fuit à l'odeur seule, qui, quoique nouvelle, inconnue, lui répugne si fort, qu'il vient en

1. Bonne antithèse, comme *ingénieux par besoin*.
2. Se dit surtout des soldats qui vont butiner de côté et d'autre, sans toutefois employer de violence.
3. Voyez note 2 de la page 130.
4. Tout ce tableau est plein de rapidité, de couleur et d'énergie.
5. Expression métaphorique.
6. Suite un peu forcée de la même métaphore.

tremblant se ranger entre les jambes de son maître. Un
mâtin qui connaît ses forces se hérisse, s'indigne, l'attaque
avec courage, tâche de le mettre en fuite, et fait tous ses
efforts pour se délivrer d'une présence qui lui est odieuse;
jamais ils ne se rencontrent sans se fuir ou sans combattre,
et combattre[1] à outrance jusqu'à ce que la mort suive. Si le
loup est le plus fort, il déchire, il dévore sa proie; le chien,
au contraire, plus généreux, se contente de la victoire, et
ne trouve pas que *le corps d'un ennemi mort sente bon*[2]: il
l'abandonne pour servir de pâture aux corbeaux et même
aux autres loups; car ils s'entre-dévorent, et lorsqu'un loup
est grièvement blessé, les autres le suivent au sang et s'at-
troupent pour l'achever.

Le chien, même sauvage, n'est pas d'un naturel farouche;
il s'apprivoise aisément, s'attache et demeure fidèle à son
maître. Le loup pris jeune se prive, mais ne s'attache point:
la nature est plus forte que l'éducation; il reprend avec l'âge
son caractère féroce, et retourne, dès qu'il le peut, à son
état sauvage. Les chiens, même les plus grossiers, cherchent la compagnie des autres animaux; ils sont naturellement portés à les suivre, à les accompagner, et c'est par instinct seul, et non par éducation, qu'ils savent conduire et
garder les troupeaux. Le loup est au contraire l'ennemi de
toute société; il ne fait pas même compagnie à ceux de son
espèce : lorsqu'on les voit plusieurs ensemble, ce n'est point
une société de paix[3], c'est un attroupement de guerre[4] qui se
fait à grand bruit avec des hurlements affreux, et qui dénote
un projet d'attaquer quelque gros animal, comme un cerf,
un bœuf, ou de se défaire de quelque redoutable mâtin. Dès
que leur expédition militaire est consommée, ils se séparent
et retournent en silence à leur solitude.

Le loup a beaucoup de force, surtout dans les parties antérieures du corps, dans les muscles du cou et de la mâchoire. Il porte avec sa gueule un mouton sans le laisser
toucher à terre, et court en même temps plus vite que les

1. Répétition rapide et énergique.
2. Allusion à une parole de l'empereur romain Vitellius, attri-
buée faussement à Charles IX.
3. Ellipse pleine de hardiesse.
4. *Attroupement de guerre....*, *attaquer....*, *expédition militaire*, métaphore ingénieuse et bien continuée.

bergers, en sorte qu'il n'y a que les chiens qui puissent l'atteindre et lui faire lâcher prise. Il mord cruellement, et toujours avec d'autant plus d'acharnement qu'on lui résiste moins ; car il prend des précautions avec les animaux qui peuvent se défendre : il craint pour lui, et ne se bat que par nécessité, et jamais par un mouvement[1] de courage. Lorsqu'on le tire et que la balle lui casse quelque membre, il crie ; et cependant, lorsqu'on l'achève à coups de bâton, il ne se plaint pas comme le chien. Il est plus dur, moins sensible, plus robuste : il marche, court, rôde des jours entiers et des nuits ; il est infatigable, et c'est peut-être de tous les animaux le plus difficile à forcer à la course. Le chien est doux et courageux ; le loup, quoique féroce, est timide. Lorsqu'il tombe dans un piége, il est si fort et si longtemps épouvanté, qu'on peut ou le tuer sans qu'il se défende, ou le prendre vivant sans qu'il résiste ; on peut lui mettre un collier, l'enchaîner, le museler, le conduire ensuite partout où l'on veut, sans qu'il ose donner le moindre signe de colère ou même de mécontentement. Le loup a les sens très-bons, l'œil, l'oreille, et surtout l'odorat : il sent souvent de plus loin qu'il ne voit ; l'odeur du carnage l'attire de plus d'une lieue ; il sent aussi de loin les animaux vivants, il les chasse même assez longtemps en les suivant aux portées[2]. Lorsqu'il veut sortir du bois, jamais il ne manque de prendre le vent[3] ; il s'arrête sur la lisière[4], évente[5] de tous côtés, et reçoit ainsi les émanations des corps morts ou vivants que le vent lui apporte de loin. Il préfère la chair vivante à la chair morte, et cependant il dévore les voiries les plus infectes. Il aime la chair humaine, et peut-être, s'il était le plus fort, n'en mangerait-il pas d'autre. On a vu des loups suivre les armées, arriver en nombre à des champs de bataille où l'on n'avait enterré que négligemment les corps, les découvrir, les dévorer avec une insatiable avidité ; et ces mêmes loups, accoutumés à la chair humaine, se jeter ensuite sur les hommes, attaquer le berger plutôt que le troupeau, dévorer des femmes, emporter des enfants, etc. L'on a appelé ces mau-

1. Expression métaphorique.
2. Traces laissées par l'animal dans les fourrés.
3. Expression métaphorique.
4. Métaphore.
5. C'est-à-dire cherche le vent et les émanations qu'il apporte.

vais loups *loups-garoux,* c'est-à-dire loups dont il faut se garer.

Désagréable en tout, la mine basse, l'aspect sauvage, la voix effrayante, l'odeur insupportable, le naturel pervers, les mœurs féroces, le loup est odieux, nuisible de son vivant, inutile après sa mort.

---

67. *Le renard.*

Le renard est fameux[1] par ses ruses, et mérite en partie sa réputation; ce que le loup ne fait que par la force, il le fait par adresse, et réussit plus souvent. Sans chercher à combattre les chiens ni les bergers, sans attaquer les troupeaux, sans traîner les cadavres, il est plus sûr de vivre[2]. Il emploie plus d'esprit que de mouvement; ses ressources semblent être en lui-même : ce sont, comme l'on sait, celles qui manquent le moins. Fin autant que circonspect, ingénieux et prudent même jusqu'à la patience, il varie sa conduite; il a des moyens de réserve qu'il sait n'employer qu'à propos. Il veille de près à sa conservation; quoique aussi infatigable et même plus léger que le loup, il ne se fie pas entièrement à la vitesse de sa course, il sait se mettre en sûreté en se pratiquant un asile où il se retire dans les dangers pressants, où il s'établit, où il élève ses petits : il n'est point animal vagabond, mais animal domicilié[3].

Cette différence, qui se fait sentir même parmi les hommes, a de bien plus grands effets et suppose de bien plus grandes causes parmi les animaux. L'idée seule du domicile présuppose une attention singulière sur soi-même; ensuite le choix du lieu, l'art de faire son manoir[4], de le rendre commode, d'en dérober l'entrée, sont autant d'indices d'un sentiment supérieur. Le renard en est doué, et tourne tout à son profit; il se loge au bord des bois, à portée des hameaux; il écoute le chant des coqs et le cri des

1. Surtout dans les fables.
2. Ellipse pour *trouver de quoi vivre.*
3. Pensée aussi ingénieuse que l'expression.
4. Expression plaisante, appliquée au terrier du renard, car *manoir* signifie petit château, ferme.

volailles; il les savoure[1] de loin, il prend habilement son temps, cache son dessein et sa marche[2], se glisse, se traîne, arrive et fait rarement des tentatives inutiles. S'il peut franchir les clôtures ou passer par-dessous, il ne perd pas un instant, il ravage la basse-cour, il y met tout à mort, se retire ensuite lestement en emportant sa proie, qu'il cache sous la mousse ou porte à son terrier; il revient quelques moments après en chercher une autre, qu'il emporte et cache de même, mais dans un autre endroit; ensuite une troisième, une quatrième, etc., jusqu'à ce que le jour, ou le mouvement dans la maison, l'avertisse qu'il faut se retirer et ne plus revenir. Il fait la même manœuvre dans les pipées et dans les boquetaux[3] où l'on prend les grives et les bécasses au lacet; il devance le pipeur, va de très-grand matin, et souvent plus d'une fois par jour, visiter les lacets, les gluaux, emporte successivement les oiseaux qui se sont empêtrés, les dépose tous en différents endroits, surtout au bord des chemins, dans les ornières, sous de la mousse, sous un genièvre, les y laisse quelquefois deux ou trois jours, et sait parfaitement les retrouver au besoin. Il chasse les jeunes levrauts en plaine, saisit quelquefois les lièvres au gîte, ne les manque jamais lorsqu'ils sont blessés, déterre[3] les lapereaux dans les garennes, découvre les nids de perdrix, de cailles, prend la mère sur les œufs, et détruit une quantité prodigieuse de gibier.

La chasse du renard demande moins d'appareil que celle du loup; elle est plus facile et plus amusante. Tous les chiens ont de la répugnance pour le loup; tous les chiens, au contraire, chassent le renard volontiers et même avec plaisir : car, quoiqu'il ait l'odeur très-forte, ils le préfèrent souvent au cerf, au chevreuil et au lièvre.

Le renard a les sens aussi bons que le loup, le sentiment plus fin, et l'organe de la voix plus souple et plus parfait. Le loup ne se fait entendre que par des hurlements affreux; le renard glapit, aboie et pousse un son triste, semblable au cri du paon; il a des tons différents selon les sentiments

1. Expression pleine de hardiesse.
2. Heureuse alliance de mots.
3. *Pipées....,* chasse aux oiseaux avec des gluaux; *boquetaux,* taillis.
4. *Découvre;* catachrèse.

différénts dont il est affecté : il a la voix de la chasse,
l'accent du désir, le son du murmure, le ton plaintif de la
tristesse, le cri de la douleur, qu'il ne fait jamais entendre
qu'au moment où il reçoit un coup de feu qui lui casse quelque membre ; car il ne crie point pour toute autre blessure,
et il se laisse tuer à coups de bâton comme le loup, sans se
plaindre, mais toujours en se défendant avec courage. Il
mord dangereusement, opiniâtrément, et l'on est obligé de
se servir d'un ferrement ou d'un bâton pour le faire dé-
mordre. Son glapissement est une espèce d'aboiement qui se
fait par des sons semblables et très-précipités. C'est ordinairement à la fin du glapissement qu'il donne un coup de
voix plus fort, plus élevé, et semblable au cri du paon. En
hiver, surtout pendant la neige et la gelée, il ne cesse de
donner de la voix, et il est au contraire presque muet en
été. C'est dans cette saison que son poil tombe et se renouvelle ; l'on fait peu de cas de la peau des jeunes renards, ou
des renards pris en été. La chair du renard est moins mauvaise que celle du loup ; les chiens et même les hommes en
mangent en automne, surtout lorsqu'il s'est nourri et en-
graissé de raisins, et sa peau d'hiver fait de bonnes fourrures. Il a le sommeil profond ; on l'approche aisément
sans l'éveiller. Lorsqu'il dort, il se met en rond comme les
chiens ; mais, lorsqu'il ne fait que se reposer, il étend les
jambes de derrière et demeure étendu sur le ventre : c'est
dans cette posture qu'il épie les oiseaux le long des haies.
Ils ont pour lui une si grande antipathie, que, dès qu'ils
l'aperçoivent, ils font un petit cri d'avertissement ; les geais,
les merles surtout, le conduisent du haut des arbres, répè-
tent souvent le petit cri d'avis, et le suivent quelquefois à
plus de deux ou trois cents pas[1].

68. *Le furet.*

Cet animal est naturellement ennemi mortel du lapin :
lorsqu'on présente un lapin, même mort, à un jeune furet
qui n'en a jamais vu, il se jette dessus et le mord avec

---

1. Il y a, dans cette fin de phrase, de l'obscurité et de l'embarras.

fureur; s'il est vivant, il le prend par le cou, par le nez, et lui suce le sang. Lorsqu'on le lâche dans les trous des lapins, on le musèle, afin qu'il ne les tue pas dans le fond du terrier, et qu'il les oblige seulement à sortir et à se jeter dans le filet dont on couvre l'entrée. Si on laisse aller le furet sans muselière, on court risque de le perdre, parce qu'après avoir sucé le sang du lapin, il s'endort, et la fumée qu'on fait dans le terrier n'est pas toujours un moyen sûr pour le ramener, parce que souvent il y a plusieurs issues, et qu'un terrier communique à d'autres, dans lesquels le furet s'engage à mesure que la fumée le gagne. Les enfants se servent aussi du furet pour dénicher les oiseaux; il entre aisément dans les trous des arbres et des murailles, et il les apporte au dehors.

69. *Le blaireau.*

Le blaireau est un animal paresseux, défiant, solitaire[1], qui se retire dans les lieux les plus écartés, dans les bois les plus sombres, et s'y creuse une demeure souterraine; il semble fuir la société, même la lumière, passe les trois quarts de sa vie dans ce séjour ténébreux dont il ne sort que pour chercher sa subsistance. Comme il a le corps allongé, les jambes courtes, les ongles, surtout ceux des pieds de devant, très-longs et très-fermes, il a plus de facilité qu'un autre pour ouvrir la terre, y fouiller, y pénétrer, et jeter derrière lui les déblais de son excavation, qu'il rend tortueuse, oblique, et qu'il pousse quelquefois fort loin. Le renard, qui n'a pas la même facilité pour creuser la terre, profite de ses travaux : ne pouvant le contraindre par la force, il l'oblige par adresse à quitter son domicile en l'inquiétant, en faisant sentinelle à l'entrée, en l'infectant même de ses ordures; ensuite il s'en empare, l'élargit, l'approprie et en fait son terrier. Le blaireau, forcé à changer de manoir[2], ne change pas de pays; il ne va qu'à quelque distance travailler sur nouveaux frais à se pratiquer un autre

1. Gradation du raisonnement.
2. Voyez note 4 de la page 136.

gîte, dont il ne sort que la nuit, dont il ne s'écarte guère, et où il revient dès qu'il sent quelque danger. Il n'a que ce moyen de se mettre en sûreté, car il ne peut échapper par la fuite : il a les jambes trop courtes pour pouvoir bien courir; les chiens l'atteiguent promptement lorsqu'ils le surprennent à quelque distance de son trou; cependant il est rare qu'ils l'arrêtent tout à fait et qu'ils en viennent à bout, à moins qu'on ne les aide. Le blaireau a le poil très-épais, les jambes, la mâchoire et les dents très-fortes, aussi bien que les ongles; il se sert de toute sa force, de toute sa résistance[1] et de toutes ses armes en se couchant sur le dos, et il fait aux chiens de profondes blessures. Il a d'ailleurs la vie très-dure; il combat longtemps, se défend courageusement et jusqu'à la dernière extrémité.

70. La fouine.

La fouine a la physionomie très-fine, l'œil vif, le saut léger, les membres souples, le corps flexible, tous les mouvements très-prestes; elle saute et bondit plutôt qu'elle ne marche; elle grimpe aisément contre les murailles qui ne sont pas bien enduites, entre dans les colombiers, les poulaillers, etc., mange les œufs, les pigeons, les poules, etc., en tue quelquefois un grand nombre et les porte à ses petits; elle prend aussi les souris, les rats, les taupes, les oiseaux dans leurs nids. Nous en avons élevé une que nous avons gardée longtemps : elle s'apprivoise à un certain point, mais elle ne s'attache pas, et demeure toujours assez sauvage pour qu'on soit obligé de la tenir enchaînée. Elle faisait la guerre aux chats; elle se jetait aussi sur les poules dès qu'elle se trouvait à portée. Elle s'échappait souvent, quoique attachée par le milieu du corps. Les premières fois elle ne s'éloignait guère, et revenait au bout de quelques heures, mais sans marquer de la joie, sans attachement pour personne; elle demandait cependant à manger comme le chat et le chien. Peu après, elle fit des absences plus longues, et

1. Expression hardie, amenée par celle qui précède et développée par celle qui suit.

enfin ne revint plus. Elle avait alors un an et demi, âge apparemment auquel la nature avait pris le dessus. Elle mangeait de tout ce qu'on lui donnait, à l'exception de la salade et des herbes ; elle aimait beaucoup le miel, et préférait le chènevis à toutes les autres graines. On a remarqué qu'elle buvait fréquemment, qu'elle dormait quelquefois deux jours de suite, et qu'elle était aussi quelquefois deux ou trois jours sans dormir ; qu'avant le sommeil elle se mettait en rond, cachait sa tête et l'enveloppait de sa queue ; que, tant qu'elle ne dormait pas, elle était dans un mouvement continuel si violent et si incommode, que, quand même elle ne se serait pas jetée sur les volailles, on aurait été obligé de l'attacher pour l'empêcher de tout briser.

---

71. *La belette.*

La belette ordinaire est aussi commune dans les pays tempérés et chauds qu'elle est rare dans les climats froids. Lorsqu'une belette peut entrer dans un poulailler, elle n'attaque pas les coqs ou les vieilles poules ; elle choisit les poulettes, les petits poussins, les tue par une seule blessure qu'elle leur fait à la tête, et ensuite les emporte tous les uns après les autres ; elle casse aussi les œufs, et les suce avec une incroyable avidité. En hiver, elle demeure ordinairement dans les greniers, dans les granges ; souvent même elle y reste au printemps pour y faire ses petits dans le foin ou la paille : pendant tout ce temps elle fait la guerre, avec plus de succès que le chat, aux rats et aux souris, parce qu'ils ne peuvent lui échapper et qu'elle entre après eux dans leurs trous ; elle grimpe aux colombiers, prend les pigeons, les moineaux, etc. En été, elle va à quelque distance des maisons, surtout dans les lieux bas, autour des moulins, le long des ruisseaux, des rivières, se cache dans les buissons pour attraper des oiseaux, et souvent s'établit dans le creux d'un vieux saule pour y faire ses petits ; elle leur prépare un lit avec de l'herbe, de la paille, des feuilles, des étoupes : elle met bas au printemps ; les portées sont quelquefois de trois et ordinairement de quatre ou cinq. Les petits naissent les yeux fermés, aussi bien que ceux de la fouine, etc. ; mais en peu de temps ils prennent assez d'accroissement et de force pour suivre leur mère à la chasse : elle attaque les couleuvres, les rats d'eau, les taupes, les mulots, etc., parcourt les prairies, dévore les cailles et leurs œufs. Elle ne marche jamais d'un pas égal ; elle ne va qu'en bondissant par petits sauts inégaux et précipités, et, lorsqu'elle veut monter sur un arbre, elle fait un bond par lequel elle s'élève tout d'un coup à plusieurs pieds de hauteur ; elle bondit de même lorsqu'elle veut attraper un oiseau.

Les phénomènes que nous présente la belette sont parfaitement expliqués. La belette a l'épine du dos très-flexible : elle se fourre dans des trous de sept lignes de largeur ; elle se plie et se replie en tous sens. Son poil, ou plutôt sa belle soie, est très-fine et très-souple. Une langue très-large pour le corps saisit[1] toutes les surfaces plates, saillantes et rentrantes : elle aime à lécher. Ses pattes sont larges et point raccornies, courtes : le sens du toucher étant ainsi répandu dans tout le corps de la bête, elle a appris à s'en servir ; ce qui motive le jugement que nous portons de son intelligence. Ce sens est, d'ailleurs, très-bien servi par ceux de l'odorat et de la vue.

72. La taupe.

La taupe, sans être aveugle, a les yeux si petits, si couverts, qu'elle ne peut faire grand usage du sens de la vue ; mais elle a le toucher délicat. Son poil est doux comme la soie. Elle a l'ouïe très-fine, et de petites mains à cinq doigts, bien différentes de l'extrémité des pieds des autres animaux, et presque semblables aux mains de l'homme : beaucoup de force pour le volume de son corps ; le cuir ferme, un embonpoint constant ; un attachement vif et réciproque du mâle et de la femelle, de la crainte ou du dégoût pour toute autre société, les douces habitudes du repos et de la solitude ; l'art de se mettre en sûreté, de se faire en un instant un asile, un domicile ; la facilité de l'étendre, et d'y trouver, sans en sortir, une abondante subsistance. Voilà sa nature,

1. Expression métaphorique.

ses mœurs et ses talents, sans doute préférables à des qualités plus brillantes et plus incompatibles avec le bonheur que l'obscurité la plus profonde[1].

Elle ferme l'entrée de sa retraite, n'en sort presque jamais qu'elle n'y soit forcée par l'abondance des pluies d'été, lorsque l'eau la remplit, ou lorsque le pied du jardinier en affaisse le dôme[2]. Elle se pratique une voûte en rond dans les prairies, et assez ordinairement un boyau long dans les jardins, parce qu'il y a plus de facilité à diviser et à soulever une terre meuble[3] et cultivée qu'un gazon ferme et tissu de racines. Elle ne demeure ni dans la fange ni dans les terrains durs, trop compactes ou trop pierreux; il lui faut une terre douce, fournie de racines succulentes, et surtout bien peuplée d'insectes et de vers, dont elle fait sa principale nourriture.

Comme les taupes ne sortent que rarement de leur domicile souterrain, elles ont peu d'ennemis[4] et échappent aisément aux animaux carnassiers. Leur plus grand fléau est le débordement des rivières : on les voit, dans les inondations, fuir en nombre à la nage, et faire tous leurs efforts pour gagner les terres plus élevées; mais la plupart périssent.

---

73. *Le hérisson.*

Le renard sait beaucoup de choses, le hérisson n'en sait qu'une grande, disaient proverbialement les anciens : il sait se défendre sans combattre, et blesser sans attaquer[5]. N'ayant que peu de force, et nulle agilité pour fuir, il a reçu de la nature une armure épineuse, avec la facilité de se resserrer en boule et de présenter de tous côtés des armes défensives, poignantes[6], et qui rebutent ses ennemis : plus ils le tour-

1. Voyez comment Buffon relève tous ces détails par des réflexions morales.
2. Expression un peu recherchée.
3. Facile à remuer, du latin *mobilis*.
4. Parmi les animaux; car les hommes lui font une chasse continuelle.
5. Antithèses répétées.
6. C'est-à-dire formées en pointes.

mentent, plus il se hérisse et se resserre. Il se défend encore par l'effet même de la peur : il lâche son urine, dont
l'odeur et l'humidité, se répandant sur tout son corps,
achèvent de les dégoûter. Aussi la plupart des chiens se
contentent de l'aboyer, et ne se soucient pas de le saisir ;
cependant il y en a quelques-uns qui trouvent moyen, comme
le renard, d'en venir à bout en se piquant les pieds et se
mettant la gueule en sang ; mais il ne craint ni la fouine,
ni le furet, ni la belette, ni les oiseaux de proie.

74. *La chauve-souris.*

Quoique tout soit également parfait en soi, puisque tout
est sorti des mains du Créateur, il est cependant, relativement
à nous, des êtres accomplis, et d'autres qui semblent être
imparfaits ou difformes. Les premiers sont ceux dont la
figure nous paraît agréable et complète, parce que toutes
les parties sont bien ensemble, que le corps et les membres
sont proportionnés, les mouvements assortis, toutes les
fonctions faciles et naturelles. Les autres, qui nous paraissent hideux, sont ceux dont les qualités nous sont nuisibles[1], ceux dont la nature s'éloigne de la nature commune[2],
et dont la forme est trop différente des formes ordinaires
desquelles nous avons reçu les premières sensations et tiré
les idées qui nous servent de modèles pour juger. Une tête
humaine sur un cou de cheval[3], le corps couvert de plumes et terminé par une queue de poisson, n'offrent un
tableau d'une énorme difformité que parce qu'on y réunit
ce que la nature a de plus éloigné. Un animal qui, comme
la chauve-souris, est à demi quadrupède, à demi volatile, et
qui n'est en tout ni l'un ni l'autre, est pour ainsi dire un être

1. Ou plutôt antipathiques.
2. Expression peu claire et peu juste, pour dire : qui tient de
diverses natures.
3. Allusion au début de l'*Art poétique* d'Horace :

> Humano capiti cervicem pictor equinam
> Jungere si velit, et varias inducere plumas.

monstre, en ce que, réunissant les attributs de deux genres si différents, il ne ressemble à aucun des modèles que nous offrent les grandes classes de la nature. Il n'est qu'imparfaitement quadrupède, et il est encore plus imparfaitement oiseau. Un quadrupède doit avoir quatre pieds; un oiseau a des plumes et des ailes. Dans la chauve-souris, les pieds de devant ne sont ni des pieds ni des ailes, quoiqu'elle s'en serve pour voler, et qu'elle puisse aussi s'en servir pour se traîner : ce sont en effet des extrémités difformes, dont les os sont monstrueusement allongés et réunis par une membrane qui n'est couverte ni de plumes, ni même de poils comme le reste du corps ; ce sont des espèces d'ailerons, ou, si l'on veut, des pattes ailées où l'on ne voit que l'ongle d'un pouce court, et dont les quatre autres doigts, très-longs, ne peuvent agir qu'ensemble et n'ont point de mouvements propres ni de fonctions séparées ; ce sont des espèces de mains dix fois plus grandes que les pieds, et en tout quatre fois plus longues que le corps entier de l'animal : ce sont, en un mot, des parties qui ont plutôt l'air d'un caprice que d'une production régulière.

75. *Les oiseaux.*

Les oiseaux sont de tous les êtres de la nature les plus indépendants et les plus fiers de leur liberté, parce qu'elle est plus entière et plus étendue que celle de tous les autres animaux ; comme il ne faut qu'un instant à l'oiseau pour franchir tout obstacle et s'élever au-dessus de ses ennemis, qu'il leur est supérieur par la vitesse du mouvement, et par l'avantage de sa position dans un élément où ils ne peuvent atteindre, il voit tous les animaux terrestres comme des êtres lourds et rampants attachés à la terre[1] ; il n'aurait même nulle crainte de l'homme si la balle et la flèche ne lui avaient appris que, sans sortir de sa place, il peut atteindre, frapper et porter la mort au loin. La nature, en donnant des ailes aux oiseaux, leur a départi les attributs de l'indépendance et les instruments de la haute[2] liberté : aussi n'ont-ils de patrie que le ciel qui leur convient ; ils en prévoient les vicissitudes et changent de climat en devançant les saisons ; ils ne s'y établissent qu'après en avoir pressenti la température ; la plupart n'arrivent que quand la douce haleine du printemps a tapissé[3] les forêts de verdure ; quand elle fait éclore les germes qui doivent les nourrir ; quand ils peuvent s'établir, se gîter, se cacher sous l'ombrage ; quand enfin, la nature vivifiant les puissances de l'amour, le ciel et la terre semblent réunir leurs bienfaits pour combler leur bonheur. Cependant cette saison de plaisir devient bientôt un temps d'inquiétude : tout à l'heure ils auront à craindre ces mêmes ennemis au-dessus desquels ils planaient avec mépris[4] ; le chat sauvage, la marte, la belette, chercheront à dévorer ce qu'ils ont de plus cher ; la couleuvre rampante[5] gravira pour avaler leurs

1. On a justement comparé ce passage à ces vers de Racine :
   Il (Dieu) voit comme un néant tout l'univers ensemble,
   Et les faibles mortels, vains jouets du trépas,
   Sont tous devant ses yeux comme s'ils n'étaient pas.
2. Dans le sens d'*entière*, *absolue*.
3. Expression métaphorique.
4. Antithèse bien sentie.
5. Épithète poétique.

œufs et détruire leur progéniture : quelque élevé, quelque caché que puisse être leur nid, ils sauront le découvrir, l'atteindre, le dévaster ; et les enfants, cette aimable portion du genre humain, mais toujours malfaisante par désœuvrement[1], violeront sans raison ces dépôts sacrés du produit de l'amour[2] : souvent la tendre mère se sacrifie dans l'espérance de sauver ses petits, elle se laisse prendre plutôt que de les abandonner.

Le coup d'œil que nous venons de jeter rapidement sur les facultés des oiseaux suffit pour nous démontrer que, dans la chaîne[3] du grand ordre des êtres, ils doivent être après l'homme placés au premier rang. La nature a rassemblé, concentré dans le petit volume de leur corps plus de force qu'elle n'en a départi aux grandes masses des animaux les plus puissants : elle leur a donné plus de légèreté sans rien ôter à la solidité de leur organisation ; elle leur a cédé un empire plus étendu sur les habitants de l'air, de la terre et des eaux ; elle leur a livré les pouvoirs d'une domination exclusive[4] sur le genre entier des insectes, qui ne semblent tenir d'elle leur existence que pour maintenir et fortifier celle de leurs destructeurs auxquels ils servent de pâture ; ils dominent de même sur les reptiles, dont ils purgent la terre sans redouter leur venin, sur les poissons, qu'ils enlèvent hors de leur élément pour les dévorer, enfin sur les animaux quadrupèdes, dont ils font également des victimes[5] : on a vu la buse assaillir le renard, le faucon arrêter la gazelle, l'aigle enlever la brebis, attaquer le chien comme le lièvre, les mettre à mort et les emporter dans son aire ; et si nous ajoutons à toutes ces prééminences de force et de vitesse celles qui rapprochent les oiseaux de la nature de l'homme, la marche à deux pieds, l'imitation de la parole, la mémoire musicale, nous les verrons plus près de nous que leur forme extérieure ne paraît l'indiquer ; en même temps que, par la prérogative unique de l'attribut des ailes et par la prééminence du vol sur la

1. La Fontaine a dit : « Cet âge est sans pitié. »
2. Phrase élégante et poétique.
3. Métaphore.
4. Périphrase longue et d'ailleurs superflue.
5. Pompeux et cependant faible.

course, nous reconnaîtrons leur supériorité sur tous les animaux terrestres.

⸺◦◦◦⸺

76. *Habitudes des oiseaux.*

Le genre de vie, les habitudes et les mœurs dans les animaux ne sont pas aussi libres qu'on pourrait l'imaginer : leur conduite n'est pas le produit d'une pure liberté de volonté, ni même un résultat de choix, mais un effet nécessaire qui dérive de la conformation, de l'organisation, et de l'exercice de leurs facultés physiques. Déterminés et fixés chacun à la manière de vivre que cette nécessité leur impose et prescrit, nul ne cherche à l'enfreindre, ne peut s'en écarter : c'est par cette nécessité, tout aussi variée que leurs formes, que se sont trouvés peuplés tous les districts[1] de la nature. L'aigle ne quitte point ses rochers, ni le héron ses rivages : l'un fond du haut des airs sur l'agneau, qu'il enlève ou déchire par le seul droit que lui donne la force de ses armes, et par l'usage qu'il fait de ses serres cruelles ; l'autre, le pied dans la fange, attend, à l'ordre du besoin, le passage de la proie fugitive. Le pic n'abandonne jamais la tige des arbres, alentour[2] de laquelle il lui est ordonné de ramper ; la barge doit rester dans ses marais, l'alouette dans ses sillons, la fauvette dans ses bocages ; et ne voyons-nous pas tous les oiseaux granivores chercher les pays habités et suivre nos cultures, tandis que ceux qui préfèrent à nos grains les fruits sauvages et les baies, constants à nous fuir, ne quittent pas les bois et les lieux escarpés des montagnes, où ils vivent loin de nous et seuls avec la nature[3], qui d'avance leur a dicté ses lois et donné les moyens de les exécuter ? Elle retient la gélinote sous l'ombre épaisse des sapins, le merle solitaire sur son rocher, le loriot dans les forêts dont il fait retentir les échos ; tandis que l'outarde va chercher les friches arides, et le râle les humides prairies. Ces lois de la nature sont des décrets éternels, immuables, aussi constants que la

1. Expression empruntée à la géographie.
2. *Alentour* ne s'emploie pas avec un régime ; il faut *autour de.*
3. Expression heureuse et pleine de poésie.

forme des êtres ; ce sont ses grandes et vraies propriétés[1],
qu'elle n'abandonne ni ne nous cède jamais, même dans
les choses que nous croyons nous être appropriées; car, de
quelque manière que nous les ayons acquises, elles ne restent
pas moins sous son empire : et n'est-ce pas pour le démontrer qu'elle nous a chargés de loger des hôtes importuns et
nuisibles, les rats dans nos maisons, l'hirondelle sous nos
fenêtres, le moineau sur nos toits? Et lorsqu'elle amène la
cigogne au haut de nos vieilles tours en ruine, où s'est déjà
cachée la triste famille des oiseaux de nuit, ne semble-t-elle
pas se hâter de reprendre sur nous des possessions usurpées
pour un temps, mais qu'elle a chargé la main sûre des siècles[2]
de lui rendre?

Ainsi les espèces nombreuses et diverses des oiseaux,
portées par leur instinct et fixées par leurs besoins dans les
différents districts de la nature, se partagent pour ainsi dire
les airs, la terre et les eaux ; chacun y tient sa place et y
jouit de son petit domaine et des moyens de subsistance que
l'étendue ou le défaut de ses facultés restreint ou multiplie.
Et comme tous les degrés de l'échelle[3] des êtres, tous les
points[4] de l'existence possible doivent être remplis, quelques
espèces, bornées à une seule manière de vivre, réduites à
un seul moyen de subsister, ne peuvent varier l'usage des
instruments[5] imparfaits qu'elles tiennent de la nature. C'est
ainsi que les cuillers[6] arrondies du bec de la spatule paraissent uniquement propres à ramasser les coquillages; que la
petite lanière flexible et l'arc[7] rebroussé du bec de l'avocette
la réduisent à vivre d'un aliment aussi mou que le frai des
poissons; que l'huîtrier n'a son bec en hache que pour ouvrir les écailles d'entre lesquelles il tire sa pâture, et que le
bec-croisé pourrait à peine se servir de sa pince brisée, s'il
ne savait l'appliquer pour soulever l'enveloppe en écaille qui
recèle la graine des sapins ; enfin que l'oiseau nommé bec-
en-ciseaux ne peut ni mordre de côté, ni ramasser devant

1. Métaphore neuve.
2. Métaphore noble et poétique.
3. Expression métaphorique.
4. *Degrés...., points*, gradation descendante
5. Métaphore.
6. Catachrèse.
7. *Lanière et arc*, catachrèses.

soi, ni becqueter en avant, son bec étant composé de deux pièces excessivement inégales, dont la mandibule inférieure, allongée et avancée hors de toute proportion, dépasse de beaucoup la supérieure, qui ne fait que tomber sur celle-ci comme un rasoir sur son manche.

L'instinct social n'est pas donné à toutes les espèces d'oiseaux; mais dans celles où il se manifeste, il est plus grand, plus décidé que dans les autres animaux. Non-seulement leurs attroupements sont plus nombreux et leur réunion plus constante que celle des quadrupèdes, mais il semble que ce n'est qu'aux oiseaux seuls qu'appartient cette communauté de goûts, de projets, de plaisirs, et cette union de volontés, qui fait le lien de l'attachement mutuel et le motif de la liaison générale. Cette supériorité d'instinct social dans les oiseaux suppose d'abord une nombreuse multiplication, et vient ensuite de ce qu'ils ont plus de moyens et de facilités de se rapprocher, de se rejoindre, de demeurer et voyager ensemble, ce qui les met à portée de s'entendre et de se communiquer assez d'intelligence pour connaître les premières lois de la société, qui, dans toute espèce d'êtres, ne peut s'établir que sur un plan dirigé par des vues concertées. C'est cette intelligence qui produit entre les individus l'affection, la confiance, et les douces habitudes de l'union, de la paix, et de tous les biens qu'elle procure. En effet, si nous considérons les sociétés libres et forcées des animaux quadrupèdes, soit qu'ils se réunissent furtivement et à l'écart dans l'état sauvage, soit qu'ils se trouvent rassemblés avec indifférence ou regret sous l'empire de l'homme, et attroupés en domestiques ou en esclaves[1], nous ne pourrons les comparer aux grandes sociétés des oiseaux, formées par pur instinct, entretenues par goût, par affection, sous les auspices[2] de la pleine liberté. Nous avons vu les pigeons chérir leur commun domicile, et s'y plaire d'autant plus qu'ils y sont plus nombreux; nous voyons les cailles se rassembler, se reconnaître, donner et suivre l'avis général du départ; nous savons que les oiseaux gallinacés ont, même dans l'état sauvage, des habitudes sociales que la domesticité n'a fait

---

1. Mots qui forment une heureuse symétrie avec *indifférence* et *regret*.
2. Expression pleine de noblesse.

que seconder sans contraindre leur nature; enfin nous
voyons tous les oiseaux qui sont écartés dans les bois, ou
dispersés dans les champs, s'attrouper à l'arrière-saison, et,
après avoir égayé[1] de leurs jeux les derniers beaux jours de
l'automne, partir de concert pour aller chercher ensemble
des climats plus heureux et des hivers tempérés. Et tout
cela s'exécute indépendamment de l'homme, quoique alentour[2] de lui, et sans qu'il y puisse mettre obstacle : au lieu
qu'il anéantit ou contraint toute société, toute volonté commune dans les animaux quadrupèdes. En les désunissant, il
les a dispersés : la marmotte, sociale par instinct, se trouve
reléguée solitaire à la cime des montagnes; le castor, encore
plus aimant, plus uni et presque policé, a été repoussé dans
le fond des déserts. L'homme a détruit ou prévenu toute société entre les animaux; il a éteint[3] celle du cheval, en soumettant l'espèce entière au frein; il a gêné celle même de
l'éléphant, malgré la puissance et la force de ce géant des
animaux. Les oiseaux seuls ont échappé à la domination du
tyran[4]; il n'a rien pu sur leur société, qui est aussi libre que
l'empire de l'air[5] : toutes ses atteintes ne peuvent porter que
sur la vie des individus; il en diminue le nombre; mais l'espèce ne souffre que cet échec, et ne perd ni la liberté, ni
son instinct, ni ses mœurs. Il y a même des oiseaux que
nous ne connaissons que par les effets de cet instinct social,
et que nous ne voyons que dans les moments de l'attroupement général et de leur réunion en grande compagnie : telle
est, en général, la société de la plupart des espèces d'oiseaux
d'eau[6].

77. L'autruche.

L'autruche passe pour être le plus grand des oiseaux;
mais elle est privée, par sa grandeur même, de la principale

1. *Égayé les derniers beaux jours*, tableau gracieux.
2. Voyez note 2 de la page 148.
3. Expression métaphorique.
4. Expression énergique signifiant : *le tyran universel*.
5. Expression pompeuse.
6. *Oiseaux d'eau* est dur; Buffon pouvait dire : *aquatiques*.

prérogative des oiseaux, je veux dire la puissance de voler.
Elle n'a pas, comme la plupart des autres oiseaux, des
plumes de plusieurs sortes : les unes lanugineuses et duve-
tées, qui sont immédiatement sur la peau; les autres d'une
consistance plus ferme et plus serrée, qui recouvrent les
premières; et d'autres, encore plus fortes et plus longues,
qui servent au mouvement et répondent à ce qu'on appelle
les œuvres vives[1] dans un vaisseau : toutes les plumes de l'autruche sont de la même espèce; toutes ont pour barbes des
filets détachés, sans consistance, sans adhérence réciproque;
en un mot, toutes sont inutiles pour voler ou pour diriger
le vol. Aussi l'autruche est attachée à la terre comme par
une double chaîne[2], son excessive pesanteur et la conformation de ses ailes; et elle est condamnée à en parcourir laborieusement la surface, comme les quadrupèdes, sans pouvoir jamais s'élever dans l'air. Aussi a-t-elle, soit au dedans,
soit au dehors, beaucoup de ressemblance avec ces animaux :
comme eux, elle a, sur la plus grande partie du corps, du
poil plutôt que des plumes; sa tête et ses flancs n'ont même
que peu ou point de poil, non plus que ses cuisses, qui
sont très-grosses, très-musculeuses, et où réside sa principale force; ses grands pieds nerveux et charnus, qui n'ont
que deux doigts, ont beaucoup de rapport avec les pieds du
chameau, qui lui-même est un animal singulier[3] entre les
quadrupèdes par la forme de ses pieds; ses ailes, armées de
deux piquants semblables à ceux du porc-épic, sont moins
des ailes que des espèces de bras qui lui ont été donnés pour
se défendre; l'orifice des oreilles est à découvert, et seulement garni de poil dans la partie intérieure où est le canal[4]
auditif; sa paupière supérieure est mobile comme dans
presque tous les quadrupèdes, et bordée de longs cils
comme dans l'homme et l'éléphant; la forme totale de ses
yeux a plus de rapport avec les yeux humains qu'avec ceux
des oiseaux, et ils sont disposés de manière qu'ils peuvent
voir tous deux à la fois le même objet; enfin les espaces cal-
leux et dénués de plumes et de poils, qu'elle a, comme le

1. Parties du vaisseau qui sont dans l'eau.
2. Métaphore adoucie par le mot *comme*.
3. Dans le sens du latin *singularis*, particulier.
4. Catachrèse.

chameau, au bas du sternum, en déposant[1] de sa grande
pesanteur, la mettent de niveau avec les bêtes de somme les
plus terrestres, les plus lourdes par elles-mêmes, et qu'on
a coutume de surcharger des plus rudes fardeaux.

Il est certain que ces animaux vivent principalement de
matières végétales ; qu'ils ont le gésier muni de muscles
très-forts, comme tous les granivores, et qu'ils avalent fort
souvent du fer, du cuivre, des pierres, du verre, du bois,
et tout ce qui se présente. Malgré sa force, elle[2] conserve les
mœurs des granivores ; elle n'attaque point les animaux plus
faibles ; rarement même se met-elle en défense contre ceux
qui l'attaquent ; bordée sur tout le corps d'un cuir épais et
dur, pourvue d'un large sternum qui lui tient lieu de cuirasse, munie d'une seconde cuirasse d'insensibilité[3], elle
s'aperçoit à peine des petites atteintes du dehors, et elle
sait se soustraire aux grands dangers par la rapidité de sa
fuite : si quelquefois elle se défend, c'est avec le bec, avec
les piquants de ses ailes, et surtout avec les pieds. L'autruche
est un oiseau propre et particulier à l'Afrique, aux îles voisines de ce continent, et à la partie de l'Asie qui confine à
l'Afrique. Ces régions, qui sont le pays natal du chameau,
du rhinocéros, de l'éléphant et de plusieurs autres grands
animaux, doivent être aussi la patrie de l'autruche, qui est
l'éléphant des oiseaux[4]. Les autruches se réunissent dans ces
déserts en troupes nombreuses, qui, de loin, ressemblent à
des escadrons de cavalerie, et ont jeté l'alarme dans plus
d'une caravane. Leur vie doit être un peu dure dans ces solitudes vastes et stériles ; mais elles y cherchent la liberté et
la paix : et quel désert, à ce prix, ne serait pas un lieu de
délices[5] ? C'est pour jouir, au sein de la nature[6], de ces biens
inestimables, qu'elles fuient les hommes ; mais l'homme,
qui sait le profit qu'il en peut tirer, les va chercher dans
leurs retraites les plus sauvages : il se nourrit de leurs œufs,
de leur sang, de leur graisse, de leur chair ; il se pare de

1. C'est-à-dire *témoignant*.
2. L'autruche.
3. Alliance hardie de mots.
4. Comparaison qui a quelque chose d'inattendu et de forcé.
5. Réflexion philosophique qui jette de la variété dans la description et l'anime.
6. Métaphore devenue commune.

leurs plumes; il conserve peut-être l'espérance de les subjuguer tout à fait et de les mettre au nombre de ses esclaves. L'autruche promet trop d'avantages à l'homme pour qu'elle puisse être en sûreté dans ses déserts. *B. G.*

---

78. *La grue.*

De tous les oiseaux voyageurs, c'est la grue qui entreprend et exécute les courses les plus lointaines et les plus hardies. Originaire du Nord, elle visite les régions tempérées et s'avance dans celles du Midi : on la voit en Suède, en Écosse, aux îles Orcades; dans la Podolie, la Volhynie, la Lithuanie[1], et dans toute l'Europe septentrionale. En automne, elle vient s'abattre sur nos plaines marécageuses et nos terres ensemencées; puis elle se hâte de passer dans les climats plus méridionaux, d'où, revenant avec le printemps, on la voit s'enfoncer de nouveau dans le Nord, et parcourir ainsi un cercle[2] de voyages avec le cercle des saisons.

Quoique la grue soit granivore et qu'elle n'arrive ordinairement sur les terres qu'après qu'elles sont ensemencées, pour y chercher les grains que la herse n'a pas couverts, elle préfère néanmoins les insectes, les vers, les petits reptiles, et c'est par cette raison qu'elle fréquente les terres marécageuses, dont elle tire la plus grande partie de sa subsistance.

Les grues portent leur vol très-haut et se mettent en ordre pour voyager; elles forment un triangle à peu près isocèle[3], comme pour fendre l'air plus aisément. Quand le vent se renforce et menace de les rompre, elles se resserrent en cercle; ce qu'elles font aussi quand l'aigle les attaque. Leur passage se fait le plus souvent dans la nuit; mais leur voix éclatante avertit de leur marche. Dans ce vol de nuit, le chef fait entendre fréquemment une voix de réclame pour avertir de la route qu'il tient; elle est répétée par toute la

---

1. Trois contrées de la Russie septentrionale.
2. Métaphore d'autant plus heureuse, qu'elle s'accorde avec celle du *cercle des saisons.*
3. Dont deux côtés sont égaux.

troupe, où chacune répond comme pour faire connaître qu'elle suit et garde sa ligne.

Le vol de la grue est toujours soutenu, quoique marqué par diverses inflexions; ses vols différents ont été observés comme des présages des changements du ciel et de la température : sagacité que l'on peut bien accorder à un oiseau qui, par la hauteur où il s'élève dans la région de l'air, est en état d'en découvrir ou sentir de plus loin que nous les mouvements et les altérations. Les cris des grues dans le jour indiquent la pluie : les clameurs plus bruyantes et comme tumultueuses annoncent la tempête. Si, le matin ou le soir, on les voit s'élever et voler paisiblement en troupes, c'est un indice de sérénité; au contraire, si elles pressentent l'orage, elles baissent leur vol et s'abattent sur terre. La grue a, comme tous les grands oiseaux excepté ceux de proie, quelque peine à prendre son essor; elle court quelques pas, ouvre les ailes, s'élève peu d'abord, jusqu'à ce que, étendant son vol, elle déploie une aile puissante et rapide[1].

A terre, les grues rassemblées établissent une garde pendant la nuit, et la circonspection de ces oiseaux a été consacrée dans les hiéroglyphes comme le symbole de la vigilance. La troupe dort la tête cachée sous l'aile, mais le chef veille la tête haute; et, si quelque objet le frappe, il en avertit la troupe par un cri. C'est pour le départ, dit Pline, qu'elles choisissent ce chef. Mais, sans imaginer un pouvoir reçu ou donné comme dans les sociétés humaines, on ne peut refuser à ces animaux l'intelligence sociale de se rassembler, de suivre celui qui appelle, qui précède, qui dirige, pour faire le départ, le voyage, le retour[2], dans tout cet ordre qu'un admirable instinct leur fait suivre. *B. G.*

79. *La cigogne.*

La cigogne est d'un naturel assez doux; elle n'est ni défiante ni sauvage, et peut se priver aisément et s'accoutu-

---

1. Tableau énergique et harmonieux.
2. Suite d'heureuses et rapides énumérations.

mer à rester dans nos jardins, qu'elle purge d'insectes et de reptiles. Il semble qu'elle ait l'idée de la propreté; car elle cherche les endroits écartés pour rendre ses excréments. Elle a presque toujours l'air triste et la contenance morne : cependant elle ne laisse pas de se livrer à une certaine gaieté, quand elle y est excitée par l'exemple; car elle se prête au badinage des enfants, en sautant et jouant avec eux. En domesticité, elle vit longtemps, et supporte la rigueur de nos hivers.

L'on attribue à cet oiseau des vertus morales dont l'image est toujours respectable : la tempérance, la fidélité conjugale, la piété filiale et paternelle. Il est vrai que la cigogne nourrit très-longtemps ses petits, et ne les quitte pas qu'elle ne leur voie assez de force pour se défendre et se pourvoir d'eux-mêmes; que, quand ils commencent à voleter hors du nid et à s'essayer dans les airs, elle les porte sur ses ailes; qu'elle les défend dans les dangers, et qu'on l'a vue, ne pouvant les sauver, préférer de périr avec eux plutôt que de les abandonner. On l'a même vue donner des marques d'attachement et même[1] de reconnaissance pour les lieux et pour les hôtes qui l'ont reçue : on assure l'avoir entendue claqueter[2] en passant devant les portes, comme pour avertir de son retour, et faire en partant un semblable signe d'adieu. Mais ces qualités morales ne sont rien, en comparaison de l'affection que marquent et des tendres soins que donnent ces oiseaux à leurs parents trop faibles ou trop vieux. On a souvent vu des cigognes jeunes et vigoureuses apporter de la nourriture à d'autres, qui, se tenant sur le bord du nid, paraissaient languissantes et affaiblies, soit par quelque accident passager, soit que réellement la cigogne, comme l'ont dit les anciens, ait le touchant instinct de soulager la vieillesse, et que la nature, en plaçant jusque dans les cœurs bruts ces pieux[3] sentiments auxquels les cœurs humains ne sont que trop souvent infidèles, ait voulu nous en donner l'exemple. La loi de nourrir ses parents fut faite en leur honneur, et nommée de leur nom chez les Grecs. *B. G.*

1. *Même..., même*, négligence.
2. Diminutif créé par l'auteur.
3. Dans le sens le plus ordinaire du latin *pius, pietas*, piété filiale.

80. *Le héron.*

Le bonheur n'est pas également départi à tous les êtres sensibles : celui de l'homme vient de la douceur de son âme et du bon emploi de ses qualités morales ; le bien-être des animaux ne dépend, au contraire, que des facultés physiques et de l'exercice de leurs forces corporelles : mais si la nature s'indigne du partage injuste que la société fait du bonheur parmi les hommes, elle-même, dans sa marche rapide[1], paraît avoir négligé certains animaux, qui, par imperfection d'organes, sont condamnés à endurer la souffrance et destinés à éprouver la pénurie : enfants[2] disgraciés, nés dans le dénûment pour vivre dans la privation, leurs jours pénibles se consument dans les inquiétudes d'un besoin toujours renaissant ; souffrir et patienter sont souvent leurs seules ressources, et cette peine intérieure trace sa triste empreinte jusque sur leur figure, et ne leur laisse aucune des grâces dont la nature anime tous les êtres heureux.

Le héron nous présente l'image de cette vie de souffrance, d'anxiété, d'indigence[3] : n'ayant que l'embuscade pour tout moyen d'industrie, il passe des heures, des jours entiers à la même place, immobile au point de laisser douter si c'est un être animé ; lorsqu'on l'observe avec une lunette (car il se laisse rarement approcher), il paraît comme endormi, posé sur une pierre, le corps presque droit et sur un pied ; le cou replié le long de la poitrine et du ventre ; la tête et le bec couchés entre les épaules, qui se haussent et excèdent de beaucoup la poitrine, et s'il change d'attitude, c'est pour en prendre une encore plus contrainte en se mettant en mouvement ; il entre dans l'eau jusqu'au-dessus du genou, la tête entre les jambes, pour guetter au passage une grenouille, un poisson ; mais réduit à attendre que sa proie vienne s'offrir à lui, et n'ayant qu'un instant pour la saisir, il doit subir de longs jeûnes, et quelquefois périr d'inanition, car il n'a pas l'instinct, lorsque l'eau est couverte de

1. Métaphore poétique plutôt que philosophique.
2. Remarquez l'élégance de la tournure et de l'expression.
3. Gradation qui résume heureusement les réflexions précédentes.

glace, d'aller chercher à vivre dans des climats plus tempérés ; et c'est mal à propos que quelques naturalistes l'ont rangé parmi les oiseaux de passage, qui reviennent au printemps dans les lieux qu'ils ont quittés l'hiver, puisque nous voyons ici des hérons dans toutes les saisons, et même pendant les froids les plus rigoureux et les plus longs ; forcés alors de quitter les marais et les rivières gelées, ils se tiennent sur les ruisseaux et près des sources chaudes ; et c'est dans ce temps qu'ils sont le plus en mouvement, et où ils font d'assez grandes traversées pour changer de station, mais toujours dans la même contrée ; ils semblent donc se multiplier à mesure que le froid augmente, et ils paraissent supporter également et la faim et le froid ; ils ne résistent et ne durent qu'à force de patience et de sobriété ; mais ces froides[1] vertus sont ordinairement accompagnées du dégoût de la vie.

Lorsqu'on prend un héron, on peut le garder quinze jours sans lui voir chercher ni prendre aucune nourriture ; il rejette même celle qu'on tente de lui faire avaler : sa mélancolie naturelle, augmentée sans doute par la captivité, l'emporte sur l'instinct de sa conservation, sentiment que la nature imprime[2] le premier dans le cœur de tous les êtres animés : l'apathique héron semble se consumer sans languir ; il périt sans se plaindre et sans apparence de regret.   B. G.

1. Epithète dont l'auteur se sert comme de transition à l'alinéa suivant.
2. Métaphore usuelle.

81. *Les oiseaux domestiques.*

L'homme a moins d'influence sur les oiseaux que sur les quadrupèdes, parce que leur nature est plus éloignée et qu'ils sont
moins susceptibles des sentiments d'attachement et d'obéissance. Les oiseaux que nous appelons domestiques ne sont que
prisonniers : ils ne nous rendent aucun service pendant leur
vie, ils ne nous sont utiles que par leur propagation, c'est-
à-dire par leur mort : ce sont des victimes[1] que nous multi-
plions sans peine, et que nous immolons sans regret et avec
fruit. Comme leur instinct diffère de celui des quadrupèdes,
et n'a nul rapport avec le nôtre, nous ne pouvons leur rien
inspirer directement, ni même leur communiquer indirec-
tement aucun sentiment relatif ; nous ne pouvons influer
que sur la machine, et eux aussi ne peuvent nous rendre
que machinalement ce qu'ils ont reçu de nous. Un oiseau
dont l'oreille est assez délicate, assez précise pour saisir et
retenir une suite de sons et même de paroles, et dont la voix
est assez flexible pour les répéter distinctement, reçoit ces
paroles sans les entendre, et les rend comme il les a reçues ;
quoiqu'il articule des mots, il ne parle pas, parce que cette
articulation de mots n'émane pas du principe de la parole,
et n'en est qu'une imitation qui n'exprime rien de ce qui
se passe à l'intérieur de l'animal, et ne représente aucune
de ses affections. L'homme a donc modifié dans les oiseaux
quelques puissances physiques, quelques qualités extérieures, telles que celles de l'oreille et de la voix ; mais il a
moins influé sur les qualités intérieures. On en instruit
quelques-uns à chasser, et même à rapporter leur gibier ; on
en apprivoise quelques autres assez pour les rendre familiers ; à force d'habitude, on les amène au point de les attacher[2] à leur prison, de reconnaître aussi la personne qui les
soigne : mais tous ces sentiments sont bien légers, bien peu
profonds, en comparaison de ceux que nous transmettons aux
animaux quadrupèdes.

---

1. *Victimes...., immolons*, expressions nobles et pompeuses.
2. Dans le sens de *donner de l'attachement pour*.

82. *La poule.*

Cette mère qui a montré tant d'ardeur pour couver, qui a couvé avec tant d'assiduité, qui a soigné avec tant d'intérêt des embryons qui n'existaient point encore pour elle, ne se refroidit[1] pas lorsque ses poussins sont éclos ; son attachement, fortifié par la vue de ces petits êtres qui lui doivent la naissance, s'accroît encore tous les jours par les nouveaux soins qu'exige leur faiblesse. Sans cesse occupée d'eux, elle ne cherche de la nourriture que pour eux ; si elle n'en trouve point, elle gratte la terre avec ses ongles pour lui arracher les aliments qu'elle recèle dans son sein, et elle s'en prive en leur faveur ; elle les rappelle lorsqu'ils s'égarent, les met sous ses ailes à l'abri des intempéries, et les couve[2] une seconde fois ; elle se livre à ces tendres soins avec tant d'ardeur et de souci, que sa constitution en est sensiblement altérée, et qu'il est facile de distinguer de toute autre poule une mère qui mène ses petits, soit à ses plumes hérissées et à ses ailes traînantes, soit au son enroué de sa voix et à ses différentes inflexions, toutes expressives, et ayant toutes une forte empreinte[3] de sollicitude et d'affection maternelle.

Mais si elle s'oublie elle-même pour conserver ses petits, elle s'expose à tout pour les défendre. Paraît-il un épervier dans l'air ? cette mère si faible, si timide, et qui en toute autre circonstance chercherait son salut dans la fuite, devient intrépide par tendresse[4] ; elle s'élance au-devant de la serre redoutable, et par ses cris redoublés, ses battements d'ailes et son audace[5], elle en impose[6] souvent à l'oiseau carnassier, qui, rebuté d'une résistance imprévue, s'éloigne et va chercher une proie plus facile. Elle paraît avoir toutes les qualités du bon cœur. Mais ce qui ne fait pas autant d'honneur

---

1. Expression métaphorique, préparée par le mot *ardeur*.
2. Expression ingénieuse.
3. Métaphore.
4. Trait spirituel.
5. Belle alliance de mots.
6. *En imposer* ne veut dire que tromper ; il fallait : *elle impose.*

au surplus[1] de son instinct, c'est que si, par hasard, on lui a donné à couver des œufs de cane ou de tout autre oiseau de rivière, son affection n'est pas moindre pour ces étrangers qu'elle ne le serait pour ses propres poussins : elle ne voit pas qu'elle n'est que leur nourrice ou leur bonne[2], et non pas leur mère ; et lorsqu'ils vont, guidés par la nature, s'ébattre ou se plonger dans la rivière voisine, c'est un spectacle singulier de voir la surprise, les inquiétudes, les transes de cette pauvre nourrice qui se croit encore mère[3], et qui, pressée du désir de les suivre au milieu des eaux, mais retenue par une répugnance invincible pour cet élément, s'agite incertaine sur le rivage, tremble et se désole, voyant toute sa couvée dans un péril évident, sans oser lui donner du secours.   *B. G.*

83. *Le dindon.*

Si le coq ordinaire est l'oiseau le plus utile de la basse-cour, le dindon domestique est le plus remarquable, soit par la grandeur de sa taille, soit par la forme de sa tête, soit par certaines habitudes naturelles qui ne lui sont communes qu'avec un petit nombre d'autres espèces. Sa tête, qui est fort petite à proportion du corps, manque de la parure ordinaire aux oiseaux ; car elle est presque entièrement dénuée de plumes, et seulement recouverte, ainsi qu'une partie du cou, d'une peau bleuâtre, chargée de mamelons rouges dans la partie antérieure du cou, et de mamelons blanchâtres sur la partie postérieure de la tête, avec quelques petits poils noirs clair-semés entre les mamelons, et de petites plumes plus rares au haut du cou, et qui deviennent plus fréquentes dans la partie inférieure, chose qui n'avait pas été remarquée par les naturalistes.

Il y a des dindons blancs, d'autres variés de noir et de blanc, d'autres de blanc et d'un jaune roussâtre, et d'autres d'un gris uniforme, qui sont les plus rares de tous ; mais

1. Négligence de style.
2. Expression familière, mais jolie.
3. Il y a ici un peu d'affectation.

le plus grand nombre a le plumage tirant sur le noir, avec un peu de blanc à l'extrémité des plumes. Celles qui couvrent le dos et le dessus des ailes sont carrées par le bout ; et parmi celles du croupion et de la poitrine, il y en a quelques-unes de couleurs changeantes, et qui ont différents reflets selon les différentes incidences de la lumière ; et plus ils vieillissent, plus leurs couleurs paraissent être changeantes et avoir des reflets différents. Bien des gens croient que les dindons blancs sont les plus robustes ; et c'est par cette raison que, dans quelques provinces, on les élève de préférence.   *B. G.*

84. *Le paon.*

Si l'empire appartenait à la beauté, et non à la force, le paon serait sans contredit le roi des oiseaux. Il n'en est point sur qui la nature ait versé[1] ses trésors avec plus de profusion : la taille grande, le port imposant, la démarche fière, la figure noble, les proportions élégantes et sveltes, tout ce qui annonce un être de distinction[2] lui a été donné. Une aigrette mobile et légère, peinte[3] des plus riches couleurs, orne sa tête et l'élève sans la charger[4] ; son incomparable plumage semble réunir tout ce qui flatte nos yeux dans le coloris tendre et frais des plus belles fleurs, tout ce qui les éblouit dans les reflets pétillants des pierreries, tout ce qui les étonne[5] dans l'éclat majestueux de l'arc-en-ciel. Non-seulement la nature a réuni sur le plumage du paon toutes les couleurs du ciel et de la terre pour en faire le chef-d'œuvre de sa magnificence : elle les a encore mêlées[6], assorties, nuancées, fondues de son inimitable pinceau, et en fait un tableau unique, où elles tirent de leur mélange avec des nuances plus sombres, et de leurs oppositions entre

1. Expression métaphorique.
2. Expression pleine d'élégance et de justesse.
3. Métaphore.
4. Heureuse correction.
5. Gradation par comparaisons.
6. *Mêlées....*, *effets de lumière*, tableau en métaphores continuées.

elles, un nouveau lustre et des effets de lumière si sublimes,
que notre art ne peut ni les imiter ni les décrire.

Tel paraît à nos yeux le plumage du paon, lorsqu'il se
promène paisible et seul dans un beau jour du printemps;
mais, s'il éprouve quelque vive émotion, toutes ses beautés[1]
se multiplient, ses yeux s'animent et prennent de l'expression, son aigrette s'agite sur sa tête, les longues plumes de
sa queue déploient, en se relevant, leurs richesses éblouis-
santes; sa tête et son cou, se renversant noblement en
arrière, se dessinent avec grâce sur ce fond radieux, où la
lumière du soleil se joue en mille manières, se perd et se
reproduit sans cesse, et semble prendre un nouvel éclat
plus doux et plus moelleux, de nouvelles couleurs plus variées et plus harmonieuses; chaque mouvement de l'oiseau
produit des milliers de nuances nouvelles, des gerbes[2] de
reflets ondoyants et fugitifs sans cesse remplacés par d'autres
reflets et d'autres nuances toujours diverses et toujours
admirables.

Mais ces plumes brillantes qui surpassent en éclat les plus
belles fleurs se flétrissent aussi comme elles et tombent
chaque année. Le paon, comme s'il sentait la honte de sa
perte, craint de se faire voir dans cet état humiliant, et
cherche les retraites les plus sombres pour s'y cacher à tous
les yeux, jusqu'à ce qu'un nouveau printemps, lui rendant
sa parure accoutumée, le ramène sur la scène[3] pour y jouir
des hommages dus à sa beauté : car on prétend qu'il en
jouit en effet; qu'il est sensible à l'admiration; que le vrai
moyen de l'engager à étaler ses belles plumes, c'est de lui
donner des regards d'attention et des louanges[4], et qu'au
contraire, lorsqu'on paraît le regarder froidement et sans
beaucoup d'intérêt, il replie tous ses trésors, et les cache à
qui ne sait point les admirer.

Quoique le paon soit depuis longtemps comme naturalisé
en Europe, cependant il n'en est pas plus originaire : ce
sont les Indes orientales, c'est le climat qui produit le saphir,

1. Pluriel peu commun, mais d'un très-bon effet. Tout ce qui
suit est plein de richesse, de magnificence et d'imagination.

2. Catachrèse.

3. Métaphore aussi juste qu'ingénieuse.

4. *Donner des regards... et des louanges,* belle alliance de
mots.

le rubis, la topaze, qui doit être regardé comme son pays natal.   *B. G.*

---

85. *Le pigeon.*

Il était aisé de rendre domestiques des oiseaux pesants, tels que les coqs, les dindons et les paons; mais ceux qui sont légers et dont le vol est rapide demandaient plus d'art pour être subjugués[1]. Une chaumière basse dans un terrain clos suffit pour contenir, élever et faire multiplier nos volailles : il faut des tours, des bâtiments élevés, faits exprès, bien enduits en dehors, et garnis en dedans de nombreuses cellules, pour attirer, retenir et loger les pigeons. Ils ne sont réellement ni domestiques comme les chiens et les chevaux, ni prisonniers comme les poules; ce sont plutôt des captifs volontaires[2], des hôtes fugitifs, qui ne se tiennent dans le logement qu'on leur offre qu'autant qu'ils s'y plaisent, autant qu'ils y trouvent la nourriture abondante, le gîte agréable, et toutes les commodités, toutes les aisances nécessaires à la vie. Pour peu que quelque chose leur manque ou leur déplaise, ils quittent et se dispersent pour aller ailleurs. Il y en a même qui préfèrent constamment les trous poudreux des vieilles murailles aux boulins[3] les plus propres de nos colombiers; d'autres qui se gîtent dans des fentes et des creux d'arbres; d'autres qui semblent fuir nos habitations, et que rien ne peut y attirer, tandis qu'on en voit au contraire qui n'osent les quitter, et qu'il faut nourrir autour de leur volière, qu'ils n'abandonnent jamais.

---

86. *Le moineau.*

Dans quelque contrée que le moineau habite, on ne le trouve jamais dans les lieux déserts, ni même dans ceux qui

---

1. Métaphore.
2. Expression ingénieuse.
3. Cellules des colombiers.

sont éloignés du séjour[1] de l'homme : les moineaux sont, comme les rats, attachés[2] à nos habitations; ils ne se plaisent ni dans les bois ni dans les vastes campagnes; on a même remarqué qu'il y en a plus dans les villes que dans les villages, et qu'on n'en voit point dans les hameaux et dans les fermes qui sont au milieu des forêts. Ils suivent la société pour vivre à ses dépens : comme ils sont paresseux et gourmands, c'est sur des provisions toutes faites, c'est-à-dire sur le bien d'autrui, qu'ils prennent leur subsistance; nos granges et nos greniers, nos basses-cours, nos colombiers, tous les lieux, en un mot, où nous rassemblons ou distribuons des grains sont des lieux qu'ils fréquentent de préférence; et comme ils sont aussi voraces que nombreux, ils ne laissent pas de faire plus de tort que leur espèce ne vaut. Car leur plume ne sert à rien, leur chair n'est pas bonne à manger, leur voix blesse l'oreille, leur familiarité est incommode, leur pétulance grossière est à charge; ce sont de ces gens[3] que l'on trouve partout, et dont on n'a que faire, si propres à donner de l'humeur, que dans certains endroits on les a frappés de proscription en mettant à prix leur vie.

Et ce qui les rendra éternellement incommodes, c'est non-seulement leur très-nombreuse multiplication, mais encore leur défiance, leur finesse, leurs ruses et leur opiniâtreté à ne pas désemparer[4] les lieux qui leur conviennent. Ils sont fins, peu craintifs, difficiles à tromper; ils reconnaissent aisément les piéges qu'on leur tend : ils impatientent ceux qui veulent se donner la peine de les prendre. Il faut pour cela tendre un filet d'avance, et attendre plusieurs heures, souvent en vain, et il n'y a guère que dans les saisons de disette et dans les temps de neige où cette chasse puisse avoir du succès, ce qui néanmoins ne peut faire une diminution sensible sur une espèce qui se multiplie trois fois par an. Leur nid est composé de foin au dehors, et de plumes en dedans. Si vous le détruisez, en vingt-quatre heures ils en font un autre; si vous jetez leurs

1. Expression relevée pour *habitation*, terme plus commun.
2. Expression métaphorique.
3. Trait ingénieux et piquant, comme tout ce qui suit.
4. Ce verbe demande un complément indirect.

œufs, qui sont communément de cinq ou six, et souvent
davantage, huit ou dix jours après ils en pondent de nouveaux ; si vous les tirez sur les arbres ou sur les toits, ils ne
s'en recèlent que mieux dans vos greniers. Il faut à peu près
vingt livres de blé par an pour nourrir une couple de moineaux ; des personnes qui en avaient gardé dans des cages
me l'ont assuré. Que l'on juge par leur nombre de la déprédation que ces oiseaux font de nos grains ; car, quoiqu'ils
nourrissent leurs petits d'insectes dans le premier âge, et
qu'ils en mangent eux-mêmes en assez grande quantité,
leur principale nourriture est notre meilleur grain. Ils suivent le laboureur dans le temps des semailles, les moisson-
neurs pendant celui de la récolte, les batteurs dans les
granges, la fermière[1] lorsqu'elle jette le grain à ses volailles ;
ils le cherchent dans les colombiers et jusque dans le jabot
des jeunes pigeons, qu'ils percent pour l'en tirer. Ils mangent aussi les mouches à miel, et détruisent ainsi de préférence les seuls insectes qui nous soient utiles ; enfin ils
sont si malfaisants, si incommodes, qu'il serait à désirer
qu'on trouvât quelque moyen de les détruire.   *B. G.*

87. *L'hirondelle.*

L'hirondelle est domestique par instinct ; elle recherche
la société de l'homme par choix ; elle la préfère, malgré ses
inconvénients[2], à toute autre société. Elle niche dans nos
cheminées et jusque dans l'intérieur de nos maisons, surtout
de celles où il y a peu de mouvement et de bruit : la foule
n'est point la société[3]. Lorsque les maisons sont trop bien
closes, et que les cheminées sont fermées par le haut,
comme elles le sont à Nantua[4] et dans le pays des montagnes à cause de l'abondance des neiges et des pluies, elle
change de logement sans changer d'inclination ; elle se ré-
fugie sous les avant-toits et y construit son nid, mais jamais
elle ne l'établit volontairement loin de l'homme ; et toutes

1. Heureuse énumération de parties.
2. Négligé, vague et obscur.
3. Phrase emphatique.
4. Petite ville du Bugey (aujourd'hui dans le département de
l'Ain).

les fois qu'un voyageur égaré aperçoit dans l'air quelques-uns de ces oiseaux, il peut les regarder comme des oiseaux de bon augure, et qui lui annoncent infailliblement quelque habitation prochaine.

Il semble que l'homme devrait accueillir, bien traiter, un oiseau qui lui annonce la belle saison, et qui d'ailleurs lui rend des services réels; il semble au moins que ces services devraient faire sa sûreté personnelle, et cela a lieu à l'égard du plus grand nombre des hommes, qui le protégent quelquefois jusqu'à la superstition[1]; mais il s'en trouve trop souvent qui se font un amusement inhumain de le tuer à coups de fusil, sans autre motif que celui d'exercer ou de perfectionner leur adresse sur un but très-inconstant, très-mobile, par conséquent très-difficile à atteindre; et ce qu'il y a de singulier, c'est que ces oiseaux innocents paraissent plutôt attirés qu'effrayés par les coups de fusil, et qu'ils ne peuvent se résoudre à fuir l'homme, lors même qu'il leur fait une guerre si cruelle et si ridicule. Elle est plus que ridicule cette guerre, car elle est contraire aux intérêts de celui qui la fait, par cela seul que les hirondelles nous délivrent du fléau des cousins, des charançons et de plusieurs autres insectes destructeurs de nos potagers, de nos moissons, de nos forêts, et que ces insectes se multiplient dans un pays, et nos pertes[2] avec eux, en même proportion que le nombre des hirondelles et autres insectivores y diminue.

Le vol de l'hirondelle diffère en deux points principaux du vol de l'engoulevent; il n'est point accompagné d'un bourdonnement sourd, et cela résulte de ce qu'elle ne vole point comme lui le bec ouvert. En second lieu, quoiqu'elle ne paraisse pas avoir les ailes beaucoup plus longues ou plus fortes, ni par conséquent beaucoup plus habiles[3] au mouvement, son vol est néanmoins beaucoup plus hardi, plus léger, plus soutenu, parce qu'elle a la vue bien meilleure, et que cela lui donne un grand avantage pour employer toute la

1. « On a dit que les hirondelles étaient sous la protection spéciale des dieux Pénates; que lorsqu'elles se sentaient maltraitées, elles allaient piquer les mamelles des vaches, et leur faisaient perdre leur lait; c'étaient des erreurs, mais des erreurs utiles. » (*Guéneau*).
2. Alliance ingénieuse de mots.
3. Dans le sens du latin *habilis*, apte, propre à.

force de ses ailes : aussi le vol est-il son état naturel, je dirais presque son état nécessaire ; elle mange en volant, elle boit en volant, se baigne en volant, et quelquefois donne à manger à ses petits en volant. Sa marche est peut-être moins rapide que celle du faucon, mais elle est plus facile et plus libre ; l'un se précipite avec effort, l'autre coule[1] dans l'air avec aisance : elle sent que l'air est son domaine[2], elle en parcourt toutes les dimensions et dans tous les sens, comme pour en jouir dans tous les détails, et le plaisir de cette jouissance se marque par de petits cris de gaieté. Tantôt elle donne la chasse aux insectes voltigeants, et suit avec une agilité souple leur trace oblique et tortueuse, ou bien quitte l'un pour courir à l'autre, et happe[3] en passant un troisième ; tantôt elle rase[4] légèrement la surface de la terre et des eaux pour saisir ceux que la pluie ou la fraîcheur y rassemble ; tantôt elle échappe elle-même à l'impétuosité de l'oiseau de proie par la flexibilité preste de ses mouvements : toujours maîtresse de son vol dans sa plus grande vitesse, elle en change à tout instant la direction ; elle semble décrire au milieu des airs un dédale[5] mobile et fugitif dont les routes se croisent, s'entrelacent, se fuient, se rapprochent, se heurtent, se roulent, montent, descendent, se perdent, et reparaissent pour se croiser, se rebrouiller encore en mille manières, et dont le plan, trop compliqué pour être représenté aux yeux par l'art du dessin, peut à peine être indiqué à l'imagination par le pinceau[6] de la parole. *B. G.*

1. Virgile a dit de même : *labitur aere pennis.*
2. Belle expression.
3. Expression familière, mais pleine de vivacité.
4. Métaphore fréquente en latin : *œquora radit.*
5. Labyrinthe. Tout ce morceau lutte de souplesse avec le vol même de l'oiseau.
6. Belle métaphore.

88. *Les oiseaux aquatiques.*

Les oiseaux d'eau sont les seuls qui réunissent à[1] la jouissance de l'air et de la terre la possession de la mer. De nombreuses espèces, toutes très-multipliées, en peuplent les
rivages et les plaines; ils voguent sur les flots avec autant
d'aisance, plus de sécurité qu'ils ne volent dans leur élément
naturel : partout ils y trouvent une subsistance abondante,
une proie qui ne peut les fuir; et, pour la saisir, les uns
fendent les ondes et s'y plongent; d'autres ne font que les
effleurer en rasant leur surface par un vol rapide ou mesuré
sur la distance et la quantité des victimes. Tous s'établissent
sur cet élément mobile[2] comme dans un domicile fixe : ils s'y
rassemblent en grande société, et vivent tranquillement au
milieu des orages; ils semblent même se jouer avec les
vagues[3], lutter contre les vents, et s'exposer aux tempêtes
sans les redouter, ni subir de naufrage.

Ils ne quittent qu'avec peine ce domicile de choix, et seulement dans le temps que le soin de leur progéniture, en
les attachant au rivage, ne leur permet plus de fréquenter
la mer que par instants. Car, dès que leurs petits sont
éclos, ils les conduisent à ce séjour chéri, que ceux-ci ché-
riront bientôt eux-mêmes comme plus convenable à leur
nature que celui de la terre. En effet, ils peuvent y rester
autant qu'il leur plaît, sans être pénétrés de l'humidité, et
sans rien perdre de leur agilité, puisque leur corps, molle-
ment porté, se repose, même en nageant, et reprend bientôt
les forces épuisées par le vol. La longue obscurité des nuits,
ou la continuité de tourmentes, sont les seules contrariétés
qu'ils éprouvent, et qui les obligent à quitter la mer par
intervalles. Ils servent alors d'avant-coureurs, ou plutôt
de signaux aux voyageurs, en leur annonçant que les terres
sont prochaines. Néanmoins cet indice est souvent incertain :
plusieurs de ces oiseaux se portent en mer quelquefois si
loin, que M. Cook[4] conseille de ne point regarder leur appa-

1. *Réunir* veut *et* et non *à;* c'est le contraire pour *unir.*
2. Antithèse en image.
3. Description à la fois pleine d'énergie et de grâce.
4. Célèbre navigateur anglais du 18e siècle.

Buffon. 8

rition comme une indication certaine du voisinage de la terre; et tout ce que l'on peut conclure de l'observation des navigateurs, c'est que la plupart de ces oiseaux ne retournent pas chaque nuit au rivage, et que quand il leur faut, pour le trajet ou le retour, quelques points de repos, ils les trouvent sur les écueils, ou même les prennent sur les eaux de la mer.

La forme du corps et des membres de ces oiseaux indique assez qu'ils sont navigateurs-nés et habitants naturels de l'élément liquide[1] : leur corps est arqué et bombé comme la carène d'un vaisseau, et c'est peut-être sur cette figure que l'homme a tracé celle de ses premiers navires[2]; leur cou, relevé sur une poitrine saillante, en représente assez bien la proue; leur queue courte, et toute rassemblée en un seul faisceau, sert de gouvernail; leurs pieds larges et palmés font l'office de véritables rames; le duvet épais et lustré d'huile qui revêt tout leur corps est une espèce de goudron naturel qui le rend impénétrable à l'humidité, en même temps qu'il le fait flotter plus légèrement à la surface des eaux. Et ceci n'est encore qu'un aperçu des facultés que la nature a données à ces oiseaux pour la navigation. Leurs habitudes naturelles sont conformes à ces facultés, leurs mœurs y sont assorties : ils ne se plaisent nulle part autant que sur l'eau; ils semblent craindre de se poser à terre; la moindre aspérité du sol blesse leurs pieds ramollis par l'habitude de ne presser[3] qu'une surface humide; enfin l'eau est pour eux un lieu de repos et de plaisir, où tous leurs mouvements s'exécutent avec facilité, où toutes leurs fonctions se font avec aisance, où leurs différentes évolutions se tracent avec grâce. Voyez les cygnes nager avec mollesse, ou cingler sur l'onde avec majesté; ils s'y jouent, s'ébattent, y plongent, et reparaissent avec des mouvements agréables et les plus douces ondulations : aussi le cygne est-il l'emblème de la grâce, premier trait qui nous frappe, même avant ceux de la béauté[4].

La vie de l'oiseau aquatique est donc plus paisible et

1. Périphrase poétique, à la manière des anciens.
2. Toute cette comparaison est ingénieuse et finement exprimée.
3. Expression juste et qui fait image.
4. La Fontaine a dit :

Et la grâce plus belle encor que la beauté.

moins pénible que celle de la plupart des autres oiseaux ; il
emploie beaucoup moins de force pour nager que les autres
n'en dépensent pour voler ; l'élément qu'il habite lui offre
à chaque instant sa subsistance ; il la rencontre plus qu'il
ne la cherche, et souvent le mouvement de l'onde l'amène
à sa portée [1] ; il la prend sans fatigue, comme il l'a trouvée
sans peine ni travail, et cette vie plus douce lui donne en
même temps des mœurs plus innocentes et des habitudes
pacifiques. Chaque espèce se rassemble par le sentiment
d'un amour mutuel. Nul de ces oiseaux n'attaque son semblable, nul ne fait sa victime d'aucun autre oiseau, et, dans
cette grande et tranquille nation, on ne voit point le plus fort
inquiéter le plus faible : bien différent [2] de ces tyrans de l'air [3]
et de la terre, qui ne parcourent leur empire que pour le
dévaster, et qui, toujours en guerre avec leurs semblables,
ne cherchent qu'à les détruire [4], le peuple ailé [5] des eaux,
partout en paix avec lui-même, ne s'est jamais souillé du
sang de son espèce ; respectant même le genre entier des
oiseaux, il se contente d'une chair moins noble [6], et n'emploie
sa force et ses armes que contre le genre abject des reptiles
et le genre muet des poissons. Néanmoins la plupart de ces
oiseaux ont, avec une grande véhémence d'appétit, les
moyens d'y satisfaire ; plusieurs espèces, comme celles du
harle, du cravan, du tadorne, etc., ont les bords intérieurs
du bec armés de dentelures assez tranchantes pour que la
proie saisie ne puisse s'échapper ; presque tous sont plus
voraces que les oiseaux terrestres, et il faut avouer qu'il y
en a quelques-uns, tels que les canards, les mouettes, etc.,
dont le goût est si peu délicat, qu'ils dévorent avec avidité la
chair morte et les entrailles de tous les animaux.

1. Image juste et pittoresque.
2. Développement par les contraires.
3. Métaphore devenue commune, pour désigner les oiseaux de
proie.
4. Répétition affaiblie de l'idée précédente.
5. Belle métaphore.
6. *Chair moins noble*, expression entachée d'affectation.

89. *Le cygne.*

Dans toute société, soit des animaux, soit des hommes,
la violence fit les tyrans, la douce autorité fait les rois[1]. Le
lion et le tigre sur la terre, l'aigle et le vautour dans les
airs, ne règnent que par la guerre, ne dominent que par
l'abus de la force et par la cruauté : au lieu que le cygne
règne sur les eaux à tous les titres qui fondent un empire
de paix, la grandeur, la majesté, la douceur. Avec des
puissances, des forces, du courage, et la volonté de n'en
pas abuser et de ne les employer que pour la défense, il sait
combattre et vaincre sans jamais attaquer. Roi paisible des
oiseaux d'eau, il brave les tyrans de l'air[2] : il attend l'aigle
sans le provoquer, sans le craindre; il repousse ses assauts, en
opposant à ses armes la résistance de ses[3] plumes et les coups
précipités d'une aile vigoureuse qui lui sert d'égide[4], et souvent
la victoire couronne ses efforts[5]. Au reste, il n'a que ce fier
ennemi; tous les autres oiseaux de guerre[6] le respectent, et
il est en paix avec toute la nature; il vit en ami plutôt qu'en
roi au milieu des nombreuses peuplades des oiseaux aquatiques, qui toutes semblent se ranger sous sa loi; il n'est que
le chef, le premier habitant[7] d'une république tranquille, où
les citoyens n'ont rien à craindre d'un maître qui ne demande qu'autant qu'il leur accorde, et ne veut que calme
et liberté.

Les grâces de la figure, la beauté de la forme, répondent
dans le cygne à la douceur du naturel : il plaît à tous les
yeux, il décore, embellit tous les lieux qu'il fréquente ; on
l'aime, on l'applaudit, on l'admire. Nulle espèce ne le mérite
mieux; la nature en effet n'a répandu sur aucune autant
de ces grâces nobles et douces qui nous rappellent l'idée de

1. Antithèse juste, mais un peu trop pompeuse.
2. Remarquez la répétition de l'antithèse *roi* et *tyran*.
3. Ces *ses* répétés donnent de l'embarras à la phrase.
4. Catachrèse.
5. Métaphore usuelle.
6. Ailleurs : *oiseaux de proie.*
7. Gradation descendante.

ses plus charmants ouvrages : coupe de corps élégante, formes arrondies, gracieux contours, blancheur éclatante et pure, mouvements flexibles et ressentis[1], attitudes tantôt animées, tantôt laissées dans un mol abandon, tout dans le cygne respire la volupté, l'enchantement que nous font éprouver les grâces et la beauté ; tout nous l'annonce, tout le peint comme l'oiseau de l'amour ; tout justifie la spirituelle et riante mythologie d'avoir donné ce charmant oiseau pour père à la plus belle des mortelles[2].

A sa noble aisance, à la facilité, la liberté de ses mouvements sur l'eau, on doit le reconnaître non-seulement comme le premier des navigateurs ailés[3], mais comme le plus beau modèle que la nature nous ait offert pour l'art de la navigation. Son cou élevé et sa poitrine relevée et arrondie semblent en effet figurer la proue du navire fendant l'onde ; son large estomac en représente la carène ; son corps, penché en avant pour cingler, se redresse à l'arrière et se relève en poupe ; la queue est un vrai gouvernail ; les pieds sont de larges rames ; et ses grandes ailes, demi-ouvertes au vent, et doucement enflées, sont les voiles qui poussent le vaisseau vivant[4], navire et pilote à la fois[5].

Fier de sa noblesse, jaloux de sa beauté, le cygne semble faire parade de tous ses avantages ; il a l'air de chercher à recueillir tous les suffrages, à captiver les regards, et il les captive en effet, soit que, voyageant en troupe, on voie de loin, au milieu des grandes eaux, cingler la flotte ailée[6] ; soit qu'en s'en détachant et s'approchant du rivage aux signaux qui l'appellent, il vienne se faire admirer de plus près, en étalant ses beautés et développant ses grâces par mille mouvements doux, ondulants[7] et suaves.   *B. G.*

1. C'est-à-dire qui semblent exprimer un sentiment.
2. Hélène, née de Léda et d'un cygne, dont, suivant l'antiquité, Jupiter avait pris la figure. Euripide, pour peindre la beauté d'Hélène, en faisant en même temps allusion à sa naissance, la désigne par l'épithète ὄμμα κυκνόπτερον, *forma cycnea*. (Buffon.)
3. Belle alliance de mots.
4. Métaphore hardie.
5. Expressions hardies et ingénieuses qui résument avec bonheur cette poétique comparaison.
6. Belle métaphore.
7. Terme plein d'expression et d'originalité. Remarquez en

Les anciens ne s'étaient pas contentés de faire du cygne un chantre merveilleux[1] ; seul entre tous les êtres qui frémissent à l'aspect de leur destruction, il chantait encore au moment de son agonie, et préludait par des sons harmonieux à son dernier soupir : c'était, disaient-ils, près d'expirer, et faisant à la vie un adieu triste et tendre, que le cygne rendait ces accents si doux et si touchants, et qui, pareils à un léger et douloureux murmure d'une voix basse, plaintive et lugubre, formaient son chant funèbre[2]. On entendait ce chant, lorsqu'au lever de l'aurore les vents et les flots étaient calmés ; on avait même vu des cygnes expirant en musique et chantant leurs hymnes funéraires. Nulle fiction en histoire naturelle, nulle fable chez les anciens n'a été plus célébrée, plus répétée, plus accréditée : elle s'était emparée de l'imagination vive et sensible des Grecs : poëtes[3], orateurs[4], philosophes même[5], l'ont adoptée comme une vérité trop agréable pour vouloir en douter. Il faut bien leur pardonner leurs fables ; elles étaient aimables et touchantes ; elles valent bien de tristes, d'arides vérités : c'étaient de doux emblèmes pour les âmes sensibles. Les cygnes, sans doute, ne chantent point leur mort ; mais toujours en parlant du dernier effort et des derniers élans d'un beau génie prêt à s'éteindre, on rappellera avec sentiment cette expression touchante : *c'est le chant du cygne*[6] !   B. G.

outre la grâce et l'harmonie de tout ce morceau, où Buffon semble lutter avec le cygne.

1. Allusion au chant prétendu du cygne à sa mort, comme Buffon le dit plus bas.

2. Suivant Pythagore, c'était un chant de joie par lequel cet oiseau se félicitait de passer à une meilleure vie. (*Buffon.*)

3. Callimaque, Eschyle, Théocrite, Euripide, Lucrèce, Ovide, Properce, parlent du chant du cygne et en tirent des comparaisons. (*Buffon.*)

4. Voyez Cicéron, voyez Pausanias et autres. (*Buffon*).

5. Socrate, dans Platon, et Aristote lui-même, mais d'après l'opinion commune, sur des rapports étrangers. (*Buffon.*)

6. Morceau plein de sensibilité.

90. *L'oie.*

Dans chaque genre, les espèces premières ont emporté tous nos éloges, et n'ont laissé aux espèces secondes que le mépris tiré de leur comparaison[1]. L'oie, par rapport au cygne, est dans le même cas que l'âne vis-à-vis du cheval. Tous deux ne sont pas prisés à leur juste valeur : le premier degré de l'infériorité paraissant être une vraie dégradation, et rappelant en même temps l'idée d'un modèle plus parfait, n'offre, au lieu des attributs réels de l'espèce secondaire, que ses contrastes désavantageux avec l'espèce première. Eloignant donc pour un moment la trop noble image[2] du cygne, nous trouverons que l'oie est encore, dans le peuple de la basse-cour, un habitant de distinction[3]. Sa corpulence, son port droit, sa démarche grave, son plumage net et lustré, et son naturel social qui la rend susceptible d'un fort attachement et d'une longue reconnaissance, enfin sa vigilance très-anciennement célèbre[4], tout concourt à nous présenter l'oie comme l'un des plus intéressants et même l'un des plus utiles de nos oiseaux domestiques; car, indépendamment de la bonne qualité de sa chair et de sa graisse, dont aucun autre oiseau n'est plus abondamment pourvu, l'oie nous fournit cette plume délicate sur laquelle la mollesse[5] se plaît à se reposer, et cette autre plume, instrument de nos pensées, et avec laquelle nous écrivons ici son éloge[6].

B. G.

1. Voyez la description de l'*âne*, du *tigre*, du *vautour*, etc., p. 64, 107 et 181.
2. Par rapport à l'oie.
3. Voy. note 2 de la p. 64.
4. On sait que les oies du Capitole annoncèrent, par leurs cris, que les Gaulois assaillaient cette forteresse.
5. Abstrait pour le concret.
6. Trait d'esprit et de sentiment.

91. *Le canard.*

Partout on a cherché à priver, à s'approprier une espèce aussi utile que l'est celle de notre canard ; et non-seulement cette espèce est devenue commune, mais quelques autres espèces étrangères, et dans l'origine également sauvages, se sont multipliées en domesticité, et ont donné de nouvelles races privées : par exemple, celle du canard musqué, par le double profit de sa plume et de sa chair, et par la facilité de son éducation, est devenue une des volailles les plus utiles et des plus répandues dans le nouveau monde.

Les anciens avaient exprimé par un mot particulier la voix des canards ; et le silencieux[1] Pythagore voulait qu'on les éloignât de l'habitation où son sage devait s'absorber[2] dans la méditation : mais pour tout homme, philosophe ou non, qui aime à la campagne ce qui en fait le plus grand charme, c'est-à-dire le mouvement, la vie, et le bruit de la nature, le chant des oiseaux, les cris des volailles, variés par le fréquent et bruyant *can, can* des canards, n'offensent point l'oreille, et ne font qu'animer, égayer davantage le séjour champêtre ; c'est le clairon, c'est la trompette parmi les flûtes et les hautbois ; c'est la musique du régiment rustique[3].   *B. G.*

1. Epithète ingénieuse. On sait que Pythagore recommandait sept ans de silence à ses disciples.
2. Métaphore usuelle.
3. Ce tableau est plaisant et gracieux.

92. *Les oiseaux de proie.*

On pourrait dire, absolument parlant, que presque tous les oiseaux vivent de proie, puisque presque tous recherchent et prennent les insectes, les vers et les autres petits animaux vivants; mais je n'entends ici par oiseaux de proie que ceux qui se nourrissent de chair.

Ces oiseaux ont tous pour habitude naturelle et commune le goût de la chasse et l'appétit de la proie, le vol très-élevé, l'aile et la jambe fortes, la vue très-perçante, la tête grosse, la langue charnue, l'estomac simple et membraneux, les intestins moins amples et plus courts que les autres oiseaux. Ils habitent de préférence les lieux solitaires, les montagnes désertes, et font communément leur nid dans les trous des rochers ou sur les plus hauts arbres : l'on en trouve plusieurs espèces dans les deux continents, quelques-uns même ne paraissent pas avoir de climat fixe et bien déterminé. Enfin ils ont encore pour caractères généraux et communs le bec crochu, les quatre doigts à chaque pied, tous quatre bien séparés; mais on distinguera toujours un aigle d'un vautour par un caractère évident : l'aigle a la tête couverte de plumes, au lieu que le vautour l'a nue et garnie d'un simple duvet; et on les distinguera tous deux des éperviers, buses, milans et faucons par un autre caractère qui n'est pas difficile à saisir : c'est que le bec de ces derniers oiseaux commence à se courber dès son insertion, tandis que le bec des aigles et des vautours commence par une partie droite, et ne prend de la courbure qu'à quelque distance de son origine.

Tous les oiseaux de proie ont plus de dureté dans le naturel et plus de férocité que les autres oiseaux; non-seulement ils sont les plus difficiles de tous à priver, mais ils ont encore presque tous plus ou moins l'habitude dénaturée de chasser leurs petits hors du nid bien plus tôt que les autres, et dans le temps qu'ils leur devraient encore des soins et des secours pour leur subsistance. Cette cruauté, comme toutes les autres duretés naturelles, n'est produite que par un sentiment encore plus dur, qui est le besoin pour soi-même et

8.

la nécessité. Tous les animaux qui, par la conformation de leur estomac et de leurs intestins, sont forcés de se nourrir de chair et de vivre de proie, quand même ils seraient nés doux, deviennent bientôt offensifs et méchants par le seul usage de leurs armes, et prennent ensuite de la férocité dans l'habitude des combats. Comme ce n'est qu'en détruisant les autres qu'ils peuvent satisfaire à leurs besoins, et qu'ils ne peuvent les détruire qu'en leur faisant continuellement la guerre, ils portent une âme de colère[1] qui influe sur toutes leurs actions, détruit tous les sentiments doux, et affaiblit même la tendresse maternelle. Trop pressé de son propre besoin, l'oiseau de proie n'entend qu'impatiemment et sans pitié les cris de ses petits, d'autant plus affamés qu'ils deviennent plus grands[2] : si la chasse se trouve difficile et que la proie vienne à manquer, il les expulse, les frappe et quelquefois les tue dans un accès de fureur causée par la misère.

Un autre effet de cette dureté naturelle et acquise est l'insociabilité. Les oiseaux de proie, ainsi que les quadrupèdes carnassiers, ne se réunissent jamais les uns avec les autres; ils mènent, comme les voleurs, une vie errante et solitaire. On trouve presque toujours une paire de ces oiseaux dans le même lieu; mais presque jamais on ne les voit s'attrouper ni même se réunir en famille; et ceux qui, comme les aigles, sont les plus grands, et ont, par cette raison, besoin de plus de subsistance, ne souffrent pas même que leurs petits, devenus leurs rivaux, viennent occuper les lieux voisins de ceux qu'ils habitent; tandis que tous les oiseaux et tous les quadrupèdes qui n'ont besoin pour se nourrir que des fruits de la terre vivent en famille, cherchant la société de leurs semblables, et se mettent en bandes et en troupes nombreuses, et n'ont d'autre querelle, d'autre cause de guerre que celles de l'amour ou de l'attachement pour leurs petits : car dans presque tous les animaux, même les plus doux, les femelles prennent de la férocité pour la défense de leurs petits.

1. C'est l'*irarum animos* des Latins. L'expression est neuve et bizarre.
2. *Petits...*, *grands*, négligence ou jeu de mots qui a échappé à Buffon.

93. *L'aigle.*

L'aigle a plusieurs convenances physiques et morales avec le lion : la force [1], et par conséquent l'empire sur tous les autres oiseaux, comme le lion sur les quadrupèdes. La magnanimité : ils dédaignent également les petits animaux et méprisent leurs insultes ; ce n'est qu'après avoir été longtemps provoqué par les cris importuns de la corneille ou de la pie que l'aigle se détermine à les punir de mort ; d'ailleurs il ne veut d'autre bien que celui qu'il conquiert, d'autre proie que celle qu'il prend lui-même. La tempérance : il ne mange presque jamais son gibier en entier, et il laisse, comme le lion, les débris et les restes aux autres animaux ; quelque affamé qu'il soit, il ne se jette jamais sur les cadavres. Il est encore solitaire comme le lion, habitant d'un désert dont il défend l'entrée et l'usage de la chasse [2] à tous les autres oiseaux ; car il est peut-être plus rare de voir deux paires d'aigles dans la même portion de montagne, que deux familles de lions dans la même partie de forêt : ils se tiennent assez loin les uns des autres pour que l'espace qu'ils se sont départi leur fournisse une ample subsistance ; ils ne comptent la valeur et l'étendue de leur royaume [3] que par le produit de la chasse. L'aigle a de plus les yeux étincelants, et à peu près de la même couleur que ceux du lion, les ongles de la même forme, l'haleine tout aussi forte, le cri également effrayant. Nés tous deux pour le combat et la proie, ils sont également ennemis de la société, également féroces, également fiers et difficiles à réduire [4] : on ne peut les apprivoiser qu'en les prenant tout petits. Ce n'est qu'avec beaucoup de patience et d'art qu'on peut dresser à la chasse un jeune aigle de cette espèce ; il devient même dangereux pour son maître dès qu'il a pris de la force et de l'âge.

1. Cette énumération de qualités, que suit immédiatement la preuve, est plus usitée chez les sermonnaires que chez les autres genres d'écrivains.
2. *Dont il défend..., l'usage de la chasse,* construction vicieuse.
3. Métaphore amenée par ce qui précède.
4. Belle énumération.

C'est, de tous les oiseaux, celui qui s'élève le plus haut ; et c'est par cette raison que les anciens ont appelé l'aigle l'*oiseau céleste*, et qu'ils le regardaient dans les augures comme le messager de Jupiter. Il voit par excellence ; mais il n'a que peu d'odorat en comparaison du vautour : il ne chasse donc qu'à vue ; et lorsqu'il a saisi sa proie, il rabat son vol comme pour en éprouver le poids, et la pose à terre avant de l'emporter. Quoiqu'il ait l'aile très-forte, comme il a peu de souplesse dans les jambes, il a quelque peine à s'élever de terre.

94. *Le faucon.*

Le faucon est peut-être l'oiseau dont le courage est le plus franc[1], le plus grand relativement à ses forces ; il fond sans détour et perpendiculairement sur sa proie, au lieu que l'autour et la plupart des autres arrivent de côté : aussi prend-on l'autour avec des filets dans lesquels le faucon ne s'empêtre jamais ; il tombe à plomb sur l'oiseau victime[2], exposé au milieu de l'enceinte des filets, le tue, le mange sur le lieu s'il est gros, ou l'emporte s'il n'est pas trop lourd, en se relevant à plomb. S'il y a quelque faisanderie dans son voisinage, il choisit cette proie de préférence. On le voit tout à coup fondre sur un troupeau de faisans, comme s'il tombait des nues, parce qu'il arrive de si haut, et en si peu de temps, que son apparition est toujours imprévue et souvent inopinée. On le voit fréquemment attaquer le milan, soit pour exercer son courage, soit pour lui enlever une proie : mais il lui fait plutôt la honte[3] que la guerre ; il le traite comme un lâche, le chasse, le frappe avec dédain, et ne le met point à mort, parce que le milan se défend mal, et que probablement sa chair répugne au faucon encore plus que sa lâcheté ne lui déplaît.

1. Excellente épithète.
2. C'est-à-dire placé en guise d'appât.
3. *Faire la honte*, solécisme. On ne peut dire que *faire honte.*

95. *L'épervier.*

L'épervier reste toute l'année dans notre pays. L'espèce
en est assez nombreuse; on m'en a apporté plusieurs dans
la plus mauvaise saison de l'hiver, qu'on avait tués dans les
bois : ils sont alors très-maigres et ne pèsent que six onces.
Le volume de leur corps est à peu près le même que celui
du corps d'une pie. La femelle est beaucoup plus grosse que
le mâle; elle fait son nid sur les arbres les plus élevés des
forêts : elle pond ordinairement quatre ou cinq œufs, qui
sont tachés d'un jaune rougeâtre vers leurs bouts. Au reste,
l'épervier, tant mâle que femelle, est assez docile : on l'apprivoise aisément, et l'on peut le dresser pour la chasse des
perdreaux et des cailles : il prend aussi des pigeons séparés
de leur compagnie, et fait une prodigieuse destruction des
pinsons et des autres petits oiseaux qui se mettent en troupes
pendant l'hiver. Il faut que l'espèce de l'épervier soit encore
plus nombreuse qu'elle ne le paraît; car, indépendamment
de ceux qui restent toute l'année dans notre climat, il paraît
que, dans certaines saisons, il en passe en grande quantité
dans d'autres pays, et qu'en général l'espèce se trouve répandue dans l'ancien continent, depuis la Suède jusqu'au
cap de Bonne-Espérance[1].

96. *Le vautour.*

On a donné aux aigles le premier rang parmi les oiseaux
de proie, non parce qu'ils sont plus forts et plus grands que
les vautours, mais parce qu'ils sont plus généreux, c'est-à-
dire moins bassement cruels; leurs mœurs sont plus fières,
leurs démarches[2] plus hardies, leur courage plus noble,
ayant au moins autant de goût pour la guerre que d'appétit
pour la proie[3] : les vautours, au contraire, n'ont que l'in-

1. A la pointe méridionale de l'Afrique.
2. Expression impropre en parlant d'un oiseau.
3. Bonne et juste antithèse entre *guerre* et *proie, goût* et *appétit.*

stinct de la basse gourmandise et de la voracité ; ils ne combattent guère les vivants que quand ils ne peuvent s'assouvir sur les morts. L'aigle attaque ses ennemis ou ses victimes[1] corps à corps ; seul, il les poursuit, les combat, les saisit : les vautours, au contraire, pour peu qu'ils prévoient de résistance, se réunissent en troupes comme de lâches assassins, et sont plutôt des voleurs que des guerriers, des oiseaux de carnage[2] que des oiseaux de proie ; car, dans ce genre, il n'y a qu'eux qui se mettent en nombre, et plusieurs contre un ; il n'y a qu'eux qui s'acharnent sur les cadavres au point de les déchiqueter jusqu'aux os : la corruption, l'infection les attire, au lieu de les repousser. Les éperviers, les faucons, et jusqu'aux plus petits oiseaux, montrent plus de courage ; car ils chassent seuls, et presque tous dédaignent la chair morte et refusent celle qui est corrompue. Dans les oiseaux comparés aux quadrupèdes, le vautour semble réunir la force et la cruauté du tigre avec la lâcheté et la gourmandise du chacal, qui se met également en troupes pour dévorer les charognes et déterrer les cadavres ; tandis que l'aigle a, comme nous l'avons dit, le courage, la noblesse, la magnanimité et la munificence du lion.

Le vautour a les yeux à fleur de tête, la tête nue, le cou aussi presque nu, couvert d'un simple duvet ou mal garni de quelques crins épars, et il semble marquer la bassesse de son caractère par la position inclinée de son corps.

---

97. *La pie-grièche.*

Les pies-grièches, quoique petites, quoique délicates de corps et de membres, doivent néanmoins par leur courage, par leur large bec, fort et crochu, et par leur appétit pour la chair, être mis au rang des oiseaux de proie, même des plus fiers et des plus sanguinaires ; on est toujours étonné de voir l'intrépidité avec laquelle une petite pie-grièche combat contre les pies, les corneilles, les crécerelles, tous oiseaux beaucoup plus grands et plus forts qu'elle ; non-

---

1. Les animaux qui ne lui peuvent opposer de résistance.
2. Dans le sens étymologique, c'est-à-dire oiseaux carnassiers.

seulement elle combat pour se défendre, mais souvent elle attaque, et toujours avec avantage, surtout lorsque le couple se réunit pour éloigner de leurs petits les oiseaux de rapine ; elles n'attendent pas qu'ils approchent, il suffit qu'ils passent à leur portée pour qu'elles aillent au-devant ; elles les attaquent à grands cris, leur font des blessures cruelles, et les chassent avec tant de fureur, qu'ils fuient souvent sans oser revenir ; et dans ce combat inégal contre d'aussi grands ennemis, il est rare de les voir succomber sous la force ou se laisser emporter ; il arrive seulement qu'elles tombent quelquefois avec l'oiseau contre lequel elles se sont accrochées avec tant d'acharnement, que le combat ne finit que par la chute et la mort de tous deux : aussi les oiseaux de proie les plus braves les respectent[1] : les milans, les buses, les corbeaux, paraissent les craindre et les fuir plutôt que les chercher ; rien dans la nature ne peint mieux la puissance et les droits du courage que de voir[2] ce petit oiseau, qui n'est guère plus gros qu'une alouette, voler de pair avec les éperviers, les faucons et tous les autres tyrans de l'air, sans les redouter, et chasser dans leur domaine, sans craindre d'en être puni ; car, quoique les pies-grièches se nourrissent communément d'insectes, elles aiment la chair de préférence : elles poursuivent au vol tous les petits oiseaux ; on en a vu prendre des perdreaux et de jeunes levrauts ; les grives, les merles, et les autres oiseaux pris au lacet ou au piége, deviennent leur proie la plus ordinaire ; elles les saisissent avec les ongles, leur crèvent la tête avec le bec, leur serrent et déchiquètent le cou, et, après les avoir étranglés ou tués, elles les plument pour les manger, les dépecer à leur aise, et en emporter dans leur nid les débris en lambeaux.

1. Expression pleine de bonheur et de justesse, qui ressort de tout ce qui précède.

2. *Étonné de voir..., il est rare de les voir...*, qui se trouvent plus haut, et ici, *que de voir*, négligence.

98. *Le corbeau.*

Cet oiseau a été fameux[1] dans tous les temps ; mais sa
réputation est encore plus mauvaise qu'elle n'est étendue ;
peut-être par cela même qu'il a été confondu avec d'autres
oiseaux, et qu'on lui a imputé tout ce qu'il y avait de plus
mauvais dans plusieurs espèces. On l'a toujours regardé
comme le dernier des oiseaux de proie, et comme l'un des
plus lâches et des plus dégoûtants. Les voiries infectes, les
charognes pourries, sont, dit-on, le fond[2] de sa nourriture ;
s'il s'assouvit d'une chair vivante, c'est de celle des animaux
faibles ou utiles, comme agneaux, levrauts, etc. On prétend
même qu'il attaque les grands animaux avec avantage, et
que, suppléant à la force qui lui manque par la ruse et
l'agilité, il se cramponne sur le dos des buffles, les ronge
tout vifs en détail après leur avoir crevé les yeux ; et ce qui
rendrait cette férocité plus odieuse, c'est qu'elle serait en
lui l'effet non de la nécessité, mais d'un appétit de préférence pour la chair et le sang, d'autant qu'il peut vivre de
tous les fruits, de toutes les graines, de tous les insectes, et
même des poissons morts, et qu'aucun autre animal ne mérite mieux la dénomination d'omnivore.

Cette violence et cette universalité d'appétit, ou plutôt de
voracité, tantôt l'a fait proscrire comme un animal nuisible
et destructeur, et[3] tantôt lui a valu la protection des lois,
comme un animal utile et bienfaisant ; en effet, un hôte de
si grosse dépense ne peut être qu'à charge à un peuple
pauvre ou trop peu nombreux, au lieu qu'il doit être précieux dans un pays riche et bien peuplé, comme consommant
les immondices de toute espèce dont regorge[4] ordinairement
un tel pays.

Si aux traits sous lesquels nous venons de représenter le
corbeau on ajoute son plumage lugubre, son cri plus

1. Buffon l'a dit aussi du renard. Voyez note 1 de la page 136.
2. C'est-à-dire la partie principale. Métaphore.
3. On n'emploie pas la conjonction *et* avec *tantôt* répété.
4. Expression métaphorique.

lugubre encore, quoique très-faible à proportion de sa grosseur, son port ignoble, son regard farouche, tout son corps
exhalant l'infection, on ne sera pas surpris que, dans presque
tous les temps, il ait été regardé comme un objet de dégoût
et d'horreur. Partout on le met au nombre des oiseaux sinis-
tres, qui n'ont le pressentiment de l'avenir que pour annoncer des malheurs[1]. De graves historiens ont été jusqu'à
publier la relation de batailles rangées entre des armées de
corbeaux et d'autres oiseaux de proie, et à donner ces
combats comme un présage de guerres cruelles qui se sont
allumées[2] dans la suite entre les nations. Combien de gens
aujourd'hui frémissent et s'inquiètent au bruit de son croas-
sement ! Toute sa science de l'avenir se borne cependant,
ainsi que celle des autres habitants de l'air[3], à connaître
mieux que nous l'élément qu'il habite, à être plus susceptible de ses moindres impressions, à pressentir ses moindres
changements, et à nous les annoncer par certaines actions
qui sont en lui l'effet naturel de ces changements.

1. C'était l'idée qu'en avaient les anciens, comme de la corneille.
Virgile, dit en parlant d'un malheur :

Sæpe sinistra cava prædixit ab ilice cornix.

2. Métaphore usuelle.
3. Périphrase un peu déplacée ici : le ton du morceau ne demandait que le terme *oiseaux*.

99. *Les oiseaux de proie nocturnes.*

Les yeux de ces oiseaux sont d'une sensibilité si grande, qu'ils paraissent être éblouis par la clarté du jour, et entièrement offusqués[1] par les rayons du soleil : il leur faut une lumière plus douce, telle que celle de l'aurore naissante ou du crépuscule tombant ; c'est alors qu'ils sortent de leurs retraites pour chasser, ou plutôt pour chercher leur proie, et ils font cette quête[2] avec grand avantage ; car ils trouvent dans ce temps les autres oiseaux et les petits animaux endormis ou prêts à l'être : les nuits où la lune brille sont pour eux les beaux jours[3], les jours de plaisir, les jours[4] d'abondance, pendant lesquels ils chassent plusieurs heures de suite et se pourvoient d'amples provisions : les nuits où la lune fait défaut sont beaucoup moins heureuses ; ils n'ont guère qu'une heure le soir et une heure le matin pour chercher leur subsistance ; car il ne faut pas croire que la vue de ces oiseaux, qui s'exerce si parfaitement à une faible lumière, puisse se passer de toute lumière, et qu'elle perce[5] en effet dans l'obscurité la plus profonde ; dès que la nuit est bien close[6], ils cessent de voir, et ne diffèrent pas à cet égard des autres animaux, tels que les lièvres, les loups, les cerfs, qui sortent le soir des bois pour repaître[7] ou chasser pendant la nuit : seulement ces animaux voient encore mieux le jour que la nuit ; au lieu que la vue des oiseaux nocturnes est si fort offusquée pendant le jour, qu'ils sont obligés de se tenir dans le même lieu sans bouger, et que, quand on les force à en sortir, ils ne peuvent faire que de très-petites courses, des vols courts et lents, de peur de se heurter ; les autres oiseaux, qui s'aperçoivent de leur

1. L'emploi de ce mot dans le sens propre est rare.
2. C'est le mot propre, du latin *quærere*.
3. Antithèse un peu recherchée.
4. La répétition du mot *jours* fait ressortir avec bonheur l'idée exprimée par Buffon.
5. Métaphore commune.
6. Autre métaphore du même genre.
7. On emploie plutôt le simple verbe *paître*, ou bien on dit *se repaître*.

crainte ou de la gêne de leur situation, viennent à l'envi les insulter : les mésanges, les pinsons, les rouges-gorges, les merles, les geais, les grives, etc., arrivent à la file : l'oiseau de nuit perché sur une branche, immobile, étonné, entend leurs mouvements [1], leurs cris qui redoublent sans cesse, parce qu'il n'y répond que par des gestes bas, en tournant sa tête, ses yeux et son corps d'un air ridicule ; il se laisse même assaillir et frapper sans se défendre ; les plus petits, les plus faibles de ses ennemis, sont les plus ardents à le tourmenter, les plus opiniâtres à le huer [2].

100. *Le grand duc.*

Les poetes ont dédié [3] l'aigle à Jupiter, et le duc à Junon : c'est en effet l'aigle de la nuit [4], et le roi [5] de cette tribu d'oiseaux qui craignent la lumière du jour et ne volent que quand elle s'éteint [6]. Le duc paraît être, au premier coup d'œil, aussi gros, aussi fort que l'aigle commun ; cependant il est réellement plus petit, et les proportions de son corps sont toutes différentes : il a les jambes, le corps et la queue plus courtes que l'aigle, la tête beaucoup plus grande, les ailes bien moins longues, l'étendue du vol ou l'envergure n'étant que d'environ cinq pieds. On distingue aisément le duc à sa grosse figure, à son énorme tête, aux larges et profondes cavernes [7] de ses oreilles, aux deux aigrettes qui surmontent sa tête, et qui sont élevées de plus de deux pouces et demi ; à son bec court, noir et crochu ; à ses grands yeux fixes et transparents ; à ses larges prunelles noires et environnées d'un cercle de couleur orangée ; à sa

1. Expression ingénieuse qui peint d'une manière juste l'état de l'entière cécité.
2. Ce mot ne peut s'appliquer à des animaux que par cata-chrèse.
3. C'est-à-dire *consacré*, qui serait le mot propre.
4. Belle et neuve expression.
5. Catachrèse.
6. Métaphore usuelle.
7. Litote par exagération.

face entourée de poil ou plutôt de petites plumes blanches et décomposées qui aboutissent à une circonférence d'autres petites plumes frisées ; à ses ongles noirs, très-forts et très-crochus ; à son cou très-court ; à son plumage d'un roux-brun taché de noir et de jaune sur le dos , et de jaune sur le ventre, marqué de taches noires et traversé de quelques bandes brunes, mêlées assez confusément ; à ses pieds couverts d'un duvet épais et de plumes roussâtres jusqu'aux ongles ; enfin à son cri effrayant *huihou, houhou, bouhou, pouhou,* qu'il fait retentir dans le silence de la nuit. lorsque tous les autres animaux se taisent ; et c'est alors qu'il les éveille, les inquiète, les poursuit et les enlève, ou les met à mort pour les dépecer et les emporter dans les cavernes qui lui servent de retraite : aussi n'habite-t-il que les rochers ou les vieilles tours abandonnées et situées au-dessus [1] des montagnes. Il descend rarement dans les plaines, et ne se perche pas volontiers sur les arbres, mais sur les églises écartées et sur les vieux châteaux.

1. Il faudrait *sur.*

101. *Les oiseaux imitateurs.*

Les animaux que l'homme a le plus admirés sont ceux qui lui ont paru participer à sa nature; il s'est émerveillé toutes les fois qu'il en a vu quelques-uns faire ou contrefaire des actions humaines : le singe, par la ressemblance des formes extérieures, et le perroquet, par l'imitation de la parole, lui ont paru des êtres privilégiés, intermédiaires entre l'homme et la brute; faux jugement produit par la première apparence, mais bientôt détruit par l'examen et la réflexion. Les sauvages, très-insensibles au grand spectacle de la nature, très-indifférents pour toutes ces merveilles, n'ont été saisis d'étonnement qu'à la vue des perroquets et des singes; ce sont les seuls animaux qui aient fixé leur stupide[1] attention. Ils arrêtent leurs canots pendant des heures entières pour considérer les cabrioles des sapajous[2], et les perroquets sont les seuls oiseaux qu'ils se fassent un plaisir de nourrir, d'élever, et qu'ils aient pris la peine de chercher à perfectionner; car ils ont trouvé le petit art, encore inconnu parmi nous, de varier et de rendre plus riches les belles couleurs qui parent le plumage de ces oiseaux.

La faculté de l'imitation de la parole ou de nos gestes ne donne aucune prééminence aux animaux qui sont doués de cette apparence de talent naturel. Le singe qui gesticule, le perroquet qui répète nos mots, n'en sont pas plus en état de croître en intelligence et de perfectionner leur espèce : ce talent se borne, dans le perroquet, à le rendre plus intéressant pour nous, mais ne suppose en lui aucune supériorité sur les autres oiseaux, sinon qu'ayant plus éminemment qu'aucun d'eux cette facilité d'imiter la parole, il doit avoir le sens de l'ouïe et les organes de la voix plus analogues à ceux de l'homme; et ce rapport de conformité, qui dans le perroquet est au plus haut degré, se trouve à quelques nuances près dans plusieurs autres oiseaux dont la langue est épaisse, arrondie, et de la même forme à peu près que celle du perroquet : les sansonnets, les merles, les geais,

1. Belle et neuve épithète qui fait image.
2. Espèce de singes.

les choucas, etc., peuvent imiter la parole. Ceux qui ont la langue fourchue, et ce sont presque tous nos petits oiseaux, sifflent plus aisément qu'ils ne jasent. Enfin ceux dans lesquels cette organisation propre à siffler se trouve réunie avec la sensibilité de l'oreille et la réminiscence des sensations reçues par cet organe apprennent aisément à répéter des airs, c'est-à-dire à siffler en musique : le serin, la linotte, le tarin, le bouvreuil, semblent être naturellement musiciens. Le perroquet, soit par imperfection d'organes ou défaut de mémoire, ne fait entendre que des cris ou des phrases très-courtes, et ne peut ni chanter ni répéter des airs modulés; néanmoins il imite tous les bruits qu'il entend, le miaulement du chat, l'aboiement du chien et les cris des oiseaux, aussi facilement qu'il contrefait la parole. Il peut donc exprimer et même articuler les sons, mais non les moduler ni les soutenir par des expressions cadencées; ce qui prouve qu'il a moins de mémoire, moins de flexibilité dans les organes, et le gosier aussi sec, aussi agreste[1], que les oiseaux chanteurs l'ont moelleux et tendre.

D'ailleurs, il faut distinguer aussi deux sortes d'imitation : l'une réfléchie ou sentie, et l'autre machinale et sans intention; la première acquise, et la seconde pour ainsi dire innée. L'une n'est que le résultat de l'instinct commun répandu dans l'espèce entière, et ne consiste que dans la similitude des mouvements et des opérations de chaque individu, qui tous semblent être induits ou contraints à faire les mêmes choses; plus ils sont stupides, plus cette imitation tracée dans l'espèce est parfaite : un mouton ne fait et ne fera jamais que ce qu'ont fait et font tous les autres moutons; la première cellule d'une abeille ressemble à la dernière. L'espèce entière n'a pas plus d'intelligence qu'un seul individu, et c'est en cela que consiste la différence de l'esprit à l'instinct : ainsi l'imitation naturelle n'est dans chaque espèce qu'un résultat de similitude, une nécessité d'autant moins intelligente et plus aveugle, qu'elle est plus également répartie. L'autre imitation, qu'on doit regarder comme artificielle, ne peut ni se répartir ni se communiquer à l'espèce; elle n'appartient qu'à l'individu qui la reçoit, qui la possède sans pouvoir la donner : le perroquet le mieux in-

1. Dans le sens de dur, sauvage, difficile à perfectionner.

struit ne transmettra pas le talent de la parole à ses petits.
Toute imitation communiquée aux animaux par l'art et par
les soins de l'homme reste dans l'individu qui en a reçu
l'empreinte[1]; et quoique cette imitation soit, comme la première, entièrement dépendante de l'organisation, cependant
elle suppose des facultés particulières qui semblent tenir à
l'intelligence, telles que la sensibilité, l'attention, la mémoire; en sorte que les animaux qui sont capables de cette
imitation, et qui peuvent recevoir des impressions durables
et quelques traits[2] d'éducation de la part de l'homme, sont
des espèces distinguées dans l'ordre des êtres organisés; et
si cette éducation est facile, et que l'homme puisse la donner aisément à tous les individus, l'espèce, comme celle du
chien, devient réellement supérieure aux autres espèces
d'animaux, tant qu'elle conserve ses relations avec l'homme.

Or, quoique les oiseaux, par les proportions du corps et
par la forme de leurs membres, soient très-différents des
animaux quadrupèdes, nous verrons néanmoins que, comme
ils ont les mêmes sens, ils sont susceptibles des mêmes degrés d'éducation. On apprend aux agamis à faire à peu près
tout ce que font nos chiens; un serin bien élevé marque son
affection par des caresses aussi vives, plus innocentes et
moins fausses que celles du chat. Nous avons des exemples
frappants de ce que peut l'éducation sur les oiseaux de proie,
qui de tous paraissent être les plus farouches et les plus difficiles à dompter. On connaît en Asie le petit art[3] d'instruire
le pigeon à porter et à rapporter des billets à cent lieues de
distance[4]. L'art plus grand et mieux connu de la fauconnerie
nous démontre qu'en dirigeant l'instinct naturel des oiseaux,
on peut le perfectionner autant que celui des autres animaux. Tout me semble prouver que, si l'homme voûlait
donner autant de temps et de soins à l'éducation d'un oiseau, ou de tout autre animal, qu'on en donne à celle d'un
enfant, ils feraient par imitation tout ce que celui-ci fait par

1. Peut-on dire l'*empreinte* d'une *imitation* ?
2. Expression métaphorique.
3. Le *petit art*..., et plus bas le *grand art*, antithèse peu heureuse.
4. Les anciens Romains le connaissaient et les Arabes le per-
fectionnèrent. Il y avait chez eux la poste aux pigeons pour annoncer l'arrivée des caravanes, des armées, etc.

intelligence; la seule différence serait dans le produit[1] : l'intelligence, toujours féconde, se communique et s'étend à l'espèce entière, toujours en augmentant; au lieu que l'imitation, nécessairement stérile, ne peut ni s'étendre[2], ni même se transmettre par ceux qui l'ont reçue.

Et cette éducation par laquelle nous rendons les oiseaux plus utiles ou plus aimables pour nous semble les rendre odieux à tous les autres, et surtout à ceux de leur espèce. Dès que l'oiseau privé prend son essor et va dans la forêt, les autres s'assemblent d'abord pour l'admirer, et bientôt ils le maltraitent et le poursuivent comme s'il était d'une espèce ennemie. On peut en voir des exemples dans la buse, la pie, le geai. Lorsqu'on leur donne la liberté, les sauvages de leur espèce se réunissent pour les assaillir et les chasser; ils ne les admettent dans leur compagnie que quand ces oiseaux privés ont perdu tous les signes de leur affection pour nous, et tous les caractères qui les rendaient différents de leurs frères[3] sauvages; comme si ces mêmes caractères rappelaient à ceux-ci le sentiment de la crainte qu'ils ont de l'homme leur tyran, et la haine que méritent ses suppôts ou ses esclaves[4].

---

102. *Le perroquet.*

La plupart des perroquets nous sont apportés de la Guinée; ils viennent de l'intérieur des terres de cette partie de l'Afrique. On les trouve aussi à Congo[5] et sur la côte d'Angole[6]

On leur apprend fort aisément à parler, et ils semblent imiter de préférence la voix des enfants, et recevoir d'eux plus facilement leur éducation à cet égard. Au reste, les

---

1. Plus encore et surtout dans le principe.
2. *Toujours féconde...*, *nécessairement stérile*, métaphore et antithèse heureuses.
3. Hardiesse heureuse d'expression.
4. Ceci sent un peu la déclamation.
5. C'est la basse Guinée; aussi faudrait-il *au Congo*.
6. Ou Angola, dans le Congo.

anciens ont remarqué que tous les oiseaux susceptibles de l'imitation des sons de la voix humaine écoutent plus volontiers et rendent plus aisément la parole des enfants, comme moins fortement articulée, et plus analogue, par ses sons clairs, à la portée de leur organe vocal. On a comparé l'éducation du perroquet à celle de l'enfant; il y aurait souvent plus de raison de comparer l'éducation de l'enfant à celle du perroquet.

Les talents des perroquets ne se bornent pas à l'imitation de la parole : ils apprennent aussi à contrefaire certains gestes et certains mouvements. Scaliger[1] en a vu un qui imitait la danse des Savoyards en répétant leur chanson. Celui-ci aimait à entendre chanter; et lorsqu'il voyait danser il sautait aussi, mais de la plus mauvaise grâce du monde, portant les pattes en dedans et retombant lourdement : c'était là sa plus grande gaieté. On lui voyait aussi une joie folle et un babil intarissable dans l'ivresse; car tous les perroquets aiment le vin, particulièrement le vin d'Espagne et le muscat, et l'on avait déjà remarqué, du temps de Pline, les accès de gaieté que leur donnent les fumées de cette liqueur.

L'espèce de société que le perroquet contracte avec nous par le langage est plus étroite et plus douce que celle à laquelle le singe peut prétendre par son imitation capricieuse de nos mouvements et de nos gestes. Si celles du chien, du cheval ou de l'éléphant sont plus intéressantes par le sentiment et par l'utilité, la société de l'oiseau parleur[2] est quelquefois plus attachante par l'agrément. Il récrée, il distrait, il amuse : dans la solitude il est compagnie, dans la conversation il est interlocuteur; il répond, il appelle, il accueille; il jette l'éclat[3] des ris, il exprime l'accent de l'affection, il joue[4] la gravité de la sentence; ses petits mots tombés au hasard égayent par des disparates, ou quelquefois surprennent par leur justesse. Ce jeu d'un langage sans idée a je ne sais quoi de bizarre et de grotesque, et, sans être plus vide que dans d'autres propos, il est toujours plus amusant. A

1. Scaliger, savant célèbre du seizième siècle.
2. Périphrase qui s'explique d'elle-même.
3. Expression métaphorique usuelle.
4. Métaphore.

Buffon.   9

cette imitation de nos paroles le perroquet semble prendre quelque chose de nos inclinations et de nos mœurs : il aime et il hait ; il a des attachements, des jalousies, des préférences, des caprices ; il s'admire, s'applaudit, s'encourage ; il se réjouit et s'attriste ; il semble s'émouvoir et s'attendrir aux caresses, il donne des baisers affectueux ; dans une maison de deuil il apprend à gémir, et souvent, accoutumé à répéter le nom chéri d'une personne regrettée, il rappelle à des cœurs sensibles et leurs plaisirs et leurs chagrins. *B. G.*

103. *La pie.*

La pie est très-commune en France, en Angleterre, en Allemagne, en Suède, et dans presque toute l'Europe. L'hiver, elle vole par troupes, et s'approche d'autant plus des lieux habités, qu'elle y trouve plus de ressources pour vivre, et que la rigueur de la saison lui rend ces ressources plus nécessaires. Elle s'accoutume aisément à la vue de l'homme ; elle devient bientôt familière dans la maison. Elle apprend aussi à contrefaire la voix des animaux et la parole de l'homme. On en cite une qui imitait parfaitement les cris du veau, du chevreau, de la brebis, et même le flageolet du berger ; une autre qui répétait en entier une fanfare de trompettes. Pline assure que cet oiseau se plaît beaucoup à ce genre d'imitation ; qu'il s'attache à bien articuler les mots qu'il a appris ; qu'il cherche longtemps ceux qui lui ont échappé ; qu'il fait éclater sa joie lorsqu'il les a retrouvés, et qu'il se laisse quelquefois mourir de dépit lorsque sa recherche est vaine, ou que sa langue se refuse à la prononciation de quelque mot nouveau. On croit aussi qu'elle annonce la pluie, lorsqu'elle jase plus qu'à l'ordinaire. *B. G.*

104. *Le geai.*

Presque tout ce qui a été dit de l'instinct de la pie peut s'appliquer au geai ; et ce sera assez faire connaître celui-ci que d'indiquer les différences qui le caractérisent.

L'une des principales, c'est cette marque bleue, ou plutôt émaillée de différentes nuances de bleu, dont chacune de ses ailes est ornée, et qui suffirait seule pour le distinguer de presque tous les autres oiseaux d'Europe; il a de plus sur le front un toupet de petites plumes noires, bleues et blanches. En général, toutes ses plumes sont singulièrement douces et soyeuses au toucher, et il sait, en relevant celles de sa tête, se faire une huppe qu'il rabaisse à son gré. Il est d'un quart moins gros que la pie.

Les geais sont fort pétulants de leur nature; ils ont les sensations vives, les mouvements brusques. Leur agitation perpétuelle prend encore un nouveau degré de violence lorsqu'ils se sentent gênés, et c'est la raison pourquoi ils deviennent tout à fait méconnaissables en cage, ne pouvant y conserver la beauté de leurs plumes, qui sont bientôt cassées, usées, déchirées, flétries par un frottement continuel.

Leur cri ordinaire est très-désagréable, et ils le font entendre souvent; ils ont aussi de la disposition à contrefaire celui de plusieurs oiseaux qui ne chantent pas mieux, tels que la crécerelle, le chat-huant, etc. S'ils aperçoivent dans le bois un renard, ou quelque autre animal de rapine, ils jettent un certain cri très-perçant, comme pour s'appeler les uns les autres, et on les voit en peu de temps rassemblés en force, et se croyant en état d'imposer par le nombre, ou du moins par le bruit. Cet instinct qu'ont les geais de se rappeler[1], de se réunir à la voix de l'un d'eux, et leur violente antipathie contre la chouette, offrent plus d'un moyen pour les attirer dans les piéges, et il ne se passe guère de pipée sans qu'on en prenne plusieurs; car, étant plus pétulants que la pie, il s'en faut bien qu'ils soient aussi défiants et aussi rusés.

B. G.

------

105. *Le merle.*

Les merles ne changent point de contrée pendant l'hiver; mais ils choisissent, dans la contrée qu'ils habitent, l'asile qui leur convient le mieux pendant cette saison rigoureuse.

------

1. Les uns les autres.

Ce sont ordinairement les bois les plus épais, surtout ceux où il y a des fontaines chaudes et qui sont peuplés d'arbres toujours verts, tels que picéas, sapins, lauriers, myrtes, cyprès, genévriers, sur lesquels ils trouvent plus de ressources, soit pour se mettre à l'abri des frimas, soit pour vivre : aussi viennent-ils quelquefois les chercher jusque dans nos jardins, et l'on pourrait soupçonner que les pays où l'on ne voit point de merles en hiver sont ceux où il ne se trouve point de ces sortes d'arbres ni de fontaines chaudes. Le nid des merles est ordinairement caché dans les buissons, ou sur des arbres de hauteur médiocre. De la mousse qui ne manque jamais sur le tronc des arbres, du limon qu'ils trouvent au pied ou dans les environs, sont les matériaux dont ils font le corps[1] du nid ; des brins d'herbe et de petites racines sont la matière d'un tissu plus mollet dont ils le revêtent intérieurement. Ces oiseaux passent communément pour être très-fins, parce qu'ayant la vue perçante, ils découvrent les chasseurs de fort loin et se laissent approcher difficilement ; mais en les étudiant de plus près, on reconnaît qu'ils sont plus inquiets que rusés, plus peureux que défiants, puisqu'ils se laissent prendre aux gluaux, aux lacets, et à toutes sortes de piéges, pourvu que la main qui les a tendus sache se rendre invisible.

On peut, si l'on veut, en élever à part à cause de leur chant, non pas de leur chant naturel, qui n'est guère supportable qu'en pleine campagne, mais à cause de la facilité qu'ils ont de le perfectionner, de retenir les airs qu'on leur apprend, d'imiter différents sons d'instruments, et même de contrefaire la voix humaine.   *B. G.*

106. *Le bouvreuil.*

La nature a bien traité cet oiseau, car elle lui a donné un beau plumage et une belle voix. Le plumage a toute sa beauté d'abord après la première mue ; mais la voix a besoin des secours de l'art pour acquérir sa perfection. Un bou-

1. Catachrèse.

vreuil qui n'a point eu de leçons n'a que trois cris, tous fort peu agréables. Le premier, je veux dire celui par lequel il débute ordinairement, est une espèce de coup de sifflet ; il n'en fait d'abord entendre qu'un seul, puis deux de suite, puis trois et quatre, etc. Le son du sifflet est pur ; et, quand l'oiseau s'anime, il semble articuler cette syllabe répétée, *tui, tui, tui,* et ses sons ont plus de force. Ensuite il fait entendre un ramage plus suivi, mais plus grave, presque enroué, et dégénérant en fausset. Enfin, dans les intervalles, il a un petit cri intérieur, sec et coupé, fort aigu, mais en même temps fort doux, et si doux qu'à peine on l'entend ; il exécute ce son, fort ressemblant à celui d'un ventriloque, sans aucun mouvement apparent du bec ni du gosier, mais seulement avec un mouvement sensible dans les muscles de l'abdomen. Tel est le chant du bouvreuil de la nature, c'est-à-dire du bouvreuil sauvage, abandonné à lui-même, et n'ayant eu d'autre modèle que ses père et mère [1], aussi sauvages que lui ; mais lorsque l'homme daigne se charger de son éducation, lorsqu'il veut lui donner des leçons de goût, lui faire entendre avec méthode des sons plus beaux, plus moelleux, mieux filés [2], l'oiseau docile, soit mâle, soit femelle [3], non-seulement les imite avec justesse, mais quelquefois les perfectionne et surpasse son maître, sans oublier pour cela son ramage naturel. Il apprend aussi à parler sans beaucoup de peine, et à donner à ses petites phrases un accent pénétrant [4], une expression intéressante, qui ferait presque soupçonner en lui une âme sensible, et qui peut bien nous tromper dans le disciple, puisqu'elle nous trompe si souvent dans l'instituteur [5]. Au reste, le bouvreuil est très-capable d'attachement personnel, et même d'un attachement très-fort et très-durable : on en a vu d'apprivoisés s'échapper de la volière, vivre en liberté dans les bois pendant l'espace d'une année, et, au bout de ce temps, recon-

1. Il faut régulièrement : *son* père et *sa* mère.
2. Expression métaphorique.
3. La femelle du bouvreuil est, dit-on, la seule de toutes les femelles des oiseaux de ramage qui apprenne à siffler aussi bien que le mâle. Quelques-uns même prétendent que sa voix est plus douce. (*Gueneau.*)
4. Expression métaphorique.
5. Fine épigramme contre l'homme.

naître la voix de la personne qui les avait élevés, revenir à
elle pour ne plus l'abandonner ; on en a vu d'autres qui,
ayant été forcés de quitter leur premier maître, se sont
laissés mourir de regret. *B. G.*

---

107. *La bergeronnette.*

L'espèce d'affection que les bergeronnettes marquent pour
les troupeaux : leur habitude à les suivre dans la prairie ;
leur manière de voltiger, de se promener au milieu du
bétail paissant ; de s'y mêler sans crainte, jusqu'à se poser
quelquefois sur le dos des vaches et des moutons[1]; leur air,
de familiarité avec le berger qu'elles précèdent, qu'elles accompagnent sans défiance et sans danger, qu'elles avertissent même de l'approche du loup ou de l'oiseau de proie,
leur ont fait donner un nom approprié, pour ainsi dire,
à cette vie pastorale[2]. Compagne d'hommes innocents et paisibles[3], la bergeronnette semble avoir pour notre espèce ce
penchant qui rapprocherait de nous la plupart des animaux
s'ils n'étaient repoussés par notre barbarie, et écartés par la
crainte de devenir nos victimes.

Dans la bergeronnette, l'affection est plus forte que la
peur ; il n'est point d'oiseau libre dans les champs qui se
montre aussi privé, qui fuie moins et moins loin, qui soit
aussi confiant, qui se laisse approcher de plus près, qui
revienne plus tôt à portée des armes du chasseur qu'elle
n'a pas l'air de redouter, puisqu'elle ne sait pas même fuir.

Les mouches sont sa pâture pendant la belle saison, mais
quand les frimas ont abattu[4] les insectes volants et renfermé
les troupeaux dans l'étable, elle se retire sur les ruisseaux,
et y passe presque toute la mauvaise saison.

La bergeronnette, si volontiers amie de l'homme, ne se
plie[5] point à devenir son esclave[6]; elle meurt dans la prison

---

1. Pour y attraper les mouches et autres insectes.
2. Manière gracieuse d'expliquer le nom de l'oiseau.
3. Cela sent un peu l'affectation et la pastorale du XVIIIᵉ siècle.
4. Expression un peu trop forte pour des insectes.
5. Métaphore.
6. *Amie... esclave,* antithèse heureuse.

de la cage ; elle aime la société et craint l'étroite captivité, mais laissée libre dans un appartement en hiver, elle y vit, donnant la chasse aux mouches et ramassant les mies de pain qu'on lui jette. *B. G.*

108. *La linotte.*

Il est peu d'oiseaux aussi communs que la linotte, mais il en est encore moins qui réunissent autant de qualités : ramage agréable, couleurs distinguées, naturel docile et susceptible d'attachement, tout lui a été donné, tout ce qui peut attirer l'attention de l'homme et contribuer à ses plaisirs. Il était difficile avec cela que cet oiseau conservât sa liberté ; mais il était encore plus difficile qu'au sein[1] de la servitude où nous l'avons réduit, il conservât ses avantages naturels dans toute leur pureté. En effet, la belle couleur rouge dont la nature a décoré sa tête et sa poitrine, et qui, dans l'état de liberté, brille d'un éclat durable, s'efface par degrés et s'éteint bientôt dans nos cages et nos volières : il en reste à peine quelques vestiges obscurs[2] après la première mue.

A l'égard de son chant, nous le dénaturons : nous substituons aux modulations libres et variées que lui inspire le printemps les phrases contraintes d'un chant apprêté qu'il ne répète qu'imparfaitement, et où l'on ne retrouve ni les agréments de l'art ni le charme de la nature. On est parvenu aussi à lui apprendre à parler différentes langues, c'est-à-dire à siffler quelques mots italiens, français, anglais, etc., quelquefois même à les prononcer assez franchement. Ceci prouve assez l'opinion que les oiseaux n'ont point de chant inné, et que le ramage propre aux diverses espèces d'oiseaux et ses variétés ont eu à peu près la même origine que les langues des différents peuples et leurs dialectes divers[3].

1. Expression métaphorique usuelle.
2. Expression élégante et concise.
3. Rapprochement ingénieux, mais bizarre.

109. *Le pinson.*

Le pinson est un oiseau très-vif: on le voit toujours en mouvement; et cela, joint à la gaieté de son chant, a donné lieu sans doute à la façon de parler proverbiale, *gai comme un pinson.* Il commence à chanter de fort bonne heure au printemps, et plusieurs jours avant le rossignol; il finit vers le solstice d'été[1]. Son chant a paru assez intéressant pour qu'on l'analysât; on y a distingué un prélude, un roulement, une finale : on a donné des noms particuliers à chaque reprise, on les a presque notées; et les plus grands connaisseurs de ces petites choses[2] s'accordent à dire que la dernière reprise est la plus agréable. Quelques personnes trouvent son ramage trop fort, trop mordant[3]; mais il n'est trop fort que parce que nos organes sont trop faibles, ou plutôt parce que nous l'entendons de trop près, et dans des appartements trop résonnants, où le son direct est exagéré, gâté par les sons réfléchis : la nature[4] a fait les pinsons pour être les chantres des bois; allons donc dans les bois pour juger leur chant, et surtout pour en jouir[5].

Si l'on met un jeune pinson, pris au nid, sous la leçon[6] d'un serin, d'un rossignol, etc., il se rendra propre le chant de ses maîtres. Mais on n'a point vu d'oiseaux de cette espèce qui eussent appris à siffler des airs de notre musique; ils ne savent pas s'éloigner de la nature jusqu'à ce point[7]. *B. G.*

1. Du 21 au 22 juin.
2. Antithèse gracieuse et piquante.
3. Métaphore heureuse et neuve.
4. Expression emphatique.
5. Un peu trop recherché.
6. Expression concise et métaphorique
7. Trait d'esprit et d'ironie.

110. *La fauvette.*

Le triste hiver, saison de mort[1], est le temps du sommeil ou plutôt de la torpeur de la nature : les insectes sans vie, les reptiles sans mouvement, les végétaux sans verdure et sans accroissements; tous les habitants de l'air détruits ou relégués, ceux des eaux renfermés dans des prisons de glace, et la plupart des animaux terrestres confinés dans les cavernes, les antres et les terriers : tout nous présente les images de la langueur et de la dépopulation. Mais le retour des oiseaux au printemps est le premier signal et la douce annonce du réveil de la nature vivante[2]; et les feuillages renaissants, et les bocages revêtus de leur nouvelle parure, sembleraient moins frais et moins touchants sans les nouveaux hôtes qui viennent les animer.

De ces hôtes des bois, les fauvettes sont les plus nombreuses comme les plus aimables : vives, agiles, légères et sans cesse remuées[3], tous leurs mouvements ont l'air du sentiment, et tous leurs accents le ton de la joie. Ces jolis oiseaux arrivent au moment où les arbres développent leurs feuilles et commencent à laisser épanouir leurs fleurs; ils se dispersent dans toute l'étendue de nos campagnes : les uns viennent habiter nos jardins, d'autres préfèrent les avenues et les bosquets; plusieurs espèces s'enfoncent[4] dans les grands bois, et quelques-unes se cachent au milieu des roseaux. Ainsi les fauvettes remplissent tous les lieux de la terre, et les animent[5] par les mouvements et les accents de leur tendre gaieté.

Leur voix est facile, pure et légère, et leur chant s'exprime par une suite de modulations peu étendues, mais agréables,

---

1. Ce mot, plus fort que *sommeil* et *torpeur*, est contraire aux règles de la gradation.
2. Phrase pleine de douceur et d'harmonie appropriée à l'idée.
3. Terme impropre; il faudrait : *se remuant* ou *en mouvement.*
4. Métaphore usuelle.
5. Cet mot et cette idée se trouvent déjà à la fin de l'alinéa précédent.

fines et nuancées. Les petits élevés en cage, s'ils sont à portée d'entendre le rossignol, perfectionnent leur chant et le
disputent à leur maître. A ce mérite des grâces naturelles
nous voudrions réunir celui de la beauté ; mais en leur donnant tant de qualités aimables, la nature semble avoir oublié[1] de parer leur plumage : il est obscur et terne. Excepté
deux ou trois espèces, qui sont légèrement tachetées, toutes
les autres n'ont que des teintes plus ou moins sombres de
blanchâtre, de gris et de roussâtre.   *B. G.*

111. *Le chardonneret.*

Beauté du plumage, douceur de la voix, finesse de l'instinct, adresse singulière, docilité à l'épreuve, ce charmant
petit oiseau réunit tout, et il ne lui manque que d'être rare
et de venir d'un pays éloigné, pour être estimé ce qu'il vaut.

Les jeunes chardonnerets ne sont familiers que jusqu'à un
certain âge, et ils deviennent avec le temps presque aussi
sauvages que ceux qui ont été élevés en pleine campagne par
les père et mère. Cela est dans la nature : la société de
l'homme ne peut être, n'est en effet que leur pis aller, et
ils doivent y renoncer dès qu'ils trouvent une autre société
qui leur convient davantage, ce qui arrive lorsqu'on les
élève ensemble.

Ils vivent en paix les uns avec les autres ; ils se recherchent, se donnent des marques d'amitié en toute saison, et
n'ont guère de querelles que pour la nourriture. Ils sont
moins pacifiques à l'égard des autres oiseaux : ils battent les
serins et les linottes ; mais ils sont battus à leur tour par les
mésanges.

Les mâles ont un ramage très-agréable et très-connu : ils
commencent à le faire entendre vers les premiers jours du
mois de mars, et ils continuent pendant la belle saison ; ils
le conservent même l'hiver dans les poêles[2] où ils trouvent la
température du printemps.   *R. G.*

1. Cette phrase est un peu précieuse.
2. Chambre chauffée par un poêle.

112. *Le rouge-gorge.*

Ce petit oiseau passe tout l'été dans nos bois, et ne vient guère à l'entour des habitations qu'à son départ en automne. Ce départ n'étant point indiqué et, pour ainsi dire, proclamé[1] parmi les rouges-gorges comme parmi les autres oiseaux alors attroupés, il en reste plusieurs en arrière, soit des jeunes que l'expérience n'a pas encore instruits du besoin de changer de climat, soit de ceux à qui suffisent les petites ressources qu'ils ont su trouver au milieu de nos hivers. C'est alors qu'on les voit s'approcher des habitations, et chercher les expositions les plus chaudes; s'il en est quelqu'un qui soit resté au bois dans cette rude saison, il y devient compagnon du bûcheron, il s'approche pour se chauffer à son feu, il becquette dans son pain, et voltige toute la journée à l'entour de lui en faisant entendre son petit cri : mais lorsque le froid augmente, et qu'une neige épaisse couvre la terre, il vient jusque dans nos maisons, frappe du bec aux vitres comme pour demander un asile, qu'on lui donne volontiers, et qu'il paye par la plus aimable familiarité, venant ramasser les miettes de la table[2], paraissant reconnaître et affectionner les personnes de la maison, et prenant un ramage moins éclatant, mais encore plus délicat que celui du printemps, et qu'il soutient pendant tous les frimas, comme pour saluer[3] chaque jour la bienfaisance de ses hôtes et la douceur de sa retraite. Il y reste avec tranquillité jusqu'à ce que le printemps de retour, lui annonçant de nouveaux besoins et de nouveaux plaisirs, l'agite et lui fait demander sa liberté. Quelques auteurs prétendent même que le rouge-gorge apprend à parler ; ce préjugé est ancien : mais le fait n'est point du tout vraisemblable, puisque cet oiseau a la langue fourchue.   *B. G.*

1. Expression hardie, adoucie par le mot *comme.*
2. Détails gracieux et élégants.
3. Métaphore un peu recherchée.

113. *La mésange*.

Il est peu de petits oiseaux aussi connus que celui-ci,
parce qu'il en est peu qui soient aussi communs, aussi faciles
à prendre, et aussi remarquables par les couleurs de leur
plumage. Le bleu domine sur la partie supérieure, le jaune
sur l'inférieure; le noir et le blanc paraissent distribués avec
art pour séparer et relever ces couleurs, qui se multiplient
encore en passant par différentes nuances.

Tous les oiseaux de cette famille sont faibles en apparence, parce qu'ils sont très-petits; mais ils sont en même
temps vifs, agissants et courageux. On les voit sans cesse en
mouvement; sans cesse ils voltigent d'arbre en arbre; ils
sautent de branche en branche; ils grimpent sur l'écorce;
ils gravissent contre les murailles; ils s'accrochent, se sus-
pendent de toutes les manières, souvent même la tête en
bas, afin de pouvoir fouiller dans toutes les petites fentes,
et y chercher les vers, les insectes ou les œufs. L'hiver, les
mésanges cherchent dans la campagne de petits oiseaux
morts; et si elles en trouvent de vivants affaiblis par la ma-
ladie, embarrassés dans des piéges, en un mot, sur qui
elles aient de l'avantage, fussent-ils de leur espèce, elles
leur percent le crâne et se nourrissent de leur cervelle.

En général toutes les mésanges, quoique un peu féroces,
aiment la société de leurs semblables, et vont par troupes
plus ou moins nombreuses. Lorsqu'elles ont été séparées par
quelque accident, elles se rappellent mutuellement, et sont
bientôt réunies. Cependant elles semblent craindre de s'approcher de trop près : sans doute que, jugeant des dispositions de leurs semblables par les leurs propres, elles sentent qu'elles ne doivent pas s'y fier. Telle est la société des
méchants[1]. Il semble cependant qu'elles aient une tendresse
anticipée pour leurs petits : cela paraît aux précautions
affectionnées qu'elles prennent dans la construction du nid,
à l'attention prévoyante qu'ont certaines espèces de le suspendre au bout d'une branche, au choix recherché des

1. Réflexion morale jetée en passant, et d'un bon effet.

matériaux qu'elles y emploient, tels qu'herbes menues, petites racines, mousse, fil, crin, laine, coton, plumes, duvet, etc. Elles viennent à bout de procurer la subsistance à leur nombreuse famille ; ce qui suppose non-seulement un zèle, une activité infatigables, mais beaucoup d'adresse et d'habileté dans leur chasse. Souvent on les voit revenir au nid ayant des chenilles dans le bec. Si d'autres oiseaux attaquent leur géniture, elles la défendent avec intrépidité ; elles se défendent elles-mêmes, et soufflent d'un air menaçant lorsqu'on les inquiète. *B. G.*

114. *Le serin.*

Si le rossignol[1] est le chantre des bois, le serin est le musicien[2] de la chambre : le premier tient tout de la nature, le second participe à nos arts. Avec moins de force d'organe[3], moins d'étendue dans la voix, moins de variété dans les sons, le serin a plus d'oreille, plus de facilité d'imitation, plus de mémoire. Et comme la différence du caractère (surtout dans les animaux) tient de très-près à celle qui se trouve entre leurs sens, le serin, dont l'ouïe est plus attentive, plus susceptible de recevoir et de conserver les impressions étrangères, devient aussi plus sociable, plus doux, plus familier : il est capable de reconnaissance, et même d'attachement ; ses caresses sont aimables, ses petits dépits innocents, et sa colère ne blesse ni n'offense[4]. Ses habitudes naturelles le rapprochent encore de nous. Il se nourrit de graines, comme nos autres oiseaux domestiques ; on l'élève plus aisément que le rossignol, qui ne vit que de chair ou d'insectes, et qu'on ne peut nourrir que de mets préparés. Son éducation, plus facile, est aussi plus heureuse : on l'élève avec plaisir, parce qu'on l'instruit avec succès[5] ; il

1. Commencement d'un parallèle brillant, mais peut-être un peu affecté.
2. *Chantre..., musicien,* antithèse un peu recherchée.
3. Inversion exigée par la phrase.
4. Tableau gracieux et naturel.
5. Antithèse juste.

quitte la mélodie de son chant naturel pour se prêter à l'harmonie de nos voix et de nos instruments ; il applaudit, il accompagne, et nous rend au delà de ce qu'on peut lui donner. Le rossignol, plus fier de son talent, semble vouloir le conserver dans toute sa pureté : au moins paraît-il faire assez peu de cas des nôtres ; ce n'est qu'avec peine qu'on lui apprend à répéter quelques-unes de nos chansons. Le serin peut parler et siffler ; le rossignol méprise la parole autant que le sifflet, et revient sans cesse à son brillant ramage. Son gosier, toujours nouveau[1], est un chef-d'œuvre de la nature, auquel l'art humain ne peut rien changer, rien ajouter ; celui du serin est un modèle de grâces d'une trempe[2] moins ferme, que nous pouvons modifier. L'un a donc bien plus de part que l'autre aux agréments de la société. Le serin chante en tout temps ; il nous récrée dans les jours les plus sombres ; il contribue même à notre bonheur : car il fait l'amusement de toutes les jeunes personnes, les délices des recluses[3] ; il charme au moins les ennuis du cloître, et porte de la gaieté dans les âmes innocentes et captives[4].

C'est dans le climat heureux des Hespérides que cet oiseau charmant semble avoir pris naissance, ou du moins avoir acquis toutes ses perfections : car nous connaissons en Italie une espèce de serin plus petite que celle des Canaries, et en Provence une autre espèce presque aussi grande, toutes deux plus agrestes, et qu'on peut regarder comme les tiges sauvages d'une race civilisée[5].   *B. G.*

---

115. *Le rossignol.*

Il n'est point d'homme bien organisé à qui ce nom ne rappelle quelqu'une de ces belles nuits de printemps où, le ciel étant serein, l'air calme, toute la nature en silence et

---

1. Alliance de mots hardie et neuve.
2. Expression métaphorique.
3. Religieuses.
4. Fin de phrase un peu maniérée et déclamatoire.
5. Métaphore amenée par le mot *agreste*.

pour ainsi dire attentive[1], il a écouté avec ravissement le ramage de ce chantre des forêts. On pourrait citer quelques autres oiseaux chanteurs dont la voix le dispute, à certains égards, à celle du rossignol. Les alouettes, le serin, le pinson, les fauvettes, la linotte, le chardonneret, le merle commun, le merle solitaire, le moqueur d'Amérique, se font écouter avec plaisir lorsque le rossignol se tait[2]. Les uns ont d'aussi beaux sons, les autres ont le timbre aussi pur et plus doux, d'autres ont des tours[3] de gosier aussi flatteurs; mais il n'en est pas un seul que le rossignol n'efface par la réunion complète de ces talents divers et par la prodigieuse variété de son ramage : en sorte que la chanson de chacun de ces oiseaux, prise dans toute son étendue, n'est qu'un couplet de celle du rossignol.

Le rossignol charme toujours, et ne se répète jamais, du moins jamais servilement : s'il[4] redit quelque passage, ce passage est animé d'un accent nouveau, embelli par de nouveaux agréments. Il réussit dans tous les genres, il rend toutes les expressions, il saisit tous les caractères, et de plus il sait en augmenter l'effet par les contrastes. Ce coryphée[5] du printemps se prépare-t-il à chanter l'hymne de la nature[6] : il commence par un prélude timide, par des tons faibles, presque indécis, comme s'il voulait essayer son instrument et intéresser ceux qui l'écoutent; mais ensuite, prenant de l'assurance, il s'anime par degrés, il s'échauffe, et bientôt il déploie dans leur plénitude toutes les ressources de son incomparable organe : coups[7] de gosier éclatants; batteries vives et légères; fusées[8] de chant, où la netteté est égale à la volubilité; murmure intérieur et sourd qui n'est point appréciable à l'oreille, mais très-propre à augmenter des tons appréciables; roulades précipitées, brillantes et

1. Gradation bien suspendue.
2. Antithèse ingénieuse et frappante.
3. Expression bizarre, mais qui peint très-bien l'idée.
4. Exemple de la figure appelée *correction*, par laquelle on revient sur ce qu'on a dit.
5. Métonymie. Le coryphée était le chef du chœur, celui qui parlait pour les autres membres du chœur.
6. Expression vague et emphatique.
7. Vive énumération de circonstances.
8. Catachrèse.

rapides, articulées avec force et même avec une dureté de bon goût; accents plaintifs cadencés avec mollesse; sons filés sans art, mais enflés avec âme; sons enchanteurs et pénétrants; vrais soupirs d'amour et de volupté, qui semblent sortir du cœur et font palpiter tous les cœurs, qui causent à tout ce qui est sensible une émotion si douce, une langueur si touchante. C'est dans ces tons passionnés que l'on reconnaît le langage du sentiment[1] qu'un époux heureux adresse à une compagne chérie, et qu'elle seule peut lui inspirer; tandis que dans d'autres phrases plus étonnantes peut-être, mais moins expressives, on reconnaît le simple projet de l'amuser et de lui plaire, ou bien de disputer devant elle le prix du chant à des rivaux jaloux de sa gloire et de son bonheur.

Ces différentes phrases sont entremêlées de silences qui, dans tous genres de mélodie, concourent si puissamment aux grands effets : on jouit des beaux sons que l'on vient d'entendre, et qui retentissent encore dans l'oreille; on en jouit mieux, parce que la jouissance est plus intime, plus recueillie, et n'est point troublée par des sensations nouvelles. Bientôt on attend, on désire une autre reprise; on espère que ce sera celle qui plaît : si l'on est trompé, la beauté du morceau que l'on entend ne permet pas de regretter celui qui n'est que différé, et l'on conserve l'intérêt de l'espérance[2] pour les reprises qui suivront. Au reste, une des raisons pourquoi le chant du rossignol est plus remarqué et produit plus d'effet, c'est parce que, chantant la nuit, qui est le temps le plus favorable, et chantant seul, sa voix a tout son éclat et n'est offusquée[3] par aucune autre voix. Il efface tous les autres oiseaux par ses sons moelleux et flûtés, et par la durée non interrompue de son ramage, qu'il soutient quelquefois pendant vingt secondes. Les observateurs ont compté dans ce ramage seize reprises différentes, bien déterminées par leurs premières et dernières notes, et dont l'oiseau sait varier avec goût les notes intermédiaires. Les jeunes rossignols captifs embelli-

1. *Que* se rapporte à *langage*, et non à *sentiment*. Il y a ici de l'embarras et de l'obscurité.
2. Subtilité et affectation.
3. Voy. note 1 de la p. 186.

~ont leur chant naturel de tous les passages qui leur plairont
dans le chant des autres oiseaux qu'on leur fera entendre ;
ils apprendront à chanter des airs, si on a la patience et le
mauvais goût de les *siffler*. Enfin on s'est assuré que la
sphère[1] que remplit la voix d'un rossignol n'a pas moins
d'un mille de diamètre, surtout lorsque l'air est calme ; ce
qui égale au moins la portée de la voix humaine. *B. G.*

116. L'alouette.

Cet oiseau, qui est fort répandu aujourd'hui, semble
l'avoir été plus anciennement dans nos Gaules qu'en Italie,
puisque son nom latin *alauda*, selon les auteurs latins les
plus instruits, est d'origine gauloise. On s'est fait une étude
de l'élever en volière pour jouir de son ramage en toute
saison, et, par elle, du ramage de tout autre oiseau, qu'elle
prend fort vite, pour peu qu'elle ait été à portée de l'entendre quelque temps, et cela, même après que son chant
propre est fixé ; mais elle imite avec cette pureté d'organe,
cette flexibilité[2] de gosier, qui se prête à tous les accents et
qui les embellit. Si l'on veut que son ramage, acquis ou
naturel, soit vraiment pur, il faut que ses oreilles ne soient
frappées que d'une seule espèce de chant, surtout dans le
temps de la jeunesse ; sans quoi ce ne serait plus qu'un composé bizarre et mal assorti de tous les ramages qu'elle aurait
entendus.

Lorsqu'elle est libre, elle commence à chanter dès les
premiers jours du printemps ; elle continue pendant toute
la belle saison. Le matin et le soir sont les temps de la journée où elle se fait le plus entendre, et le milieu du jour
celui où on l'entend le moins. Elle est du petit nombre des
oiseaux qui chantent en volant : plus elle s'élève, plus elle
force la voix ; et souvent elle la force à un tel point que,

---

1. Expression empruntée à la géométrie, mais qui est juste, le
son se propageant par ondes sonores et de surface sphérique.
2. Métaphore usuelle.

quoiqu'elle se soutienne au haut des airs et à perte de vue, on l'entend encore assez distinctement, soit que ce chant ne soit qu'un simple accent d'amour ou de gaieté, soit que ces petits oiseaux ne chantent ainsi en volant que par une sorte d'émulation et pour se rappeler entre eux. Un oiseau de proie qui compte sur sa force et médite[1] le carnage doit aller seul[2] et garder dans sa marche un silence farouche, de peur que le moindre cri ne fût pour ses pareils un avertissement de venir partager sa proie, et pour les oiseaux faibles, un signal[3] de se tenir sur leurs gardes : c'est à ceux-ci à se rassembler, à sortir, à s'appuyer les uns les autres, et à se croire forts par leur réunion. Au reste, l'alouette chante rarement à terre, où néanmoins elle se tient toujours lorsqu'elle ne vole point ; car elle ne se perche jamais sur les arbres. *B. G.*

117. *La perdrix.*

Les perdrix se plaisent dans les pays à blé, et surtout dans ceux où les terres sont bien cultivées et marnées, sans doute parce qu'elles y trouvent une nourriture plus abondante, soit en grains, soit en insectes, ou peut-être aussi parce que les sels de la marne, qui contribuent si fort à la fécondité du sol, sont analogues à leur tempérament ou à leur goût.

Les perdrix grises sont des oiseaux sédentaires, qui non-seulement restent dans le même pays, mais qui s'écartent le moins qu'ils peuvent du canton où ils ont passé leur jeunesse, et qui y reviennent toujours. Elles aiment la pleine campagne, et ne se réfugient dans les taillis et les vignes que lorsqu'elles sont poursuivies par le chasseur ou par l'oiseau de proie. Au milieu de tant d'ennemis et de dangers, on sent bien qu'il en est peu qui vivent âge de perdrix.

La perdrix grise est d'un naturel plus doux que la rouge ; lorsqu'elle n'est point tourmentée, elle se familiarise aisé-

1. Expression bien emphatique.
2. Voy. le morceau sur la mésange.
3. *Avertissement* et *signal*, disent la même chose.

ment. Il paraît même, par plusieurs passages des anciens, qu'on en était venu jusqu'à leur apprendre à chanter ou à perfectionner leur chant naturel, qui, du moins dans certaines races, passait pour un ramage agréable. La société de la perdrix apprivoisée avec l'homme qui sait s'en faire obéir est du genre le plus intéressant et le plus noble : elle n'est fondée ni sur le besoin, ni sur l'intérêt, ni sur une douceur stupide, mais sur la sympathie, le goût réciproque, le choix volontaire. Il faut même, pour bien réussir, qu'elle soit absolument volontaire et libre. La perdrix ne s'attache à l'homme, ne se soumet à ses volontés, qu'autant que l'homme lui laisse perpétuellement le pouvoir de le quitter; et lorsqu'on veut lui imposer une loi trop dure, une contrainte au delà de ce qu'exige toute société[1], en un mot, lorsqu'on veut la réduire à l'esclavage domestique, son naturel si doux se révolte, et le regret profond de sa liberté perdue étouffe[2] en elle les plus forts penchants de la nature.   *B. G.*

1. Réflexion un peu déplacée.
2. Expression métaphorique.

118. *Les oiseaux qui vivent du miel des fleurs.*

Les petites espèces de ces oiseaux sont au-dessous de la grande mouche nommée taon, pour la grandeur, et du bourdon pour la grosseur. Leur bec est une aiguille fine, et leur langue un fil délié ; leurs petits yeux noirs ne paraissent que deux points brillants ; les plumes de leurs ailes sont si délicates qu'elles en paraissent transparentes. A peine aperçoit-on leurs pieds, tant ils sont courts et menus : ils en font peu d'usage ; ils ne se posent que pour passer la nuit, et se laissent, pendant le jour, emporter dans les airs. Leur vol est continu, bourdonnant et rapide. Le battement de leurs ailes est si vif que l'oiseau, s'arrêtant dans les airs, paraît non-seulement immobile, mais tout à fait sans action. On le voit s'arrêter ainsi quelques instants devant une fleur, et partir comme un trait pour aller à une autre. Il les visite toutes, plongeant sa petite langue dans leur sein[1], les flattant[2] de ses ailes sans jamais s'y fixer, mais aussi sans les quitter jamais ; il ne presse ses inconstances que pour mieux suivre ses amours et multiplier ses jouissances innocentes[3] : car ces amants légers[4] des fleurs vivent à leurs dépens sans les flétrir ; ils ne font que pomper leur miel, et c'est à cet usage que leur langue paraît uniquement destinée.

119. *L'oiseau-mouche.*

De tous les êtres animés, voici[5] le plus élégant pour la forme et le plus brillant pour les couleurs : les pierres et les métaux polis par notre art ne sont pas comparables à ce bijou[6] de la nature ; elle l'a placé, dans l'ordre des oiseaux,

1. Catachrèse.
2. Expression élégante et gracieuse.
3. Phrase un peu maniérée.
4. Gracieux, mais quelque peu affecté.
5. Manière vive d'entrer en matière.
6. Expression jolie et ingénieuse.

au dernier degré[1] de l'échelle de grandeur, *maxime miranda in minimis*. Son chef-d'œuvre est le petit[2] oiseau-mouche ; elle l'a comblé de tous les dons qu'elle n'a fait que partager aux autres oiseaux. Légèreté, rapidité, prestesse, grâce et riche parure, tout appartient à ce petit favori[3]. L'émeraude, le rubis, la topaze, brillent sur ses habits[4] ; il ne les souille jamais de la poussière de la terre, et, dans sa vie tout aérienne[5], on le voit à peine toucher le gazon par instants : il est toujours en l'air, volant de fleurs en fleurs ; il a leur fraîcheur comme il a leur éclat ; il vit de leur nectar, et n'habite que les climats où sans cesse elles se renouvellent.

C'est dans les contrées les plus chaudes du nouveau monde que se trouvent toutes les espèces d'oiseaux-mouches. Elles sont assez nombreuses, et paraissent confinées entre les deux tropiques ; car ceux qui s'avancent en été dans les zones tempérées n'y font qu'un court séjour : ils semblent suivre le soleil, s'avancer, se retirer avec lui, et voler sur l'aile des zéphyrs à la suite d'un printemps éternel[6].

Rien n'égale la vivacité de ces petits oiseaux, si ce n'est leur courage, ou plutôt leur audace : on les voit poursuivre avec furie des oiseaux vingt fois plus gros qu'eux, s'attacher à leur corps, et, se laissant emporter par leur vol, les becqueter à coups redoublés, jusqu'à ce qu'ils aient assouvi leur petite colère. Quelquefois même ils se livrent entre eux de très-vifs combats. L'impatience paraît être leur âme[7] : s'ils s'approchent d'une fleur et qu'ils la trouvent fanée, ils lui arrachent les pétales avec une précipitation qui marque leur dépit. Ils n'ont point d'autre voix qu'un petit cri, *screp, screp*, fréquent et répété ; ils le font entendre dans les bois dès l'aurore, jusqu'à ce qu'aux premiers rayons du soleil tous prennent l'essor et se dispersent dans les campagnes.

1. Instrument de comparaison.
2. *Petit* contraste heureusement avec *chef-d'œuvre*.
3. Expression gracieuse.
4. Catachrèse.
5. Expression poétique.
6. Image gracieuse et poétique.
7. Original et hardi.

120. *Le colibri.*

La nature, en prodiguant tant de beautés à l'oiseau-mouche, n'a pas oublié[1] le colibri son voisin et son proche parent : elle l'a produit dans le même climat et formé sur le même modèle. Aussi brillant, aussi léger que l'oiseau-mouche, et vivant comme lui sur les fleurs, le colibri est paré de même de tout ce que les plus riches couleurs ont d'éclatant, de moelleux, de suave[2]; et ce que nous avons dit de la beauté de l'oiseau-mouche, de sa vivacité, de son vol bourdonnant et rapide, de sa constance à visiter les fleurs, ce que nous pourrions dire de sa manière de nicher et de vivre, doit s'appliquer également au colibri. Un même instinct anime ces deux charmants oiseaux ; et, comme ils se ressemblent presque en tout, souvent on les a confondus sous un même nom.

1. Expression d'une élégance un peu commune.
2. Métaphore qui applique aux couleurs ce qui ne se dit que des parfums.

DISCOURS DE RÉCEPTION

A L'ACADÉMIE FRANÇAISE.

PRONONCÉ LE 25 AOUT 1753

Messieurs,

Vous m'avez comblé d'honneur en m'appelant à vous[1] :
mais la gloire n'est un bien qu'autant qu'on en est digne ;
et je ne me persuade pas que quelques essais écrits sans art,
et sans autre ornement que celui de la nature, soient des
titres suffisants[2] pour oser prendre place parmi les maîtres
de l'art, parmi les hommes éminents qui représentent ici la
splendeur littéraire de la France, et dont les noms, célébrés
aujourd'hui par la voix des nations, retentiront encore avec
éclat dans la bouche de nos derniers neveux. Vous avez eu,
messieurs, d'autres motifs en jetant les yeux sur moi ; vou
avez voulu donner à l'illustre compagnie[3] à laquelle j'ai
l'honneur d'appartenir depuis longtemps une nouvelle
marque de considération : ma reconnaissance, quoique par-
tagée, n'en sera pas moins vive. Mais comment satisfaire au
devoir qu'elle m'impose en ce jour ? Je n'ai, messieurs, à
vous offrir que votre propre bien ; ce sont quelques idées
sur le style, que j'ai puisées dans vos ouvrages : c'est en

1. « Reçu à l'Académie française après la publication de ses
premiers volumes, Buffon ne laissa pas languir sa parole dans le
remerciement, ni dans le panégyrique exagéré d'un prédécesseur
obscur, et il saisit tout d'abord son auditoire du sujet même que
sa présence rappelait, l'éloquence, la perfection du style. »
M. Villemain.

2. Modestie obligée dans un récipiendaire.

3. L'Académie royale des sciences. M. de Buffon y avait été
reçu en 1733, dans la classe de mécanique.

vous lisant, c'est en vous admirant qu'elles ont été conçues ; c'est en les soumettant à vos lumières qu'elles se produiront avec quelques succès.

Il s'est trouvé dans tous les temps des hommes qui ont su commander aux autres par la puissance de la parole. Ce n'est néanmoins que dans les siècles éclairés que l'on a bien écrit et bien parlé[1]. La véritable éloquence suppose l'exercice du génie[2] et la culture de l'esprit ; elle est bien différente de cette facilité naturelle de parler, qui n'est qu'un talent[3], une qualité accordée à tous ceux dont les passions sont fortes, les organes souples et l'imagination prompte. Ces hommes sentent vivement, s'affectent de même, le marquent fortement au dehors ; et, par une impression purement mécanique, ils transmettent aux autres leur enthousiasme et leurs affections[4]. C'est le corps qui parle au corps ; tous les mouvements, tous les signes, concourent et servent également. Que faut-il pour émouvoir la multitude et l'entraîner ? que faut-il pour ébranler la plupart même des autres hommes et les persuader ? Un ton véhément et pathétique, des gestes expressifs et fréquents, des paroles rapides et sonnantes. Mais pour le petit nombre de ceux dont la tête est ferme, le goût délicat et le sens exquis, et qui comme vous, messieurs, comptent pour peu le ton, les gestes et le vain son des mots[5], il faut des choses, des pensées, des raisons ; il faut savoir les présenter, les nuancer[6], les ordonner : il ne suffit pas de frapper l'oreille et d'occuper les yeux ; il faut agir sur l'âme[7], et toucher le cœur en parlant à l'esprit.

1. Sous le rapport philosophique et non sous le rapport oratoire.

2. Dans le sens étymologique : talent inné propre à chaque homme.

3. « Buffon, par une singulière préoccupation de lui-même et de son siècle, met pour ainsi dire la puissance oratoire en dehors de l'éloquence. » M. Villemain.

4. « Est-ce donc si peu de chose de sentir et transmettre l'enthousiasme ? Mais cela même est l'éloquence. Ainsi l'entendait Démosthène, ce sublime et véhément logicien. » M. Villemain.

5. Buffon, comme on le voit, fait trop peu de cas de l'éloquence publique.

6. Expression métaphorique.

7. En tant que siége de l'intelligence et de la raison.

Le style n'est que l'ordre et le mouvement[1] qu'on met dans ses pensées. Si on les enchaîne[2] étroitement, si on les serre, le style devient ferme, nerveux[3] et concis; si on les laisse se succéder lentement, et ne se joindre qu'à la faveur des mots, quelque élégants qu'ils soient, le style sera diffus, lâche et traînant.

Mais avant de chercher l'ordre dans lequel on présentera ses pensées, il faut s'en être fait un autre plus général et plus fixe, où ne doivent entrer que les premières vues et les principales idées : c'est en marquant leur place sur ce premier plan[4] qu'un sujet sera circonscrit, et que l'on en connaîtra l'étendue; c'est en se rappelant sans cesse ces premiers linéaments qu'on déterminera les justes intervalles qui séparent les idées principales, et qu'il naîtra des idées accessoires et moyennes, qui serviront à les remplir. Par la force du génie, on se représentera toutes les idées générales et particulières sous leur véritable point de vue; par une grande finesse de discernement, on distinguera les pensées stériles des pensées fécondes; par la sagacité que donne la grande habitude d'écrire, on sentira d'avance quel sera le produit de toutes ces opérations de l'esprit. Pour peu que le sujet soit vaste ou compliqué, il est bien rare qu'on puisse l'embrasser d'un coup d'œil, ou le pénétrer en entier d'un seul et premier effort de génie[5]; et il est rare encore qu'après bien des réflexions on en saisisse tous les rapports. On ne peut donc trop s'en occuper; c'est même le seul moyen d'affermir, d'étendre et d'élever[6] ses pensées : plus on leur donnera de substance et de force par la méditation, plus il sera facile ensuite de les réaliser par l'expression.

Ce plan n'est pas encore le style, mais il en est la base[7]; il

1. « Cicéron disait : Qu'est-ce que l'éloquence, sinon une agitation perpétuelle de l'âme. Définition d'orateur à laquelle l'écrivain a dû substituer celle-ci : Le style, etc.... » M. Villemain.

2. Expression métaphorique.

3. Métaphore.

4. Commencement d'une métaphore continuée.

5. Allusion à l'*Esprit des lois* dont Montesquieu mit dix ans à préparer les matériaux et le plan.

6. *Affermir*, *étendre*, *élever*, toutes expressions métaphoriques.

7. Métaphore.

Buffon.

le soutient, il le dirige, il règle son mouvement et le soumet à des lois : sans cela, le meilleur écrivain s'égare ; sa
plume marche[1] sans guide, et jette[2] à l'aventure des traits
irréguliers et des figures discordantes. Quelque brillantes que
soient les couleurs[3] qu'il emploie, quelques beautés qu'il
sème dans les détails, comme l'ensemble choquera, ou ne
se fera pas assez sentir, l'ouvrage ne sera point construit[4] ;
et, en admirant l'esprit de l'auteur, on pourra soupçonner
qu'il manque de génie. C'est par cette raison que ceux qui
écrivent comme ils parlent, quoiqu'ils parlent très-bien,
écrivent mal ; que ceux qui s'abandonnent au premier feu[5]
de leur imagination prennent un ton qu'ils ne peuvent soutenir ; que ceux qui craignent de perdre des pensées isolées,
fugitives[6], et qui écrivent en différents temps des morceaux
détachés, ne les réunissent jamais sans transitions forcées ;
qu'en un mot il y a tant d'ouvrages faits de pièces de rapport, et si peu qui soient fondus d'un seul jet[7].

Cependant tout sujet est un ; et, quelque vaste qu'il soit,
il peut être renfermé dans un seul discours. Les interrup-
tions, les repos, les sections, ne devraient être d'usage que
quand on traite des sujets différents, ou lorsqu'ayant à parler de choses grandes, épineuses[8] et disparates, la marche
du génie se trouve interrompue par la multiplicité des obstacles et contrainte par la nécessité des circonstances[9].
Autrement le grand nombre de divisions, loin de rendre un
ouvrage plus solide[10], en détruit l'assemblage : le livre paraît
plus clair aux yeux, mais le dessein de l'auteur demeure

1. Expression prise au propre et au figuré. La métaphore est
heureusement continuée dans ce qui suit.

2. Expression pleine de justesse et de vivacité.

3. Métaphore.

4. Expression métaphorique. L'ouvrage est comparé ici à un
monument.

5. Métaphore usuelle.

6. Expression figurée.

7. Belle métaphore.

8. Expression figurée.

9. Dans ce que j'ai dit ici, j'avais en vue le livre de l'*Esprit
des lois*, ouvrage excellent pour le fond, et auquel on n'a pu faire
d'autre reproche que celui des sections trop fréquentes. (*Buffon.*)

10. *Solide, détruit, assemblage*, métaphore continuée, de même
que *clair* et *obscur*.

obscur; il ne peut faire impression sur l'esprit du lecteur; il ne peut même se faire sentir que par la continuité du fil[1], par la dépendance harmonique[2] des idées, par un développement successif, une gradation soutenue, un mouvement uniforme que toute interruption détruit ou fait languir.

Pourquoi les ouvrages de la nature sont-ils si parfaits? c'est que chaque ouvrage est un tout, et qu'elle travaille sur un plan éternel[3] dont elle ne s'écarte jamais : elle prépare en silence les germes de ses productions[4]; elle ébauche par un acte unique la forme primitive de tout être vivant; elle la développe, elle la perfectionne par un mouvement continu et dans un temps prescrit. L'ouvrage étonne; mais c'est l'empreinte divine[5] dont il porte les traits[6] qui doit nous frapper. L'esprit humain ne peut rien créer; il ne produira qu'après avoir été fécondé[7] par l'expérience et la méditation; ses connaissances sont les germes de ses productions[8] : mais s'il imite la nature dans sa marche et dans son travail, s'il s'élève par la contemplation aux vérités les plus sublimes, s'il les réunit, s'il les enchaîne, s'il en forme un tout, un système par la réflexion, il établira sur des fondements inébranlables des monuments immortels[9].

C'est faute de plan, c'est pour n'avoir pas assez réfléchi sur son objet, qu'un homme d'esprit se trouve embarrassé, et ne sait par où commencer à écrire. Il aperçoit à la fois un grand nombre d'idées; et comme il ne les a ni comparées ni subordonnées, rien ne le détermine à préférer les unes aux autres : il demeure donc dans la perplexité. Mais lorsqu'il se sera fait un plan, lorsqu'une fois il aura rassemblé et mis en ordre toutes les pensées essentielles à son sujet, il s'apercevra aisément de l'instant auquel il doit prendre la

1. Expression métaphorique.
2. Métaphore.
3. Expression majestueuse et digne de l'idée.
4. Ces mots sont pris ici au propre; mais plus bas ils le sont au figuré.
5. C'est-à-dire la conformité au plan éternel dont il est parlé plus haut.
6. *Traits* et *empreinte*, expressions métaphoriques.
7. Métaphore.
8. Métaphore de naturaliste. Voyez note 4.
9. Métaphore continuée. Voyez note 4 de la page 218.

plume; il sentira le point de maturité[1] de la production de l'esprit, il sera pressé de la faire éclore, il n'aura même que du plaisir à écrire : les idées se succéderont aisément, et le style sera naturel et facile ; la chaleur[2] naîtra de ce plaisir, se répandra partout et donnera la vie[3] à chaque expression : tout s'animera de plus en plus, le ton s'élèvera, les objets prendront de la couleur[4]; et le sentiment, se joignant à la lumière, l'augmentera, la portera plus loin, la fera passer de ce que l'on a dit à ce que l'on va dire, et le style deviendra intéressant et lumineux.

Rien ne s'oppose plus à la chaleur que le désir de mettre partout des traits saillants[5]; rien n'est plus contraire à la lumière[6], qui doit faire un corps et se répandre uniformément dans un écrit, que ces étincelles qu'on ne tire que par force en choquant les mots les uns contre les autres, et qui ne nous éblouissent pendant quelques instants que pour nous laisser ensuite dans les ténèbres. Ce sont des pensées qui ne brillent que par l'opposition : l'on ne présente qu'un côté de l'objet, on met dans l'ombre toutes les autres faces; et ordinairement ce côté qu'on choisit est une pointe, un angle[7] sur lequel on fait jouer[8] l'esprit avec d'autant plus de facilité qu'on l'éloigne davantage des grandes faces[9] sous lesquelles le bon sens a coutume de considérer les choses.

Rien n'est encore plus opposé à la véritable éloquence que l'emploi de ces pensées fines, et la recherche de ces idées légères, déliées, sans consistance, et qui, comme la feuille du métal battu[10], ne prennent de l'éclat qu'en perdant de la solidité. Ainsi plus on mettra de cet esprit mince[11] et brillant

1. *Maturité, éclore,* heureuse métaphore.
2. Métaphore.
3. Expression métaphorique continuée.
4. Métaphore continuée par les mots *lumière, lumineux.*
5. Défaut dominant chez les auteurs du xviiie siècle.
6. *Lumière, étincelle, éblouissent,* etc., métaphore savante et éclatante, continuée dans les phrases qui suivent.
7. Terme emprunté à la géométrie.
8. Métaphore.
9. Terme emprunté à la géométrie.
10. Comparaison amenée par les expressions *légères, déliées, sans consistance.*
11. Les mots continuent la métaphore et la comparaison.

dans un écrit, moins il aura de nerf[1], de lumière, de chaleur et de style; à moins que cet esprit ne soit lui-même le fond du sujet, et que l'écrivain n'ait pas eu d'autre objet que la plaisanterie : alors l'art de dire de petites choses devient peut-être plus difficile[2] que l'art d'en dire de grandes.

Rien n'est plus opposé au beau naturel que la peine qu'on se donne pour exprimer des choses ordinaires ou communes d'une manière singulière ou pompeuse; rien ne dégrade[3] plus l'écrivain. Loin de l'admirer, on le plaint d'avoir passé tant de temps[4] à faire de nouvelles combinaisons de syllabes, pour ne dire que ce que tout le monde dit. Ce défaut est celui des esprits cultivés, mais stériles; ils ont des mots en abondance, point d'idées : ils travaillent donc sur les mots, et s'imaginent avoir combiné des idées parce qu'ils ont arrangé des phrases, et avoir épuré[5] le langage quand ils l'ont corrompu en détournant les acceptions[6]. Ces écrivains n'ont point de style, ou, si l'on veut, ils n'en ont que l'ombre[7]. Le style doit graver[8] des pensées; ils ne savent que tracer des paroles.

Pour bien écrire, il faut donc posséder pleinement son sujet; il faut y réfléchir assez pour voir clairement l'ordre de ses pensées, et en former une suite, une chaîne continue[9], dont chaque point représente une idée : et lorsqu'on aura pris la plume, il faudra la conduire successivement sur ce premier trait, sans lui permettre de s'en écarter, sans l'appuyer trop inégalement, sans lui donner d'autre mouvement que celui qui sera déterminé par l'espace qu'elle doit parcourir[10]. C'est en cela que consiste la sévérité du style; c'est

1. Métaphore, comme les mots *lumière, chaleur.*
2. Exagération.
3. C'est peut-être trop sévère. Du reste l'expression est métaphorique.
4. *Tant de temps,* cacophonie.
5. *Épuré, corrompu,* antithèse métaphorique.
6. Le sens de mots.
7. Comparaison métaphorique.
8. *Graver, tracer,* antithèse métaphorique.
9. Expression métaphorique, continuée dans ce qui suit.
10. Belle et frappante image. « Je l'avoue, et ce conseil rigoureux et cette image exactement compassée me paraissent mal convenir à la verve de travail qui suit la méditation. Je doute que l'auteur lui-même, qui donne un semblable précepte, ait pu s'y

aussi ce qui en fera l'unité et qui en réglera la rapidité ; et
cela seul aussi suffira pour le rendre précis et simple, égal
et clair, vif et suivi. A cette première règle, dictée par le
génie, si l'on joint de la délicatesse et du goût, du scrupule
sur le choix des expressions, de l'attention à ne nommer les
choses que par les termes les plus généraux [1], le style aura
de la noblesse. Si l'on y joint encore de la défiance pour son
premier mouvement [2], du mépris pour tout ce qui n'est que
brillant, et une répugnance constante pour l'équivoque et
la plaisanterie, le style aura de la gravité, il aura même de
la majesté. Enfin, si l'on écrit comme l'on pense, si l'on est
convaincu de ce que l'on veut persuader, cette bonne foi
avec soi-même, qui fait la bienséance pour les autres, et la
vérité du style, lui fera produire tout son effet, pourvu que
cette persuasion intérieure ne se marque pas par un enthousiasme trop fort, et qu'il y ait partout plus de candeur que
de confiance, plus de raison que de chaleur.

　　C'est ainsi, messieurs, qu'il me semblait, en vous lisant,
que vous me parliez, que vous m'instruisiez. Mon âme, qui
recueillait avec avidité ces oracles [3] de la sagesse, voulait
prendre l'essor [4] et s'élever jusqu'à vous. Vains efforts ! Les
règles, disiez-vous encore, ne peuvent suppléer au génie ;
s'il manque, elles seront inutiles. Bien écrire, c'est tout à la
fois bien penser, bien sentir et bien rendre ; c'est avoir en

---

conformer toujours ; et j'y trouve peut-être la cause de la roideur
monotone mêlée parfois à son langage. Exprimer sa pensée, c'est
la produire, c'est la sentir dans toute sa force ; et par là même,
c'est souvent la transformer, la grandir, et non pas seulement
colorer d'une teinte visible des caractères rangés dans un ordre
immobile. » M. Villemain.

　　1. « Pascal, Corneille, Bossuet, Boileau lui-même, ont sans
cesse usé du mot expressif et simple, du mot de la chose, et n'ont
cherché les termes les plus généraux que lorsque l'imagination ou
la pudeur s'en accommodaient mieux. Mais si le précepte de Buffon,
appuyé sur son propre exemple est trop exclusif, il faut avouer
aussi qu'une crudité basse qui se sert du mot propre pour indiquer des objets ou des images indignes d'être offerts à la pensée,
n'est pas une richesse pour la langue et pour le talent. » M. Villemain.

　　2. De la pensée ou de l'imagination.
　　3. Catachrèse heureuse.
　　4. Belle image, continuée par le mot *s'élever*.

même temps de l'esprit, de l'âme et du goût[1]. Le style suppose la réunion et l'exercice de toutes les facultés intellectuelles : les idées seules forment le fond[2] du style; l'harmonie des paroles n'en est que l'accessoire, et ne dépend que de la sensibilité des organes. Il suffit d'avoir un peu d'oreille pour éviter les dissonances; de l'avoir exercée, perfectionnée par la lecture des poëtes et des orateurs, pour que mécaniquement on soit porté à l'imitation de la cadence poétique et des tours oratoires. Or jamais l'imitation n'a rien créé : aussi cette harmonie des mots ne fait ni le fond ni le ton du style, et se trouve souvent dans des écrits vides d'idées.

Le ton n'est que la convenance du style à la nature du sujet : il ne doit jamais être forcé; il naîtra naturellement du fond même de la chose, et dépendra beaucoup du point de généralité[3] auquel on aura porté[4] ses pensées. Si l'on s'est élevé aux idées les plus générales, et si l'objet en lui-même est grand, le ton paraîtra s'élever à la même hauteur; et si, en le soutenant à cette élévation, le génie fournit assez pour donner à chaque objet une forte lumière[5], si l'on peut ajouter la beauté du coloris[6] à l'énergie du dessin, si l'on peut, en un mot, représenter chaque idée par une image vive et bien terminée, et former de chaque suite d'idées un tableau harmonieux et mouvant, le ton sera non-seulement élevé, mais sublime.

Ici, messieurs, l'application ferait plus que la règle; les exemples instruiraient mieux que les préceptes : mais il ne m'est pas permis de citer les morceaux sublimes qui m'ont si souvent transporté en lisant vos ouvrages; je suis contraint de me borner à des réflexions. Les ouvrages bien écrits seront les seuls qui passeront à la postérité. La quantité des

---

1. Phrase d'une heureuse et belle symétrie : *esprit* répond à *penser*, *âme* à *sentir*, et *goût* à *rendre*.

2. Métaphore.

3. Abstrait et un peu vague.

4. *Porté*, *élevé*, *élévation*, métaphore continuée.

5. *Lumière*, *coloris*, *dessin*, *représenter*, *image*, *tableau*, métaphore continuée.

6. Buffon était un grand *coloriste*, comme on disait au xviiie siècle. Ce mot heureux est d'un usage fréquent aujourd'hui.

connaissances, la singularité des faits, la nouveauté même des découvertes, ne sont pas de sûrs garants de l'immortalité : si les ouvrages qui les contiennent ne roulent[1] que sur de petits objets, s'ils sont écrits sans goût, sans noblesse et sans génie, ils périront, parce que les connaissances, les faits et les découvertes s'enlèvent aisément, se transportent, et gagnent même à être mis en œuvre par des mains plus habiles. Ces choses sont hors de l'homme; le style est l'homme même[2]. Le style ne peut donc ni s'enlever, ni se transporter, ni s'altérer : s'il est élevé, noble, sublime, l'auteur sera également admiré dans tous les temps; car il n'y a que la vérité qui soit durable, et même éternelle. Or un beau style n'est tel en effet que par le nombre infini des vérités qu'il présente : toutes les beautés intellectuelles qui s'y trouvent, tous les rapports dont il est composé, sont autant de vérités aussi utiles et peut-être plus précieuses[3] pour l'esprit humain que celles qui peuvent faire le fond du sujet.

Le sublime ne peut se trouver que dans les grands sujets. La poésie, l'histoire et la philosophie ont toutes le même objet, et un très-grand objet, l'homme et la nature. La philosophie décrit et dépeint[4] la nature. La poésie la peint et l'embellit; elle peint aussi les hommes, elle les agrandit, elle les exagère; elle crée les héros et les dieux. L'histoire ne peint que l'homme, et le peint tel qu'il est. Ainsi le ton de l'historien ne deviendra sublime que quand il fera le portrait des plus grands hommes, quand il exposera les plus grandes actions, les plus grands mouvements, les plus

1. Expression métaphorique usuelle.

2. « Si vous voulez retrouver l'image de cet homme à part dans le XVIIIe siècle, grave et un peu fastueux, épris de la gloire avec circonspection, philosophe respectant tous les pouvoirs et presque tous les préjugés, gentilhomme cher à ses vassaux et paraissant devant eux le dimanche en habit doré, ayant plus de dignité dans les manières que de délicatesse dans les goûts, plus de bonté que d'émotion, toutes ces nuances morales peuvent se démêler dans le caractère même de son style, si soigné, si noble, si paré. » M. Villemain. — On ne peut donner un plus ingénieux commentaire de la pensée de Buffon.

3. C'est ce qui fait que les écrits des anciens, malgré les erreurs de fond qu'ils contiennent, seront toujours lus avec charme.

4. Métaphore usuelle, comme *peint*, qui suit.

grandes révolutions; et partout ailleurs il suffira qu'il soit
majestueux et grave. Le ton du philosophe pourra devenir
sublime toutes les fois qu'il parlera des lois de la nature,
des êtres en général, de l'espace, de la matière, du mouvement et du temps, de l'âme, de l'esprit humain, des
sentiments, des passions : dans le reste, il suffira qu'il soit
noble et élevé. Mais le ton de l'orateur et du poëte, dès que
le sujet est grand, doit toujours être sublime, parce qu'ils
sont les maîtres de joindre à la grandeur de leur sujet autant
de couleur, autant de mouvement, autant d'illusion qu'il
leur plaît, et que, devant toujours peindre et toujours
agrandir les objets, ils doivent aussi partout employer toute
la force et déployer[1] toute l'étendue de leur génie[2].

Adresse à messieurs de l'Académie française.

Que de grands objets, messieurs, frappent ici mes yeux!
et quel style et quel ton faudrait-il employer pour les peindre
et les représenter dignement! L'élite des hommes est assemblée; la Sagesse[3] est à leur tête. La Gloire, assise au
milieu d'eux, répand ses rayons sur chacun, et les couvre
tous d'un éclat toujours le même et toujours renaissant.
Des traits d'une lumière plus vive encore partent de sa couronne immortelle, et vont se réunir sur le front auguste du
plus puissant et du meilleur des rois[4]. Je le vois, ce héros,
ce prince adorable[5], ce maître si cher. Quelle noblesse dans

1. Expression métaphorique.
2. « En général, un grand écrivain, dans les questions de goût,
a pour type involontaire son propre talent. Les grands écrivains
n'en sont pas moins les meilleurs critiques à étudier. Chacun d'eux
ne donne qu'un point de vue de l'art, mais ces points de vue divers sont supérieurs, et, en les comparant, vous avez l'art tout
entier. Ainsi, sur l'éloquence, après Aristote, Platon, Cicéron,
Tacite, Bossuet, Fénelon, il y avait quelque chose encore à dire
pour un homme de génie qui ne leur ressemble pas; ce sera le
discours de Buffon sur le style. » M. Villemain.
3. Personnification un peu emphatique, comme celle de la
gloire. C'est du reste le ton de tout ce morceau.
4. Louis XV, le Bien-aimé.
5. Cet éloge est exagéré, même pour l'époque où il fut écrit;
car, quoique Louis XV ne se fût pas encore tout à fait livré à ses
passions honteuses, il avait déjà montré plus que du goût pour
la débauche.

tous ses traits! que de majesté dans toute sa personne! que
d'âme et de douceur naturelle dans ses regards! il les tourne
vers vous, messieurs, et vous brillez d'un nouveau feu; une
ardeur plus vive vous embrase; j'entends déjà vos divins
accents et les accords de vos voix: vous les réunissez pour
célébrer ses vertus, pour chanter ses victoires, pour ap-
plaudir à notre bonheur; vous les réunissez pour faire
éclater votre zèle, exprimer votre amour, et transmettre à
la postérité des sentiments dignes de ce grand prince et de
ses descendants. Quels concerts! ils pénètrent mon cœur, ils
seront immortels comme le nom de Louis.

Dans le lointain, quelle autre scène de grands objets! le
Génie de la France qui parle à Richelieu, et lui dicte à la
fois l'art d'éclairer les hommes et de faire régner les rois;
la Justice et la Science qui conduisent Séguier[1], et l'élèvent
de concert à la première place de leurs tribunaux; la Victoire
qui s'avance à grands pas, et précède le char triomphal de
nos rois, où Louis le Grand[2], assis sur des trophées, d'une
main donne la paix aux nations vaincues, et de l'autre rassemble dans ce palais les Muses dispersées. Et près de moi,
messieurs, quel autre objet intéressant! la Religion en
pleurs, qui vient emprunter l'organe[3] de l'éloquence pour
exprimer sa douleur, et semble m'accuser de suspendre trop
longtemps vos regrets sur une perte que nous devons tous
ressentir avec elle[4].

1. Garde des sceaux et chancelier sous Richelieu (1635).
2. Louis XIV.
3. Catachrèse et métaphore.
4. Celle de M. Languet de Gergy, archevêque de Sens, auquel
j'ai succédé à l'Académie française. (*Buffon.*)

FIN.

TABLE DES MORCEAUX CHOISIS.

Pages

1. Invocation à Dieu. 1
2. L'histoire politique et l'histoire naturelle comparées. 2
3. La nature. 3
4. Aspect du globe terrestre. 5
5. La mer. 6
6. L'air. 8
7. La terre. 8
8. Comparaison des trois règnes de la nature. 9
9. Fécondité de la terre. 10
10. Les volcans. 12
11. Les déserts de l'Arabie Pétrée. 13
12. Les savanes de l'Amérique méridionale. 14
13. La nature et l'homme. 15
14. Comparaison des œuvres de la nature avec les ouvrages des hommes. 18
15. L'homme. 20
16. Les sens. 21
17. Le toucher. 23
18. La vue. 24
19. L'ouïe. 26
20. L'enfance. 27
21. La vieillesse. 27
22. La mort. 29
23. La conscience de l'existence. 30
24. La connaissance de soi-même. 32
25. Le premier homme raconte ses premières impressions. 33
26. Des peines et des plaisirs. 38
27. De la mémoire. 41
28. De l'instinct de l'imitation. 44
29. L'homme comparé aux animaux sous le rapport des sens. 45

Pages

30. L'homme comparé aux animaux sous le rapport moral. 46
31. La société chez les animaux. 51
32. Des sociétés formées par les hommes. 54
33. L'amitié chez l'homme, comparée à l'attachement chez les animaux. 55
34. L'empire de l'homme sur les animaux. 56
35. Les animaux domestiques. 60
36. Le cheval. 60
37. L'âne. 64
38. Le chameau. 66
39. Le renne. 71
40. Le lama. 72
41. Le bœuf. 75
42. La brebis. 76
43. La chèvre. 78
44. Le chien. 80
45. Le chat. 87
46. Les animaux sauvages. 89
47. L'éléphant. 92
48. L'hippopotame. 97
49. La girafe. 98
50. Le zèbre. 99
51. Le cerf. 100
52. Le chevreuil. 102
53. Le castor. 104
54. L'écureuil. 107
55. Le singe. 109
56. Le lapin. 112
57. Le lièvre. 114
58. La souris. 115
59. Le rat. 116
60. Les animaux carnassiers et sauvages. 118
61. Le lion. 120
62. Le tigre. 127

	Pages
63. La panthère.	129
64. L'ours.	130
65. Le sanglier.	131
66. Le loup.	132
67. Le renard.	136
68. Le furet.	138
69. Le blaireau.	139
70. La fouine.	140
71. La belette.	141
72. La taupe.	142
73. Le hérisson.	143
74. La chauve-souris.	144
75. Les oiseaux.	146
76. Habitudes des oiseaux.	148
77. L'autruche.	151
78. La grue.	154
79. La cigogne.	155
80. Le héron.	157
81. Les oiseaux domestiques.	159
82. La poule.	160
83. Le dindon.	161
84. Le paon.	162
85. Le pigeon.	164
86. Le moineau.	164
87. L'hirondelle.	166
88. Les oiseaux aquatiques.	169
89. Le cygne.	172
90. L'oie.	175
91. Le canard.	176
92. Les oiseaux de proie.	177
93. L'aigle.	179

	Pages
94. Le faucon.	180
95. L'épervier.	181
96. Le vautour.	181
97. La pie-grièche.	182
98. Le corbeau.	184
99. Les oiseaux de proie nocturnes.	186
100. Le grand duc.	187
101. Les oiseaux imitateurs.	189
102. Le perroquet.	192
103. La pie.	194
104. Le geai.	194
105. Le merle.	195
106. Le bouvreuil.	196
107. La bergeronnette.	198
108. La linotte.	199
109. Le pinson.	200
110. La fauvette.	201
111. Le chardonneret.	202
112. Le rouge-gorge.	203
113. La mésange.	204
114. Le serin.	205
115. Le rossignol.	206
116. L'alouette.	209
117. La perdrix.	210
118. Les oiseaux qui vivent du miel des fleurs.	212
119. L'oiseau-mouche.	212
120. Le colibri.	214
Discours de réception à l'Académie française.	215

Paris. — Imp. DELALAIN FRÈRES, 1 et 3, rue de la Sorbonne.

Boileau. Œuvres poétiques, édition avec remarques et appréciations littéraires par M. A. Dubois; 1 vol. in-12. — 1 f. 50 c.

Bossuet. Discours sur l'Histoire universelle, édition accompagnée de remarques et d'appréciations littéraires par M. E. Lefranc; 1 vol. in-12. — 2 f. 50 c.

Bossuet. Oraisons funèbres, édition accompagnée de remarques et d'appréciations littéraires par M. P. Allain; 1 vol. in-12. — 1 f. 60 c.

Buffon. Morceaux choisis, édition avec remarques et appréciations littéraires par M. Rolland; 1 vol. in-12. — 1 f. 25 c.

Fénelon. Aventures de Télémaque, édition complète accompagnée de remarques et d'appréciations littéraires par M. S. Bernage; 1 vol. in-12. — 2 f. 25 c.

Fénelon. Dialogues sur l'Éloquence, édition accompagnée de remarques et d'appréciations littéraires par M. J. Girard; in-12. — 80 c.

Fénelon. Lettre à l'Académie, édition accompagnée de remarques et d'appréciations littéraires par M. A. Dubois; in-12. — 80 c.

La Fontaine. Fables, édition accompagnée de remarques et d'appréciations littéraires par M. A. Noël; 1 vol. in-12. — 2 f. 50 c.

Massillon. Petit Carême, édition accompagnée de remarques et d'appréciations littéraires par M. E. Lefranc; 1 vol. in-12. — 1 f. 25 c.

Montaigne. Extraits des Essais, avec analyses, remarques, notes et glossaire par M. E. Talbot; 1 vol. in-12. — 2 f.

Montesquieu. Grandeur et décadence des Romains, édition accompagnée de remarques et d'appréciations littéraires par M. P. Longueville; 1 vol. in-12. — 1 f. 25 c.

Pascal. Pensées, édition accompagnée de notes et de remarques par M. P. Faugère; 1 vol. in-12. — 2 f. 50 c.

Rousseau (J. B.). Œuvres lyriques, édition accompagnée de remarques et d'appréciations littéraires par M. E. Pessonneaux; 1 vol. in-12. — 1 f. 25 c.

Théâtre classique, comprenant neuf pièces, édition avec remarques, analyses et appréciations littéraires par MM. Dubois, Geoffroy, Lefranc, etc. 1 fort vol. in-12. — 3 f.

Voltaire. Histoire de Charles XII, édition accompagnée de remarques et d'appréciations littéraires par M. J. Genouille; 1 vol. in-12. — 1 f. 60 c.

Voltaire. Lettres choisies, édition accompagnée de remarques et d'appréciations littéraires par M. G. Feugère; 1 vol. in-12. — 2 f. 50 c.

Voltaire. Siècle de Louis XIV, édition accompagnée de remarques et d'appréciations littéraires par M. J. Genouille; 1 vol. in-12. — 2 f. 75 c.